Diogenes Taschenbuch 22658

Margaret Millar

Letzter Auftritt von Rose

Roman

Aus dem Amerikanischen von Nikolaus Stingl

Diogenes

Titel der 1952 bei Random House,
New York, erschienenen Originalausgabe:
›Rose's Last Summer‹

Umschlagzeichnung von
Tomi Ungerer

Deutsche Erstausgabe

200/94/24/1
ISBN 3 257 22658 6

1

Rose hatte mal wieder eine Krise. Jeder in der Pension wußte es. Dazu gehörte kein großes Wahrnehmungsvermögen, denn Rose durchlebte ihre Krisen, so wie sie alles andere tat: lautstark, voller Hingabe und mit feinem Gespür für Knalleffekte und stilistische Feinheiten. Samstag abend beim Essen erzählte sie mehrere lustige Anekdoten, und als keiner so laut lachte, wie sie das erwartete, wurde sie ausfallend und zog sich auf ihr Zimmer zurück.

Mitten in der Nacht beschloß sie, ein paar alte Folksongs zu singen, und als Mrs. Henderson, die Bewohnerin des Nachbarzimmers, durch heftiges An-die-Wand-Hämmern Einspruch dagegen erhob, hämmerte sie so kräftig zurück, daß ein Stück Putz aus der Wand fiel. Rose war wütend auf Mrs. Henderson, der sie die Schuld für das Loch in der Wand gab, und meldete den Vorfall unverzüglich Mrs. Cushman, der Wirtin.

Aus dem Schlaf gerissen, bedachte Mrs. Cushman zunächst die Uhr und dann Rose mit einem bekümmerten Blick. »Herrgott noch mal, Rose, es ist zu früh zum Aufstehen. Es ist erst drei.«

»Ich war noch nicht im Bett.«

»Dann sollten Sie lieber...«

»Ich kann nicht schlafen. Wie denn auch, wenn diese Verrückte die ganze Nacht an die Wand hämmert? Ein Loch hat sie geschlagen, so groß wir Ihr Kopf. Ich habe große Lust auszuziehen.«

»Warum tun Sie's dann nicht?«

»Bei Gott, ich tu's.«

Sie verbrachte die nächsten Stunden damit, ihre Siebensachen zusammenzupacken; dabei nahm sie dann und wann ein Schlückchen Wein, um bei Kräften zu bleiben. Zur Frühstückszeit war sie bester Laune. Sie packte alle ihre Kleider wieder aus und räumte sie in den Schrank, sie kaschierte das Loch in der Wand mit einem Kalender, und sie verzieh Mrs. Henderson vor aller Ohren ihre unmöglichen Manieren, ihre miese Art und ihr mangelndes Musikverständnis. Aus irgendeinem Grund sprach Mrs. Henderson nicht auf diesen Akt der Nächstenliebe an; zur Mittagszeit war sie mit Sack und Pack ausgezogen, so daß das Zimmer neben Rose nun schon zum dritten Mal in ebenso vielen Monaten frei wurde.

Rose begriff nicht, wie man so zickig sein konnte, und das sagte sie Mrs. Cushman auch.

»Seien Sie froh, daß Sie die los sind. Wir können alle froh sein.«

»Wenigstens hat sie ihre Miete bezahlt.«

»Geld. Was ist schon Geld?«

Mrs. Cushmans pausbackiges Gesicht bekam etwas Scharfkantiges. »Geld ist zufälligerweise das, wovon ich lebe.«

»Früher hab ich das Zeug nur so rausgeschmissen. Gott, das waren Zeiten!«

»Zu dumm, daß Sie nicht ein bißchen was in meine Richtung geschmissen haben. Oder besser gesagt, zu dumm, daß Sie heute – «

Aber Rose war der trüben Gegenwart enthoben. Sie legte

sich auf dem Bett zurück, wobei sie darauf achtete, sich an der Flasche unter dem Kissen nicht den Kopf zu stoßen, und starrte verträumt an die Decke und in die Vergangenheit. »Hab ich Ihnen eigentlich schon mal von der Party erzählt, die ich gegeben habe, kurz nachdem *Anguish* in die Kinos kam? Da waren bestimmt vierhundert Leute da, und wissen Sie was? Ich habe kein Aas gekannt.«

»Letztes Mal waren's noch dreihundert.«

»Zahlen waren noch nie meine starke Seite.«

»Rose!«

»Wenn's anders wäre, wär ich heute Millionärin.« Ihr Tonfall verriet Stolz und nur eine Spur von Bedauern. »Gott, was hab ich das Zeug rausgeschmissen. Ein echtes Naturtalent.«

»Rose«, sagte Mrs. Cushman, »Sie süffeln wieder.«

Rose erhob sich. Sie wirkte trotz ihrer geringen Größe sehr würde- und eindrucksvoll. »Was für eine gemeine, niederträchtige Unterstellung.«

»Und wenn schon. Es stimmt jedenfalls.«

»Ich schwöre, ich schwöre bei – «

»Ich würd's Ihnen nicht glauben, und wenn Sie bis zum Hals in Bibeln vergraben wären. Sie süffeln wieder, und ich rufe jetzt Frank an.«

Rose war verunsichert, obwohl sie versuchte, es sich nicht anmerken zu lassen. »Na und? Rufen Sie ihn ruhig an.«

»Vielleicht kriegt der Sie wieder hingebogen, so wie beim letzten Mal.«

»Hingebogen, hingebogen«, schnaubte Rose. »Man könnte meinen, ich wär ein verbeultes Stück Blech, und dieser grobe, herzlose junge Schnösel kann...«

»Nun kommen Sie schon von Ihrem hohen Roß runter, das zieht bei mir nicht.«

Rose sah sich, Unterstützung suchend, im Zimmer um. Die Wände waren vom Boden bis zur Decke mit Fotos von ihr tapeziert – lächelnd, schmollend, kokett, ausgelassen; in historischen Kostümen und Badeanzügen; Standfotos und Szenenfotos; Rose, wie sie geküßt, gewürgt, gerettet und den Löwen vorgeworfen wurde; wie sie sich eine Zigarette anzündete, einem Kavalier zuprostete, eine Polka tanzte. Eine Vielfalt von Roses, allesamt umwerfend und nicht im geringsten wie ein verbeultes Stück Blech.

»Sie können Frank gar nicht anrufen«, sagte sie schließlich. »Heute ist Sonntag, da hat er frei.«

»Zu Hause erreiche ich ihn schon.«

»Das Ganze ist entwürdigend, demütigend. Ich weigere mich, mit ihm zu reden. Ich schließe mich ein. Ich werfe Sachen nach ihm!«

»Nur zu, aber dann wird er das Schmetterlingsnetz kommen lassen.«

Der Ausdruck erschreckte Rose. Sie kam sich dabei wie ein gefangener Schmetterling vor, der in sinnlosem Kampf mit den zarten Flügeln schlägt.

»Das traut er sich nicht«, sagte sie kalt.

»Und ob er sich traut, wenn es sein muß. Also seien Sie hübsch brav zu ihm, ja?«

»Ich finde die ganze Geschichte absolut widerwärtig.«

»Aber Sie mögen Frank doch.«

»Er ist ein Stinker«, sagte Rose. »Lassen Sie mich in Frieden.«

In Frieden gelassen, schloß sie die Tür ab, holte die Weinflasche unter dem Kopfkissen hervor, goß sich ein Glas voll und sog genießerisch das Bukett ein. Der Wein roch ein wenig nach Ketchup, aber das machte Rose nichts aus, und als er ausgetrunken war, ging es ihr besser. Sie zog ihr bestes Seidenkleid an, kämmte sorgfältig ihr kurzes Haar und legte etwas Make-up auf. Als sie im Spiegel die Ergebnisse ihrer Bemühungen begutachtete, kam sie zu dem Schluß, daß sie noch recht gut aussah, wenn man bedachte, daß sie zweiundfünfzig Jahre eines wechselvollen Lebens hinter sich hatte. Sie hatte ein ziemliches Allerweltsgesicht, was – wie sie selbst ohne weiteres einräumte – zu ihrem früheren Erfolg beigetragen hatte: Den Frauen war es leichtgefallen, sich mit ihr zu identifizieren, und den Männern, sich vorzustellen, sie wäre für sie zu haben.

Mit Männern war sie stets besser ausgekommen als mit Frauen, und ihre Eitelkeit war immer noch so ausgeprägt, daß sie für jeden Mann möglichst gut aussehen wollte. Ehe Frank kam, versprühte sie ein wenig Eau de Cologne im Zimmer, versteckte die leere Weinflasche in ihrem Sekretär und faßte, das Bild des Schmetterlingsnetzes im Hinterkopf, den feierlichen Entschluß, sich von ihrer besten Seite zu zeigen.

»Sie lieber Junge«, gurrte Rose. »Wie reizend von Ihnen, daß Sie an Ihrem freien Tag eine alte Frau besuchen.«

Frank war keineswegs überrascht von dieser Herzlichkeit. Er kannte Rose seit über einem Jahr, seit dem Tag, an dem Mrs. Cushman sie in leicht betrunkenem und überaus streitsüchtigem Zustand in die psychosoziale Beratungsstelle gebracht hatte, wo Frank als Therapeut arbeitete. Seither hatte er oft mit Rose geredet und jedesmal den beunruhigenden Eindruck zurückbehalten, daß nicht Rose schlecht an die Realität, sondern die Realität schlecht an Rose angepaßt war.

Frank war siebenundzwanzig. Er hatte eine Frau, zwei

Söhne, eine Schwiegermutter, einen Cockerspaniel, eine rotgetigerte Katze und sehr wenig Geld. Sein Beruf fraß nicht nur ihn, sondern auch seine Frau Miriam auf. Abgesehen vom Geld bestand sein Hauptproblem darin, daß er nachts nie rechtzeitig ins Bett kam, denn er besprach seine Fälle gern mit Miriam, und so wurde es normalerweise ein Uhr, bis sie sich zurückzogen. Infolgedessen sah Frank immer ein wenig verschlafen aus. Das hatte seine Vorteile: Die meisten Menschen fühlten sich in seiner Gegenwart entspannt und erzählten ihm mehr, als sie eigentlich wollten, denn er wirkte so unaufmerksam, daß sie gar nicht auf den Gedanken kamen, er stecke seine Nase in ihre Geheimnisse. Rose war eine Ausnahme. Sie ließ sich nicht so leicht hinters Licht führen, und Frank war – aufgrund von Versuch und Irrtum – dahintergekommen, daß man mit Rose am besten fertig wurde, wenn man ihr gegenüber vollkommen aufrichtig war. Er hatte großen Respekt vor ihr und war der festen Überzeugung, daß sie weder ein »Fall« noch eine echte Alkoholikerin war, sondern eine Frau, die in die Jahre kam und einen Job und neue Interessen brauchte.

»Es ist ganz reizend von Ihnen«, wiederholte Rose, »daß Sie an Ihrem freien Tag so lieb an mich denken.«

»Mrs. Cushman hat mich angerufen.«

»Diese alte Schlampe, wenn Sie den Ausdruck verzeihen. Was hat sie über mich gesagt?«

»Bloß, daß Sie ein bißchen Stunk machen.« Frank setzte sich in den gepolsterten Schaukelstuhl am Fenster. »Stimmt das?«

Über diese absurde Frage mußte Rose herzlich lachen. »Mein lieber Junge, es ist mir noch nie im Leben besser gegangen. Es ist bloß so, daß die alte Schlampe es nicht ertragen kann, wenn sich jemand amüsiert – so ist das.«

Wie so viele von Roses Bemerkungen enthielt auch diese so viel Wahres, daß Frank versucht war, ihr laut recht zu geben.

»Sie hat mir gesagt, Sie hätten die Hausgemeinschaft gestört«, sagte Frank. »Stimmt das?«

»Ich habe überhaupt niemanden gestört. Ich habe bloß gesungen. Darf man jetzt nicht mal mehr singen? Mein Gott, man könnte meinen, wir wären hier in Rußland und nicht in Kalifornien.« Seit sechs Monaten machte Rose für alle Übel dieser Welt zu gleichen Teilen die Russen, Mrs. Cushman und die psychosoziale Beratungsstelle verantwortlich. »Schreiben Sie sich auf, was ich heute sage?«

»Nein.«

»Auch nicht hinterher, wenn Sie wieder zu Hause sind?«

»Nein. Wir unterhalten uns bloß in aller Freundschaft. Sagen Sie, wann haben Sie denn den Rappel gekriegt?«

Rose schwieg einen Moment. »Das ist kein Rappel. Jedenfalls noch nicht.«

»Meinen Sie, es wird noch einer?«

»Vielleicht. Ich weiß nicht.«

»Versuchen wir's zu verhindern, so wie beim letzten Mal.«

»Wir?« Rose hob die Augenbrauen. »Ich war noch nie auf jemanden angewiesen. Ich bin immer allein zurechtgekommen. Ich habe in meinem Leben drei Ehemänner versorgt und nie auch nur einen Cent von ihnen genommen. Ich bin jemand, der gibt, nicht jemand, der nimmt.«

»Was bedrückt Sie, Rose?«

»Nichts.«

»Was ist passiert? Was war diesmal der Auslöser?«

»Das geht Sie nichts an. Vergessen Sie nicht, ich bin auf niemanden angewiesen. Ich brauche keine Hilfe oder milde

Gaben. Ich erwarte jetzt jeden Tag einen Anruf vom Besetzungsbüro.«

»Und bis dahin wollen Sie herumsitzen und trinken?«

»Das ist meine Sache.«

»Sie sind ganz schön stur heute, Rose.«

»Dabei wollte ich eigentlich charmant sein«, sagte Rose, »aber Sie bringen mich jedesmal auf die Palme. Würden Sie wirklich das Schmetterlingsnetz kommen lassen?«

Frank mußte unwillkürlich lächeln. »Sie brauchen keins.«

»Die alte Schlampe hat gesagt, Sie würden das Schmetterlingsnetz kommen lassen, wenn ich nicht charmant bin. Ich könnte so charmant sein wie der Teufel, wenn ich wollte.«

»Das glaube ich Ihnen aufs Wort.«

»Es ist nur so – was soll ich mich abstrampeln? Sie wissen zuviel über mich.«

»Wenn's bloß so wäre«, sagte Frank. Seine Akte über Rose umfaßte mehr als hundert Seiten, aber es war unmöglich, Dichtung und Wahrheit auseinanderzuhalten. Über manches, wie etwa ihre drei Ehemänner, äußerte sie sich mit vernichtendem Freimut; über anderes, wie etwa ihre Angehörigen, weigerte sie sich zu reden – ja, sie schien sie vergessen zu haben.

»Wissen Sie, Rose, ich habe alle Ihre Filme gesehen. Ich finde, Sie sind eine großartige Schauspielerin.«

»Sie machen wohl Witze. Ich war eine Schmierenkomödiantin.«

»Sie waren großartig.«

»Bleiben Sie mir bloß mit Ihrer fiesen Therapie vom Leibe. Sie wollen mir bloß Honig ums Maul schmieren mit Ihrem Geschwafel.«

Teils stimmte es, teils war es Geschwafel; manchmal verschlang sie es und manchmal spuckte sie es aus wie ein schmollendes Kind.

»Haben Sie irgendwas im Zimmer versteckt?« fragte Frank.

»Jetzt nicht mehr. Ich hab's getrunken.«

»Haben Sie Geld?«

»Ein bißchen. Wenn ich wollte, könnte ich eine richtig schöne Sause machen, wenn es das ist, was Sie wissen wollten.«

»Ich hoffe, Sie tun es nicht.«

Rose lachte. »Das hoffe ich auch.«

»Halten Sie noch ein Weilchen durch, ja? Ich versuche immer noch, Ihnen einen Job zu verschaffen. Ich habe ein paar neue Möglichkeiten aufgetan.«

»In so einer Kleinstadt habe ich doch keine Chance. Hier kennt mich jeder. Wenn ich bloß wieder in den Süden gehen und dort meine Runde machen könnte.«

»Süden« bedeutete für Rose nur eins, nämlich Hollywood. Die Stadt lag nur 160 Kilometer entfernt, aber Rose kamen sie häufig wie Lichtjahre vor. Wenn sie Samstag abends die stille Hauptstraße von La Mesa entlangging, bekam sie heftiges Heimweh nach den Lichtern auf dem Strip, den großen Geschäften und dem Wilshire Boulevard und dem Menschengewimmel von Hollywood and Vine. In La Mesa konnte sie überall das Meer sehen, ganz gleich, wohin sie ging. Mit dem Meer konnte Rose nichts anfangen; es war kalt und gefährlich, und es roch nach Fisch.

»Was macht das Canastaspiel?« fragte Frank.

»Versuchen Sie nicht, das Thema zu wechseln. Sie glauben also, ich käme auf keinen grünen Zweig, wenn ich nach Hollywood ginge, das glauben Sie doch.«

»Hier geht's Ihnen wahrscheinlich besser.«

»Quatsch. Quatsch.«

»Hören Sie auf, das böse Mädchen zu spielen, Rose. Das paßt nicht zu Ihnen.«

»Quatsch.« Sie stolzierte zum Fenster und sah durch die rosa Gardine hinaus. Da war schon wieder dieses blöde Meer und grinste sie an. »Warum sind Sie überhaupt gekommen?«

»Um Sie aufzuheitern.«

»Sie heitern mich aber nicht auf«, sagte Rose kalt. »Sie deprimieren mich total. *Total.*«

»Dann gehe ich wieder.«

»Nur zu, gehen Sie.«

»Warum kommen Sie nicht mit? Kommen Sie mit zu mir nach Hause und essen Sie mit Miriam und mir.«

»Das geht nicht.«

»Versuchen Sie's.«

»Es geht nicht. Ich erwarte einen Anruf.«

Er nahm sie beim Wort.

Als er nach unten ging, fand er Mrs. Cushman an der Haustür postiert. Mrs. Cushman besaß eine große Genußfähigkeit für ferne Katastrophen wie Wirbelstürme in Florida oder Zugunglücke in der New York Central Station, aber kleine Ärgernisse zu Hause erhöhten ihren Blutdruck.

»Berappelt sich Rose wieder?«

»Hoffentlich«, sagte Frank. »Ich bin mir nicht sicher.«

»Du meine Güte, das sollten Sie aber sein.«

Mrs. Cushman, die sich nie irgendeiner Sache sicher war, konnte diese Schwäche bei anderen, zumal bei jemandem von der Beratungsstelle, nicht ertragen. Die Lokalzeitung hatte im vergangenen Jahr ausführlich über die Beratungsstelle berichtet, und Mrs. Cushman hatte irgendwie den Eindruck gewonnen, man sei dort allwissend und unfehlbar. Frank mußte sie leider enttäuschen.

»Ich denke schon, daß Rose sich wieder berappelt«, sagte er. »Sie dürfen ihren Zustand nicht überdramatisieren. Im Vergleich zu den meisten Leuten, mit denen ich es zu tun habe, ist Rose geradezu ein leuchtendes Beispiel.«

»Also, ein leuchtendes Beispiel finde ich sie nun nicht gerade. So manches Mal habe ich schon den Tag bedauert, an dem ich die Tür hier aufgemacht habe; und da stand sie, und ich hab sie gleich erkannt. Rose French – ich hab's laut gesagt, einfach so – Rose French. Damals hätte ich mir nicht träumen lassen…«

»Ich versuche gerade, ihr einen Job zu besorgen.«

»Ha! An dem Tag, wo Sie ihr einen Job besorgen und sie ihn behält, an dem Tag lasse ich mich umtaufen.«

Das lieferte Frank ein gutes Stichwort für den Abgang, und er nutzte es.

Ehe er in seinen alten Chevrolet einstieg, schaute er zu Roses Fenster empor. Hinter der rosa Gardine sah er ihren kleinen, reglosen Schatten. Er hob den Arm und winkte, aber der Schatten rührte sich nicht.

Als er nach Hause kam, hatte er Rose schon fast wieder vergessen. Miriam hatte ein Strandpicknick geplant, und die beiden Jungen standen, wie zwei Marinesoldaten mit der Ausrüstung für den Tag bepackt, zusammen mit dem Cockerspaniel auf den Verandastufen. Die rotgetigerte Katze saß in sich gekehrt auf dem Geländer und bedachte die ganze Hektik mit Verachtung. Die Eigenständigkeit der Katze erinnerte ihn an Rose.

An diesem Abend sprachen er und Miriam eine geschlagene Stunde über Rose, aber sie kamen lediglich zu dem

Schluß, daß Rose einen zu sperrigen Charakter hatte, um sich in eine kleine Welt hineinzwängen zu lassen.

Er rechnete damit, eine ganze Weile nichts von Rose zu hören. Wenn sie sich betrank, würde sie ihn nicht um Hilfe bitten, und wenn sie nüchtern blieb, würde sie keine brauchen. Aber am nächsten Tag um drei rief sie ihn in seinem Büro an. Sie war gut aufgelegt.

»Frankie? Ich bin's, Rose.«

»Hallo, Rose. Wie geht's Ihnen?«

»Könnte gar nicht besser gehen. Ich gehe weg von hier.«

»Ach!«

»Verschonen Sie mich bloß mit Ihrem *Ach!*, Sie Sauertopf. Ich habe gute Nachrichten, und alles, was Ihnen dazu einfällt, ist *Ach!*«

»Was denn für Nachrichten?«

»Ich habe einen Job. Ich hab Ihnen ja gesagt, ich brauche keine Hilfe, stimmt's?«

»Ja, das stimmt. Was ist das denn für ein Job?«

»Nichts Weltbewegendes, aber es macht bestimmt Spaß. Und ich kriege *Geld* dafür. Gott, was hat die alte Schlampe gestaunt, als ich ihr die rückständige Miete gegeben habe. Sie hätte fast zu heulen angefangen.«

»Man hat Sie im voraus bezahlt?«

»Vorschuß. Ich werde so eine Art Haushälterin.«

Frank lachte.

»Was ist denn daran so komisch?« fragte Rose argwöhnisch. »Sie glauben wohl, ich kann keinen Haushalt führen. Ich habe das schon ein dutzendmal gemacht. Alles, was man dabei zu tun hat, ist, die Dienstboten herumzukommandieren.«

»Gibt es denn da Dienstboten?«

»Natürlich gibt es da Dienstboten«, sagte Rose, als hätte sie sich niemals dazu herabgelassen, eine Stelle in einem Haus anzunehmen, in dem es keine gab. »Egal, jedenfalls habe ich gedacht, ich rufe Sie an und sage auf Wiedersehn und danke schön. Ich denke, ich habe Ihnen einiges zu verdanken. Behauptet jedenfalls die alte Schlampe, obwohl ich partout nicht weiß, was.«

»Sie verdanken mir gar nichts«, sagte Frank. »Lassen Sie einfach ab und an von sich hören.«

Nach kurzem Schweigen meinte Rose: »Na ja, Briefeschreiben und so was ist nicht gerade meine Stärke.«

»Schreiben Sie einfach Ihren Namen auf eine Postkarte, damit wir wissen, daß es Ihnen gutgeht.«

»Klar. Doch, ich denke, das schaffe ich.«

»Auf Wiedersehen, Rose, und viel Glück.«

»Auf Wiedersehen, Frank.« Erneutes Schweigen. »Wissen Sie, was? Jetzt, wo ich Sie nicht mehr ertragen muß, finde ich, daß Sie eigentlich ein ganz netter Kerl sind.«

Sie legte auf, ehe er antworten konnte.

Die Postkarte kam mit der nächsten Morgenpost. Das Mitteilungsfeld zeigte lediglich eine ungelenk mit dem Bleistift gezeichnete Rose.

Die Postkarte gefiel ihm. Den ganzen Tag über mußte er immer wieder daran denken, und er steckte sie ein, um sie Miriam zu zeigen, wenn er abends zum Essen nach Hause kam.

Miriam empfing ihn an der Tür. Sie hatte die Abendzeitung in der Hand, und ihr Gesicht wirkte blaß und versteinert, wie immer, wenn sie versuchte, ihre Gefühle vor den Kindern nicht zu zeigen.

»Rose ist tot«, sagte sie und drückte die Stirn fest an seine Schulter.

2

Gefunden wurde sie von Ortega, dem jungen Gärtner des Pearceschen Anwesens, das an irgendwelche Sommergäste aus San Francisco vermietet worden war. Ortega ging Dienstag früh in den Garten, um an der kahlen Stelle zwischen dem Patio und der Garage einen Korb Rittersporne auszupflanzen. Rose lag mit dem Gesicht nach unten neben dem Lilienteich. Hinter ihr war ein kleiner weißer Segeltuchstuhl umgestürzt, und knapp außer Reichweite ihrer Hand lag ein ramponierter, über und über mit Etikettenresten beklebter Wildlederkoffer.

Mit weiteren Beobachtungen hielt sich Ortega nicht auf. Er ließ den Korb mit den Rittersporen fallen und rannte, leise und verstört wimmernd, zum Haus zurück.

Willett Goodfield saß am Tisch in der Eßecke, deren Fenster nach Osten auf die Berge hinausgingen. Die Morgenzeitung lag aufgeschlagen vor ihm, obwohl er sie nicht las. Er hatte die Angewohnheit, die Zeitung vor sich hinzulegen, falls seine Frau Ethel unerwarteterweise zum Frühstück auftauchte; dann konnte er draufstarren und ihr so auf subtile Weise zu verstehen geben, daß er es vorzog, morgens zunächst einmal allein zu sein, bis er sich auf den neuen Tag eingestellt hatte. Dieses Sich-Einstellen wurde auch nicht gerade einfacher. Da waren Geldprobleme, da war die Sorge um seine Mutter, und da waren die chronischen

Rückenschmerzen, die Willett als Nierensteine diagnostizierte, wenn er deprimiert war, und als Einbildung, wenn er's nicht war. Da war die Inflation, seine neue Brücke, die nicht richtig paßte, die exorbitante Miete für dieses Haus, das er gezwungenermaßen für den Sommer gemietet hatte, und die Batterie des Lincoln, die ständig ihren Geist aufgab.

Willett war rosig und korpulent. Er sah aus wie ein Bankier oder ein Anwalt. Tatsächlich aber hatte er – abgesehen von gelegentlichen fruchtlosen Besuchen in der Puppenfabrik, die sein Vater aufgebaut hatte und die seither die ganze Familie ernährte – in seinen fünfunddreißig Jahren noch keinen Handschlag getan. Als sein Vater starb, waren alle Geschäftsanteile an seine Mutter Olive übergegangen. Olive machte einen kurzen, glorreichen Versuch, die Geschäftsfrau zu spielen, verlor dann das Interesse und widmete sich wieder ihrem Hobby, der Begonienzucht. Willett verehrte seine Mutter und begleitete ihre Begonien höchstpersönlich zu sämtlichen Blumenausstellungen, wenn Olive verhindert war. Seit einigen Jahren war Olive schwer krank. Sie sprach häufig von ihrem bevorstehenden Tod, aber nicht etwa um Aufmerksamkeit oder Mitleid zu erregen, sondern um ihre Kinder mit der nüchternen Tatsache vertraut zu machen.

Mutter, dachte Willett und mußte blinzeln, um die Tränen zurückzuhalten.

Ortega kam ins Zimmer gefegt, seine schweren Arbeitsstiefel krachten über den gewachsten Estrich.

»Sir, Sir«, sagte Ortega, »da liegt eine Tote, Sir, o mein Gott.«

»Sie sollten sich angewöhnen zu klopfen, ehe Sie...«

»Eine arme alte Frau – mein Gott, Sir, kommen Sie schnell.«

Vor lauter Aufregung grinste Ortega breit, und sein Gesicht hatte die Farbe reifer Limonen.

Ortega gehörte zum Inventar – seine Dienste waren in der Miete inbegriffen –, und Willett hatte noch nie mit ihm geredet oder ihn sonderlich beachtet.

»Eine Tote, sagen Sie? Tja.« Willett räusperte sich. »Tja, äh, ich werde mich sofort um die Angelegenheit kümmern.«

Er erhob sich und warf einen Blick auf die Tür zur Halle, und zwar in der leisen Hoffnung, daß Ethel auftauchte: Dann könnte sie Ortega begleiten, während er, Willett, die Polizei anrief. Das hätte mehr Autorität.

Ethel tauchte nicht auf. Schwer atmend vor Verärgerung – nicht Anstrengung –, folgte Willett Ortega ums Haus herum zum Lilienteich und zu Rose.

Mit zusammengekniffenen Augen, um kein allzu klares oder lebhaftes Bild von der Sachlage zu gewinnen, warf Willett einen kurzen Blick auf die Frauenleiche und kehrte dann ins Haus zurück, um die Polizei anzurufen. Er zitterte am ganzen Leib, und sein Rücken schmerzte heftig.

Nach einer Weile kam Ethel in einem langen seidenen Morgenrock die Treppe herabgeschwebt.

»Ich habe vom Fenster aus zugesehen«, sagte sie.

»Das war mir eine große Hilfe.«

»Was hätte ich denn tun sollen?«

Sie setzte sich an den Stahlrohrtisch mit der Glasplatte und betrachtete, das Kinn in die Hand gestützt, die blaue Silhouette der Berge. Sie hatte eine breite, milchweiße Stirn und dunkle, tiefliegende Augen, wodurch sie stets so wirkte, als gingen ihr bedeutende Gedanken durch den Kopf. In Wahrheit machte sie sich über kaum etwas

Gedanken: Sie hatte Angst davor. Wenn sie sprach, dann sprach sie leise, und wenn sie etwas fragte, senkte sie die Stimme am Ende des Satzes, als erwarte oder verdiene sie keine Antwort. »Sehen die Berge morgens nicht hübsch aus.«

»Berge. Ich habe was anderes im Kopf als Berge.«

»Was regst du dich so auf.« Sie griff langsam nach dem Zigarettenkästchen, das mitten auf dem Tisch stand. Alle ihre Bewegungen waren langsam und anmutig; sie wirkte, als bewege sie sich unter Wasser. Ethel schwebte in und aus Zimmern, Treppen hinauf und Treppen hinunter. Ihre Hand schwebte nach einer Zigarette und schwebte dann wieder an ihre blassen, vollen Lippen. Sie war am ganzen Leibe blaß, als hätte das Wasser ihre Farbe vollständig ausgewaschen. »Was regst du dich so auf. Es wird schon alles in Ordnung kommen, oder.«

»Du hast keine Gefühle.«

»Na, es stimmt doch.«

»Ja, alles wird einfach bestens!« brüllte er.

»Du weckst noch deine *Mutter* auf«, sagte Ethel ganz sanft.

Willetts Gesicht verfärbte sich purpurn wie eine reife Pflaume, und seine pummeligen kleinen Hände ballten sich zu Fäusten. »Paß auf, was du sagst.«

»Was hab ich denn gesagt.«

Es klingelte an der Haustür, und Ethel machte eine winzige Bewegung, als wollte sie öffnen gehen.

»Ich mache auf«, sagte Willett. »Geh du nach oben und sieh nach, ob ihr nichts fehlt.«

»Sie schläft. Ich habe beim Herunterkommen nachgesehen. Gestern abend hat sie doch soviel Schlafmittel genommen, nicht wahr.«

»Geh nach oben und bleib bei ihr.«

»Ich kann doch nicht einfach herumsitzen und ihr beim Schlafen zusehen.«

»Aber du kannst von der Bildfläche verschwinden, oder?«

Es klingelte erneut. »Vielleicht wollen sie mir ein paar Fragen stellen.«

»Ethel.«

»Na schön, aber großen Spaß macht das nicht, jemandem beim Schlafen zuzusehen. Ich hätte nichts dagegen, Fragen zu beantworten.«

»Es gibt überhaupt keinen Grund, warum sie mit dir sprechen sollten.«

»Wieso nicht. Ich wohne schließlich hier.«

»Herrgott noch mal, Ethel, widersprich mir nicht dauernd!«

»Wer widerspricht denn hier«, sagte Ethel. Aber sie ging nach oben. Wenn Willett fluchte, dann bedeutete das, er war mit seinem Latein am Ende, und man ging ihm besser aus dem Weg. Armer Willett. Wenn sie ihn bloß nicht so hassen würde. Das würde ihnen beiden das Leben leichter machen.

Sie öffnete die Tür zu Olives Zimmer, sah, daß die alte Dame noch schlief, und ging in ihr eigenes Zimmer. Dort machte sie es sich auf dem gepolsterten Fensterplatz gemütlich und betrachtete die Leute, die unten im Patio und auf dem Rasen umherliefen oder sich in kleinen nervösen Gruppen am Lilienteich herumdrückten. Mit der Verbreitung der Neuigkeit nahm die Menge noch zu. Mittlerweile mußten es schon über fünfzig Menschen sein, aber Ethel erkannte nur drei von ihnen: Ortega in angeregtem Gespräch mit einem Polizisten, Willett, der sich mit einem

Taschentuch die Stirn wischte, und Ada Murphy, das Mädchen, das gerade mit einer großen Tüte Lebensmittel, die sie mit beiden Armen umklammerte, aus der Stadt zurückgekehrt war.

Sie wirkten alle ziemlich albern, dennoch beneidete Ethel sie. Sie hatte große Lust, sich Willett zu widersetzen, nach unten zu gehen und sich unter die Menge zu mischen, sich ein wenig zu unterhalten, viel zuzuhören und jenes Erregtheits- und Kameradschaftsgefühl mitzuerleben, das ein plötzlicher Tod bei den Lebenden hervorruft. Aber sie brachte nicht die Energie auf, sich zu rühren, bis die alte Dame ihre Namen rief.

»Ethel?«

»Komme schon.« Sie ging durch den Flur und öffnete die Zimmertür.

Die Augen der alten Dame waren offen und funkelten wie zwei Glasmurmeln zwischen den Kissen. Ihre Stimme war vom Schlaf noch belegt. »Haben sie sie schon gefunden?«

»Ja.«

»Haben sie herausgefunden, wer es ist?«

»Ich weiß nicht. Willett erlaubt nicht, daß ich unten bleibe.«

»Ich hoffe, es kommt alles in Ordnung.«

»Willett sagt, ja.«

»Ich habe Hunger.«

»Ich mache dir Frühstück. Murphy hat Eier geholt.«

Die alte Dame drehte sich auf die Seite und hustete in die Kissen. »Ich habe einen bösen Traum gehabt, einen richtig schlimmen Traum, aber jetzt geht es mir wieder ganz gut.«

Für die ganz Jungen bedeutete der Name Rose French nichts. Bei den Älteren – bei Captain Greer, Willett und dem Fotografen der Lokalzeitung – rief er eine gewisse Nostalgie und Trauer hervor. Rose gehörte zur guten alten Zeit, und die gute alte Zeit war dahin.

Unter den Gaffern wurde gemunkelt, daß Rose überfallen, ertränkt, erwürgt, erschossen worden sei; doch als Greer sie umdrehte, fand er außer den Abschürfungen an ihrer Nase und ihrer Stirn, die vom Sturz auf die Steinplatten herrührten, keinerlei Anzeichen von Gewaltanwendung. Die dunklen Verfärbungen an Hals und Kopf waren keine Prellungen, wie er Willett versicherte, sondern bei natürlichen Todesfällen übliche Erscheinungen. Rose freilich sah nicht normal aus. Ihr Mund war geöffnet, der Kiefer schlaff, und ihre Wangen waren eingefallen und grau wie Kitt.

Die Identifizierung erfolgte weder sofort, noch war sie eindeutig. Niemand sagte beim ersten Blick auf sie: »Das ist ja Rose French.« Unter dem Leichnam fand Greer ihre Handtasche, und in der befanden sich ein paar Briefe, ein Scheckheft der Bank of America, ein Führerschein, der vor sieben Jahren abgelaufen war, ein religiöser Traktat und ein halbes Dutzend Postkarten, die sämtlich an Mr. Frank Clyde, 321 Montecito Street, La Mesa, adressiert waren. Auf keiner von ihnen stand ein Text. Aus den Postkarten zog Greer nur einen Schluß: daß Rose nicht mit ihrem Tod gerechnet hatte. Seiner Meinung nach schlossen die Karten plus die Tatsache, daß der Koffer für eine Reise gepackt war – er enthielt mehrere Garnituren Kleidung, Zahnbürste, Aspirintabletten, Kamm und eine sorgfältig in ein Korsett gewickelte Flasche Bourbon –, einen Selbstmord aus. Rose hatte offensichtlich verreisen wollen. Vielleicht hatte sie eine Abkürzung zum Bahnhof genommen, der nur einen halben Kilometer entfernt lag, und eine Pause eingelegt, als sie auf diesen hübschen kleinen Garten gestoßen war.

»Warum ausgerechnet hier?« fragte Willett in einem fort. »Warum in *meinem* Garten? Da sind überall Schilder: Betreten verboten.«

»Ich kann mir nicht vorstellen, daß eine Frau wie Miss French groß auf Schilder achtet.« Greer hatte Willett auf Anhieb nicht leiden können, und es freute ihn nicht wenig, daß Rose sich von allen zur Verfügung stehenden Gärten ausgerechnet Willetts ausgesucht hatte.

Greer war ein großer, wortkarger Mann, dessen Gesicht kein Mensch im Gedächtnis behielt. Das Auffälligste an ihm war der breitkrempige Stetson, den er Jahr für Jahr, sommers wie winters, trug. Diese Hüte waren in La Mesa nicht unüblich. Ziemlich viele Männer trugen sie – Ärzte, Geschäftsleute, Makler –, um damit zu demonstrieren, daß sie außerhalb der Stadt auf einer Ranch lebten und ein halbes Dutzend Zitronenbäume, ein paar Avocados und ein Pferd besaßen. Greer trug seinen, weil er bequem war, die Augen vor der Sonne schützte und Leute wie Willett dazu brachte, ihn als Provinzler zu unterschätzen.

»Das mindeste, was Sie tun könnten, ist, die ganzen Leute hier wegzuschicken.« Willett hatte blutunterlaufene Augen, und hinter den Ohren tröpfelten ihm kleine Schweißrinnsale hinunter und sickerten in seinen gestärkten weißen Kragen. Er wirkte, als würde ihm, wie einer sonnengereiften Tomate, gleich die Haut aufplatzen. »Meine Mutter ist sehr krank. Sie verträgt keine Aufregungen. Schicken Sie die ganzen Leute hier weg.«

»Würde ich ja gerne, wenn ich ein paar Divisionen Marineinfanteristen hätte«, sagte Greer.

»Eigentlich müßten Sie doch eine gewisse Autorität haben.«

»Die Autorität habe ich schon, aber nicht genug Mitarbeiter. Es ist unmöglich, die Leute fernzuhalten, wenn es um Brände, Unfälle, Morde – «

»Morde! Großer Gott, Sie wollen doch nicht etwa andeuten, daß diese Frau ermordet wurde?«

»Ich weiß es schlicht und einfach nicht. Ich bin kein Arzt.«

»Aber das wäre ja schrecklich, ganz schrecklich. Meine Mutter ist sehr krank. Dergleichen könnte leicht...«

»Mr. Goodfield, warum gehen Sie nicht wieder ins Haus? Wir sprechen später miteinander.«

Es wurde Mittag, bis die Menge sich endgültig zerstreut hatte und nur Ortega übrigblieb, um den Schaden zu begutachten. Der Rasen war mit Zigarettenkippen und Kaugummipapier übersät; im Teich trieben Orangenschalen; das Chrysanthemenbeet war vollkommen zertrampelt, und der Korb mit den Rittersporen war umgedreht worden und der Länge nach gesplittert, als hätte ihn jemand Schweres als Podest benutzt, um einen besseren Blick auf Rose zu haben.

Ortega quälte sich mit Selbstvorwürfen. Er war unachtsam gewesen – es war die falsche Zeit zum Auspflanzen von Rittersporen –, er hätte den Abend oder einen Wolkentag abwarten müssen. Aber nein, er hatte nicht gewartet, und nun hatte er seine Unachtsamkeit mit der Auffindung einer Toten, einem Heidenschrecken und dem Ruin der Chrysanthemen büßen müssen.

Sein Bild in der Abendzeitung trug nur wenig dazu bei,

ihn zu trösten. Auf dem Foto grinste er (aus schierer Nervosität), und seine Familie und seine Freunde sagten ihm, es sehe abscheulich aus, daß er so grinste, wo doch gerade eine Frau ums Leben gekommen sei.

3

Von Rose erschienen zwei Bilder in der Zeitung. Das eine hatte Frank schon einmal an der Wand ihres Zimmers gesehen: ein glamouröses Standfoto aus der Zeit, als Rose ungefähr vierzig war. Das andere zeigte eine Szene aus einem frühen Film, in der Rose tugendhaft den Avancen eines öligen jungen Mannes widerstand, bei dem es sich laut Bildlegende um Dwight Hamman, den zweiten ihrer fünf Ehemänner, handelte; Frank gegenüber hatte Rose nur drei Ehemänner erwähnt; die anderen beiden waren eine Überraschung.

Eine noch größere Überraschung aber erlebte er, als er den Bericht über ihren Tod las. Nach den Schätzungen der Polizei war Rose am Montag gegen Mittag gestorben.

Er rief sofort Greer an, und nach dem Essen fuhr er zu dem weißen Steingebäude, das die Polizei und das Stadtgefängnis beherbergte. Das zum Gebäude gehörende Grundstück wurde von einer Truppe Freiwilliger in Schuß gehalten, die sich hauptsächlich aus gerade einsitzenden kleinen Dieben, Säufern und Herumtreibern zusammensetzte. Frank kannte sehr viele von ihnen, besonders die Wiederholungstäter. Manche waren an sein Büro verwiesen worden; andere hatte er bei den Treffen der Anonymen Alkoholiker kennengelernt, die einmal die Woche im Gefängnis stattfanden und an denen Frank manchmal zu Informationszwecken teilnahm.

Frank kannte Greer seit zwei Jahren. Zwischen den beiden Männern bestanden erhebliche Meinungsunterschiede in prinzipiellen und technischen Fragen, aber sie gingen einigermaßen freundlich miteinander um. Frank war der Ansicht, daß Greer ein gerechter, wenn auch nicht sehr heller Bursche war, und Greer gab bereitwillig zu, daß die Beratungsstelle ab und zu durchaus Sinnvolles leistete – wie bescheiden und kurzlebig auch immer.

Greers Büro war ein großer quadratischer Raum mit blendend hellen Leuchtstoffröhren, die jedem eine Gefängnisblässe verliehen.

»Nehmen Sie Platz«, sagte Greer.

»Danke.«

Greer setzte sich ebenfalls und rieb sich die Augen. »Ich kriege Kopfweh von den verdammten Lampen. Und erzählen Sie mir bloß nicht, das wäre psychosomatisch.«

»Keine Sorge.«

»Ihr Psychoheinis seid schon ein komischer Verein. Da fällt zum Beispiel einer in einen offenen Kanalschacht. Liegt das etwa daran, daß er eine neue Brille braucht? Nein. Daran, daß er an irgendein Weib denkt und nicht aufpaßt, wo er hintritt? Nein. Er fällt rein, weil ihn seine alte Dame abgelehnt hat oder irgend so was.«

»Wir wollen uns nicht streiten«, sagte Frank. Wie er wußte, war Greer empfindlich, was dieses Thema anging, denn er hatte ein Zwölffingerdarmgeschwür.

»Herrgott, demnächst werdet ihr noch versuchen, den Tod zu kurieren, indem ihr jeden auf die Couch legt.«

»Da machen Sie sich mal keine Sorgen, Greer.«

»Ich mache mir nie Sorgen«, sagte Greer und strich sich dabei in einem unbewußten Versuch, die Sorgenfalten zu glätten, über die Stirn. »Komische Geschichte, das mit

Rose French. Heute morgen habe ich noch gedacht, ich hätte alles geklärt.«

»Und jetzt?«

»Jetzt ergibt's keinen Sinn.« Greer zog eine Pfeife aus der Tasche und steckte sie sich in den Mundwinkel. Er zündete sie nicht an, denn sie enthielt keinen Tabak. Sie diente ihm als Requisit, auf dem er kauen, mit dem er auf den Schreibtisch klopfen, sich am Hals kratzen oder seinen Äußerungen Nachdruck verleihen konnte. »Haben Sie Miss French gut gekannt?«

»So gut, wie sie es zuließ. Ich weiß von ihr nur das, was sie mir von sich aus erzählt hat.«

»Am Telefon haben Sie erwähnt, Sie hätten sie kürzlich besucht.«

»Ja, Sonntag am späten Vormittag, in ihrer Pension. Die Wirtin, eine Mrs. Cushman, hatte mich angerufen und gesagt, daß Rose ein bißchen verrückt spielt, da bin ich hingefahren, um zu versuchen, sie wieder hinzubiegen.«

»Sie sind ja ein richtiger kleiner Pfadfinder.«

»Anderen zu helfen hilft mir. Es ist das gleiche Prinzip wie bei den Anonymen Alkoholikern. Indem sie anderen helfen, nüchtern zu bleiben, bleiben sie selbst nüchtern.«

»Jedenfalls manche.«

»Ganz recht, manche.«

»Sie haben Rose also wieder hingebogen?«

»Nein, ich bin überhaupt nicht an sie herangekommen. Sie wollte nichts herauslassen.«

»Und dann?«

»Dann bin ich mit Miriam und den Kindern an den Strand gefahren.«

»Und das ist alles, was Sie mir erzählen wollten?«

»Nicht ganz«, sagte Frank. »Montag nachmittag um drei

Uhr hat Rose mich angerufen und mir gesagt, sie hätte einen Job und würde von hier weggehen.«

»Das kann nicht sein.«

»Es war aber so.«

»Es kann nicht so gewesen sein«, sagte Greer. »Um diese Zeit war sie schon mindestens drei Stunden tot.«

»Dann hat sich eben jemand geirrt.«

»Ja, Sie vielleicht.«

»Vielleicht, aber das glaube ich nicht. Sehen Sie sich mal das hier an.« Er zog die Karte hervor, die Rose ihm geschickt hatte, und legte sie auf den Schreibtisch. »Sie ist abends um halb sieben abgestempelt worden.«

Greer klopfte mit der Pfeife auf die Karte. »Warum das Bild und nichts Geschriebenes?«

»Einer von Roses kleinen Scherzen. Als sie mir gesagt hat, sie geht weg, um einen Job anzunehmen, habe ich sie gebeten, mit uns in Kontakt zu bleiben, damit wir wissen, daß es ihr gutgeht.«

»Was war das denn für ein Job?«

»Ein Job als Haushälterin. Hat sie jedenfalls erzählt.«

»Haben Sie ihr nicht geglaubt?«

»Gestern schon. Heute weiß ich nicht, was ich glauben soll. Vielleicht war das gestern nachmittag am Telefon gar nicht Rose. Ich bin kein Spezialist für Stimmen, aber es klang jedenfalls wie sie, und manches, was sie gesagt hat, war typisch Rose. Und wenn es nicht Rose war, wer war es dann?«

»Eine gute Freundin, eine Frau, die sie sehr gut kannte und außerdem von der Verbindung mit Ihnen wußte.«

»Aber was für einen Sinn sollte ein solcher Anruf haben?«

»Da kann ich auch nur raten«, meinte Greer. »Rose war

schon tot, und die Frau wollte nicht, daß das bekannt wird. Vielleicht wollte sie lediglich die Todeszeit verschleiern, vielleicht sollte Rose aber auch gar nicht gefunden werden, sondern spurlos verschwinden.«

»Warum hat sie mich dann angerufen?«

»Ihr habt die Angewohnheit, eure Patienten im Auge zu behalten. Wenn Rose plötzlich die Stadt verlassen hätte, ohne Sie zu verständigen, hätten Sie sie vielleicht suchen lassen.«

»Aber es wurde gar nicht der Versuch gemacht, die Leiche zu verstecken. Sie wurde bei jemandem im Garten gefunden, wo sie nicht zu übersehen war.«

»Das weiß ich auch«, meinte Greer brummig. »Verdammt komischer Fall, das Ganze. Wenn's um Geld ginge, ließe sich ja vielleicht ein Grund für den ganzen Mumpitz finden. Aber da ist kein Geld, jedenfalls soviel ich weiß. Rose hatte ein Sparkonto mit einem Dollar drauf, ihr Girokonto war nach dem Stand vom letzten Samstag überzogen, und das einzige Schmuckstück, das sie noch nicht versetzt oder verkauft hatte, war der Ehering, den sie trug, ein schlichter Goldring mit den Initialen RF, HD.«

»Den Ring kenne ich. Er stammt aus ihrer ersten Ehe; da war sie sechzehn.«

Greer schwieg eine Zeitlang und kerbte dabei mit dem Mundstück seiner Pfeife Buchstaben in die vor ihm liegende Löschunterlage. Von Franks Platz aus sahen sie wie die Initialen RF und HD aus.

»Wer hat die Autopsie vorgenommen?« fragte Frank.

»Severn.«

»Der hat Ahnung.«

»Natürlich hat der Ahnung«, blaffte Greer gereizt. »Die Frau ist gestern gegen Mittag an einem Herzanfall gestorben. Das Herz war schwer geschädigt und auf das Anderthalbfache des normalen Volumens vergrößert.«

»Ein Mord ist also ausgeschlossen?«

»Wäre ausgeschlossen, wenn man sie tot im Bett gefunden hätte. Aber so« – er breitete die Hände aus –, »so weiß ich es einfach nicht. Es wäre ein Kinderspiel, jemand mit einem Herzschaden umzubringen – ein Schock, ein weiches Kissen aufs Gesicht –, es gibt da jede Menge Möglichkeiten nachzuhelfen. Die Frage ist nur, hat tatsächlich jemand nachgeholfen?«

»Soweit ich weiß, hatte sie in den letzten Jahren weder richtige Freunde noch Feinde.«

»Und davor?«

»Muß sie von beidem Hunderte gehabt haben. Sie war aggressiv; Freundschaften zu schließen fiel ihr ebenso leicht, wie Freunde fallenzulassen. Seit kurzem hat sie viel Wert auf ihre Unabhängigkeit gelegt. Wenn sie hier überhaupt so etwas wie Freunde hatte, dann noch am ehesten Miriam und mich – und vielleicht ihre Wirtin, Blanche Cushman.«

»Mrs. Cushman hat heute nachmittag die Leiche identifiziert. Sie hat mächtig geweint und geheult, aber ich hatte nicht den Eindruck, daß sie allzu bekümmert war.«

»Rose hat ihr ab und zu Ärger gemacht. Wenn Rose getrunken hatte, konnte sie ziemlich laut werden.«

»War sie eine Säuferin?«

»Ich glaube nicht. Allerdings bin ich da vielleicht ein bißchen voreingenommen. Ich mochte Rose. Sie hat mich umgekehrt nicht besonders gemocht. Sie hat mir oft Schnüffelei und so weiter vorgeworfen.«

»Inwieweit hat sie Ihnen vertraut?«

»Nur insoweit, als es ihr in den Kram paßte. Ich hatte

zum Beispiel keine Ahnung, daß sie herzkrank war. Sie hat nie von ihrer Gesundheit, ihrem Alter oder ihrer Familie gesprochen. Sie hat ganz offen über drei von ihren fünf Ehemännern geredet, aber von den anderen beiden habe ich erst heute abend aus der Zeitung erfahren.«

»Es waren tatsächlich fünf. Ich habe einen von den Jungs beauftragt, sich bei der Werbeabteilung ihres früheren Studios zu erkundigen. Von dreien hat sie sich scheiden lassen, einer ist bei einem Segelunglück ums Leben gekommen, und einer hat Selbstmord begangen.«

»Arme Rose.«

»Das hängt ganz vom Standpunkt ab«, sagte Greer scharf. Das Telefon auf seinem Schreibtisch schnarrte, und er beugte sich mit einem Unmutslaut vor und nahm den Hörer ab. »Greer am Apparat.«

»Greer?«

»Ganz recht.«

»Hier ist Malgradi. Ich bin unten im Institut.«

»Haben Sie sie wieder hergerichtet?«

»Na sicher. Deswegen rufe ich auch an. Ich habe hier einen Mann im Büro, der sie sehen will.«

»Was für einen Mann?«

»Behauptet, er wäre ihr Ehemann. Ich hab sie ziemlich hübsch hingekriegt, aber ich dachte, ich kläre das lieber mit Ihnen, ehe ich jemanden zu ihr lasse.«

»Wie heißt er?«

»Dalloway, Haley Dalloway. Meinen Sie, ich soll ihn reinlassen?«

»Halten Sie ihn hin, bis ich da bin. Ich mache mich gleich auf die Socken.«

»Ich habe noch nicht gegessen.«

»Ich bringe Ihnen eine Tüte Popcorn mit.« Greer legte

den Hörer auf und wandte sich an Frank. »Dalloway ist aufgetaucht, ihr erster Mann. Wollen Sie mitkommen und ihn kennenlernen?«

»Nicht unbedingt.«

»Kommen Sie trotzdem mit. Ich möchte, daß Sie sich Rose mal ansehen.«

Frank verlagerte sein Gewicht, so daß der Stuhl protestierend quietschte. Der Laut klang fast menschlich.

»Das gehört nicht zu meinen Aufgaben.«

»Sobald sie tot sind, seid ihr fertig mit ihnen, wie? Was ist los, Frank, haben Sie Schiß vor netten, harmlosen, alten Toten?«

»Ich habe in der Hinsicht keinerlei Erfahrung.«

»Es gibt immer ein erstes Mal.«

»Außerdem habe ich Miriam versprochen, daß ich mit ihr ins Kino gehe.«

»Ich rufe sie an und sage ihr, daß es später wird«, meinte Greer. »Wie ist die Nummer?«

»Bemühen Sie sich nicht.«

»Wie ist die Nummer?«

»23664.«

Greer rief Miriam an, während Frank ans Fenster trat und durch das Eisengitter auf die Lichter der Stadt hinausblickte. Selbst von hier aus konnte er Miriams klare, feste Stimme hören, die nur allzu deutlich aus dem Hörer drang. Von einem Kinobesuch höre sie zum ersten Mal, und außerdem wasche sie sich gerade die Haare.

Als Greer auflegte, wirkte er sehr zufrieden mit sich. »Ein bißchen mehr hätten Sie sich schon anstrengen können, Frank.«

»Miriams einziger Fehler ist die Angewohnheit, die Wahrheit wie eine Schubkarre vor sich herzuschieben.«

»Nette Art, einen auf die Schippe zu nehmen. Sind Sie soweit?«

»Ich denke schon.«

Greer lachte. »Sie werden's überleben. Falls Ihnen komisch wird, gibt Malgradi Ihnen ein paar Gläschen Formalin.«

4

Malgradis Beerdigungsinstitut lag im Ostteil der Stadt, ein neues, weiß verputztes Gebäude mit Reihen kannelierter Säulen, die an einen griechischen Tempel, und einer blinkenden Leuchtreklame, die an ein Kino erinnerte. Diese Widersprüchlichkeit setzte sich im Innern fort. Malgradi war ein Showman, aber er war auch von tiefer Religiosität durchdrungen, was den Tod anging, und außerdem stolzer Besitzer der größten Sammlung von Orgelplatten in der Stadt. Alle Kunden Malgradis wurden geschmackvoll verabschiedet, und zwar (denn Malgradi war ein unverbesserlicher Optimist) stets in die richtige Richtung. Wenn er jeden von ihnen so gefällig wie möglich hergerichtet und ihm mit der besten zur Verfügung stehenden Orgelmusik Lebewohl gesagt hatte, dann, so fand er, hatte er seine Pflicht getan. Sein Gewissen war rein, er war seiner Familie – und sie ihm – innig zugetan, und er war trotz seines recht leidvollen Berufes ein glücklicher Mensch ohne die geringsten Verdauungsbeschwerden.

Malgradi hatte eine informelle Vereinbarung mit der Polizei. Er selbst war nicht berechtigt, Autopsien vorzunehmen, aber er stellte sein Hinterzimmer dem Pathologen des Stadtkrankenhauses zur Verfügung, der dort Autopsien in allen Fällen durchführte, in denen Menschen plötzlich ohne erkennbare Ursache oder unter verdächtigen Umständen gestorben waren. Rose befand sich nicht mehr im Hinterzimmer.

»Ich habe ziemlich viele Anrufe bekommen«, sagte Malgradi zu Greer. »Eine ganze Menge Leute sind scheint's neugierig; sie wollen wissen, wie das mit der Beerdigung ist.«

»Ach ja?«

»Ich übrigens auch. Meinen Sie, daß die County das übernimmt?«

»Ja, falls niemand auftaucht, der die Rechnung zahlt. Wo ist Dalloway?«

»In meinem Büro.«

»Das ist übrigens Frank Clyde, ein Freund von mir.«

Malgradi und Frank schüttelten sich herzlich die Hand, und als die drei Männer den Korridor entlanggingen, meinte Malgradi, jeder Freund von Greer sei auch sein Freund.

Auf den ersten Blick wirkte Malgradis Büro wie ein nüchterner, der Trauer geweihter Raum. Bei genauerem Hinsehen entdeckte man einen unauffällig plazierten Fernseher, eine diskret hinter grauem Samt verborgene Hausbar und eine große Schale Kartoffelchips auf Malgradis Schreibtisch.

Der Raum roch nach Zigarrenrauch. Der Mann, der die Zigarre rauchte, stand auf und sah sich nervös nach einem Aschenbecher um. Als er keinen fand, transferierte er die Zigarre in die behandschuhte Linke. Er war hochgewachsen und hielt sich gerade, ein Mann Mitte Sechzig mit kurzgeschnittenem weißem Haar und weit auseinanderstehenden braunen Augen, die so naiv und vertrauensvoll wie die eines kleinen Jungen umhersahen. Vielleicht hatte er zu oft und zu sehr vertraut. Ansonsten nämlich zeigte sein Gesicht alle Anzeichen von Schmerz und Verbitterung.

Die Hand, die die Zigarre hielt, verharrte reglos, und Frank wurde mit einemmal klar, daß es sich um eine Prothese handelte.

Dalloway trat zögernd einen Schritt vor. »Sind Sie von der Polizei?«

Greer nickte.

»Mein Name ist Haley Dalloway. Das Ganze ist schrecklich, eine schreckliche Geschichte. Rose war immer so voller Leben und Energie. Ich kann nicht glauben, daß sie – daß sie –« Um Beherrschung ringend, wandte er sich einen Moment ab.

Als er sich wieder gefaßt hatte, stellte Greer sich und Frank vor. Wieder gab man sich die Hand, Beileidsbekundungen wurden gemurmelt; dann drückte Malgradi einen Knopf hinter seinem Schreibtisch, und Orgelmusik quoll ins Zimmer, weich und dick wie Sirup.

»Herrgott noch mal, stellen Sie doch das Gedudel ab«, sagte Greer.

Malgradi sah ihn vorwurfsvoll an. »Na ja, ich dachte nur, es wäre unter den gegebenen Umständen angemessen.«

»Unter den gegebenen Umständen würde ich mir lieber Kojotengeheul anhören.«

»Kann ich was dafür, wenn manche Leute stocktaub sind?« Aber er stellte die Platte ab. Er hatte eine ganze Menge Respekt vor Greer. Greer war zwei Jahre in Princeton gewesen, und man durfte seine Meinung darüber, was angemessen war, nicht geringschätzen.

»Danke«, sagte Dalloway. An seinem Gesicht war nicht abzulesen, ob er Malgradi für das kurze Stück Musik oder Greer für die Stille dankte.

Greer musterte Dalloway – nicht unauffällig, wie Frank seine Patienten beobachten mußte, sondern offen und direkt, so wie Miriam Leute taxierte. »Wohnen Sie hier, Mr. Dalloway?«

»Nein. Nein, ich wohne im Belmont, das ist ein Vorort von Boston. Ich bin hierhergekommen, um – um Urlaub zu machen.«

»Wo sind Sie untergekommen?«

»Im Rancho del Mar. Das ist ein Motel in Strandnähe – East Beach heißt er, glaube ich. Wenn Sie etwas mit mir besprechen wollen, können Sie mich dort erreichen. Aber jetzt möchte ich gern – Rose sehen.«

»Aber gewiß doch«, sagte Greer höflich. »Macht es Ihnen etwas aus, wenn Mr. Clyde hier dabei ist?«

»Na ja, ich – nein.«

»Mr. Clyde war mit Rose befreundet. Er hat sich seit einem Jahr bemüht, ihr zu helfen.«

»Ihr zu helfen?« Dalloways Blick richtete sich auf Frank. »In welcher Hinsicht? Sind Sie Arzt?«

»Ich arbeite für die psychologische Beratungsstelle«, sagte Frank und wünschte sich, es gäbe eine einfache Art, seine Aufgaben zu beschreiben. »Ich wurde vor etwa einem Jahr auf Rose aufmerksam gemacht.«

»Soll das heißen, Rose war verrückt?«

»Aber keineswegs. Wir werden vorbeugend tätig, allerdings nicht in dem Umfang, wie wir könnten, wenn wir mehr Geld und qualifizierte Mitarbeiter hätten. Aber einiges tun wir schon. Ich habe Rose jedesmal einen Termin gegeben, wenn ich das Gefühl hatte, sie ist zu deprimiert oder zu euphorisch.«

»Rose war schon immer so«, meinte Dalloway ziemlich schroff. »Das ist nichts Neues und nichts Ernstes. Einen

Tag war sie so elend, daß sie alles und jeden haßte, und am nächsten Tag war sie der Mittelpunkt der Party.« In einer Andeutung von Stolz hob er das Kinn. »Ich bin froh, richtig froh, daß sie sich nicht verändert hat.«

Aber sie hatte sich verändert, und zwar so sehr, daß Dalloway bei ihrem Anblick von dem mit Satin ausgeschlagenen Sarg zurückwich und sich die Hand vor die Augen schlug.

Frank starrte auf die Tote herab. Er war entsetzt. Sie hatte überhaupt keine Ähnlichkeit mehr mit Rose. Zu Lebzeiten war Rose ziemlich nachlässig gewesen. Ganz gleich, wie oft sie sich das Haar kämmte, es sah immer ein bißchen zerzaust aus, ihr Make-up war immer ein bißchen verrutscht, und ihre Kleider erweckten den Eindruck, als ob sie vor kurzem mit einer Sturmbö zu kämpfen gehabt hatte.

Und nun lag sie wie aus dem Ei gepellt in ihrem geliehenen Sarg, und kein Härchen war am falschen Platz. Die mit Zellstoff ausgestopften Wangen waren symmetrisch rosig, der Mund starr und gerade, als wagte sie nicht, ihn zu bewegen, weil sie sonst den Lippenstift verschmieren würde. Für Rose hatte es sich ausgestürmt.

Schließlich sagte Dalloway: »Das ... das ist Rose?«

»Ja«, sagte Frank.

»Ich hätte sie nie erkannt, so alt ist sie geworden.« Er hörte sich an, als seien die Jahre, die Rose hatten altern lassen, ohne einen Seitenblick an ihm vorübergegangen. »Sie trägt immer noch meinen Ring.«

»Ich habe sie nie ohne ihn gesehen.«

»Eigentlich komisch, wenn man bedenkt, was sie so alles erlebt hat. Und Rose hat eine Menge erlebt, eine Menge. Ab und zu habe ich in der Zeitung etwas über sie gelesen, nachdem sie mich verlassen hat.« Abgesehen von seinem Atem, der mühsam und unregelmäßig war, schien sich Dalloway einigermaßen gefangen zu haben. »Hat sie Ihnen je erzählt, wie sie mich verlassen hat?«

»Ja, ein Mal. Sie ist mit einem Zirkus durchgebrannt.«

»Stimmt. Der Zirkus kam in die Stadt – wir haben damals in Boulder Junction gewohnt –, und als er weiterzog, ist Rose mitgegangen. Nach der Scheidung habe ich wieder geheiratet. Lora brauchte schließlich ein Zuhause.«

»Lora?«

»Unser gemeinsames Kind.«

»Von einem Kind hat sie nie gesprochen.«

Dalloway war nicht überrascht. »Das sieht ihr ähnlich, die lästigen Dinge zu vergessen. Ich – es hat wohl keinen Sinn, noch länger hierzubleiben, oder?«

»Nein.«

»Ich würde gern mehr über Rose erfahren, zum Beispiel, wie sie zum Ende hin gelebt hat. Ich möchte mich niemandem aufdrängen, aber vielleicht hätten Sie Lust, mich auf ein, zwei Drinks in meinem Motel zu besuchen. Ginge das?«

»Vielleicht.«

»Tatsache ist, ich bin allein in der Stadt. Das ist ziemlich deprimierend.«

»Ihre Familie ist nicht mitgekommen?«

»Ich habe keine Familie mehr. Meine Frau ist vor mehreren Jahren gestorben. Und Lora –« Dalloways Gesicht verkrampfte sich wie eine Faust, und zum erstenmal sah Frank hinter dem unschuldigen, vertrauensvollen Blick einen schlauen, harten, eigensinnigen Mann. »Meine Tochter Lora ist vor zwei Monaten verschwunden.«

Das Rancho del Mar gehörte zu einem Dutzend luxuriöser Motels unmittelbar am Strand. Zehn Meter hohe Palmen raschelten hektisch im Landwind, während der Efeu sich reglos an ihre beingrauen Stämme klammerte. Der Patio war mit Lichtergirlanden geschmückt und mit Gartenmöbeln – Liegen, Hollywoodschaukeln und Segeltuchstühlen – vollgestopft. Sie waren alle unbesetzt. Selbst jetzt, Ende Mai, waren die Nächte noch zu kalt. Wenn die Sonne verschwand, verschwanden auch die Leute, und der Seenebel ergriff vom Patio Besitz und hing in kleinen Schwaden unter den großen Schirmen und Redwoodtischen.

Dalloway bewohnte ein Eckzimmer, das aufs Meer hinausging. Er hatte die Fenster offengelassen, und die Luft im Zimmer war klamm und kalt.

Er machte den Heizkörper an, blieb davor stehen und wärmte sich die rechte Hand, bis der Zimmerkellner mit einem Krug Eis und einer Flasche Scotch kam. Der Zimmerkellner zeigte die extreme Ehrerbietigkeit eines Menschen, der großzügige Trinkgelder gewohnt ist, und Frank fragte sich, wieviel Geld Dalloway besaß und wie er es verdient hatte.

Dalloway mixte die Drinks. An der gewandten Art, wie er mit einer Hand zurechtkam, wurde deutlich, daß der Verlust der anderen schon eine ganze Weile zurücklag.

»Sie sind ein ruhiger junger Mann«, sagte Dalloway plötzlich. »Sie reden nicht viel.«

»Mein Job ist es zuzuhören.«

»Und zu beobachten.«

»Und zu beobachten, natürlich.«

»Und was beobachten Sie an mir?«

»Wollen Sie die Wahrheit hören?«

»Gewiß.«

»Ich habe mich gefragt, wie Sie Ihre Hand verloren haben.«

»Ach so, das.« Dalloway lachte. »Auf die denkbar unheroischste Weise. Ich bin damit in eine Kreissäge geraten, sehr unvorsichtig von mir. Ist Ihr Drink zu schwach oder zu stark?«

»Gerade richtig.«

»Ich selbst trinke eigentlich nicht, aber es gibt Ausnahmen.« Er zögerte. »Rose ist wohl völlig mittellos gestorben?«

»Ja.«

»Sie konnte einfach nicht mit Geld umgehen.«

»Es hat sie nicht sonderlich beschäftigt, und ihr lag auch nicht viel daran«, meinte Frank. »Das ist etwas anderes.«

»Im Ergebnis läuft es auf dasselbe hinaus.«

»Der Geldmangel hat Rose nichts ausgemacht. Das einzige, was ihr fehlte, war so etwas wie ein Job, für den sie sich interessieren konnte.«

»Sie hatte mal einen Job, nämlich den, sich um ihr Kind zu kümmern, aber der war ihr nicht gut genug. Der Zirkus war ihr wichtiger.« Dalloway starrte grimmig in sein Glas. »Wie die Mutter, so die Tochter. Es ist schon eigenartig: Obwohl sie all die Jahre voneinander getrennt waren, sind sie sich sehr ähnlich – auch in diesem letzten Punkt. Beide sind sie mir ohne Grund davongelaufen.«

Was die angebliche Grundlosigkeit anging, war Frank nicht so sicher. »Sie haben nichts von Lora gehört?«

»Seit zwei Monaten kein Wort. Ich kann nicht viel machen. Lora ist eine erwachsene Frau von dreißig Jahren. Zumindest dem Alter nach ist sie erwachsen. In Wirklichkeit ist sie ziemlich unreif, wie die meisten ihrer Freunde, obwohl die das ›Kreativität‹ nennen. Sie hat ein bißchen mit Malerei, Bildhauerei, Schauspielerei und dergleichen herumprobiert. Sie hat viel davon geredet, sich auszudrücken, aber das einzige, was sie nach meinem Dafürhalten wirklich ausgedrückt hat, war eine Antipathie gegen gute, ehrliche Arbeit.«

Für Frank klang das vertraut: der allzu strenge, phantasielose Vater und das Kind, das sich in Träume oder Krankheit flüchtet. »Sie wollte Schauspielerin werden wie ihre Mutter?«

»Ja. Sie hat in ein paar experimentellen Stücken, die bei uns zu Hause auf die Bühne kamen, die Hauptrolle gespielt, und das ist ihr zu Kopfe gestiegen. Möglicherweise hat sie sogar Talent – ich kenne mich da nicht aus, mir kamen die Stücke völlig albern vor –, aber sie ist über dreißig. Sie ist zu alt, um eine derartige Laufbahn einzuschlagen. Das habe ich ihr im März – der fünfundzwanzigste war es, glaube ich – zu erklären versucht. Als ich an diesem Abend zum Essen nach Hause kam, war sie verschwunden. Ich habe ein paar von ihren jämmerlichen Freunden angerufen, aber die haben behauptet, sie wüßten von nichts. Zwei Tage später habe ich sie als vermißt gemeldet. Bei der Polizei war man ziemlich gleichgültig, vielleicht sogar ein bißchen amüsiert, könnte ich mir vorstellen. Dort ging man davon aus, daß Lora mit einem Mann durchgebrannt war, und man hat mir geraten, nach Hause zu gehen und auf einen Brief von ihr zu warten. Das habe ich getan. Das Warten ist nicht meine Stärke, aber ich habe einen ganzen Monat gewartet. Dann habe ich mir eines Tages in der U-Bahn-Station Cambridge zufällig eine New Yorker Zeitung gekauft. Darin stand ein Artikel über eine geplante Fernsehsendung, in der Filmstars von früher auftreten sollten. Unter den möglichen Kandidaten wurde auch Rose genannt. Es hieß, sie habe sich zurückgezogen und bewohne ein großes Anwesen hier in La Mesa.«

Frank dachte an Roses Zimmer in der Pension und fragte sich, ob Rose selbst diese Falschmeldung lanciert hatte.

»Ich bin hierhergekommen, um sie zu besuchen«, sagte Dalloway. »Nicht um der alten Zeiten willen, sondern um herauszufinden, ob sie etwas über Lora wußte.«

»Warum sollte sie?«

»Ich habe schon lange das Gefühl, daß Lora die Absicht hatte, eines Tages nach ihrer Mutter zu suchen. Sie hat im vergangenen Jahr viel von Rose geredet und einmal sogar von der Möglichkeit eines Treffens mit ihr gesprochen. Ich habe ihr gesagt, daß das lachhaft ist, und damit war das Thema erledigt – allerdings nicht für Lora, fürchte ich.«

»Aber einen Beweis dafür haben Sie nicht?«

»Nein. Aber je mehr ich darüber nachdenke, desto plausibler erscheint es mir. Lora war – wie übrigens auch ich – davon überzeugt, daß Rose dank ihrer Karriere und ihrer zahlreichen Ehemänner in guten Verhältnissen lebte. Wir hatten keine Ahnung, daß sie total abgebrannt war.«

»Sie sind also hergekommen, um Rose zu besuchen.«

»Ja.«

»Und, haben Sie sie besucht?«

»Ich habe es probiert. Sie stand weder im Telefon- noch im Adreßbuch, noch in der Kartei der Kreditvermittlungsstelle, und sie lag in keinem der Krankenhäuser hier in der Stadt. Ich wollte mich weiter erkundigen, aber wie sich herausstellte, war das nicht mehr nötig.« Er stellte sein leeres Glas auf das Radio. Es setzte mit einem entschiedenen Klacken und einem scharfen, ungeduldigen Klirren von Eiswürfeln auf. »Woran ist sie gestorben?«

»Offenbar an einem Herzanfall.«

»Sie war kräftig wie ein Ochse.«

»Die Leute ändern sich mit der Zeit«, meinte Frank. »Rose hat wohl ziemlich in Saus und Braus gelebt.«

»Diese Leute, diese Goodfields, in deren Garten Rose gefunden wurde, wer ist das? Was wissen Sie von ihnen?«

»Nur das, was Greer mir auf der Fahrt zu Malgradi erzählt hat. Goodfield, seine Frau und seine Mutter sind aus San Francisco. Die Mutter ist krank, und sie haben die letzten Monate damit verbracht, im Land herumzureisen, um ein Klima zu finden, das ihr bekommt. Schließlich haben sie sich für La Mesa entschieden, ein Haus gemietet, ein Dienstmädchen eingestellt und so weiter. Sie sind erst seit zwei Wochen hier, aber laut dem Mädchen und dem Nachbarn nebenan ist Goodfield ein liebevoller Sohn und seine Frau Ethel eine liebevolle Schwiegertochter, und das ist eigentlich schon alles, was die Goodfields angeht.«

»Na, ich weiß nicht recht.«

Frank ging es ähnlich, aber das sagte er nicht. Statt dessen meinte er: »Es ist wohl einfach nur ein unglücklicher Zufall, daß Rose auf dem Grundstück der Goodfields gefunden wurde. Es hätte überall passieren können.«

»Vielleicht. Ich wollte mich bloß vergewissern. Das Leben hat mich gelehrt, mißtrauisch zu sein.«

Es war ein guter Lehrmeister gewesen, dachte Frank.

5

Willett litt unter den Nachwirkungen einer schlechten Nacht. Seine Augen waren rosa gerändert, und sein Frühstück steckte auf halbem Wege zwischen Magen und Kehle fest und rührte sich nicht. Als die Haustürglocke läutete, ließ er seinen Löffel fallen. Er bückte sich, um ihn aufzuheben, und stieß sich dabei den Kopf an der Tischkante, worauf er sich mit dramatischer Geste ans Herz griff.

Ethel beobachtete diese Manöver mit gewohnter Distanziertheit. »Hast du dir weh getan, Liebes.«

»Herrgott noch mal, wie oft muß ich dich denn noch daran erinnern, daß du die Glocke richten läßt? Das ist ja ein Lärm, um To… sie ist einfach zu laut. Man muß sie leiser stellen.«

»Was verstehe ich schon von Glocken.«

»Du kannst ein Taschentuch drumwickeln oder so.«

»Deine Taschentücher sind größer als meine«, sagte Ethel, hörbar erfreut über ihre Fähigkeit, einen Punkt zu erzielen, und sei er noch so klein.

Diesen Triumph konnte Willett nicht unwidersprochen hinnehmen. »Was hat das denn damit zu tun? Dann nimm eben eins von meinen Taschentüchern.«

»Du weißt, daß ich nicht in deinen Sachen herumschnüffle.«

»Man kann einfach nicht mehr mit dir reden.«

»Warum versuchst du's dann überhaupt.«

»Wir können schließlich nicht in totalem Schweigen leben.«

»Ich schon.« Das stimmte weitgehend. Ethel kam tagelang ohne ein Wort aus. Das trieb Willett, dessen Freuden fast ausschließlich verbaler Natur waren, zur Raserei. »Aber wir sollten in einem solchen Moment nicht streiten«, fügte Ethel hinzu. »Das ist pietätlos, nicht wahr.«

Willett machte ein wütendes Gesicht, aber er sagte nichts, denn Murphy war gerade ins Zimmer gekommen.

Murphy war eine magere, arrogante junge Frau mit kurzem schwarzem Haar und viel von dem, was Willett als Klasse bezeichnete. Murphys Recht auf dieses Attribut war unanfechtbar. Sie wußte, wohin sie gehörte – nach oben – und was ihre Pflichten waren – wenige. Vom praktischen Standpunkt aus war sie das schlechteste Mädchen, das Ethel je gehabt hatte; aber Ethel, die auf einer Farm in Wisconsin aufgewachsen war, war von Murphys wählerischer Vornehmheit beeindruckt und durchaus bereit, den Löwenanteil der Arbeit selbst zu machen, solange sie nur mit ›gnädige Frau‹ angeredet wurde.

Murphy war auf ihre Weise eine Perle, und wie die meisten Perlen kam sie im Salon besser zur Geltung als in der Küche.

»Captain Greer möchte Sie sprechen, Sir«, sagte Murphy zu Willett, und das *Sir* klang wie *Eure Lordschaft.* »Ich habe mir erlaubt, ihn in den Salon zu führen.«

»Danke, ich gehe gleich zu ihm.«

»Ich glaube, er möchte auch mit Mrs. Goodfield reden.«

»Mit mir?« sagte Ethel.

»Nein, gnädige Frau. Mit der älteren Mrs. Goodfield. Ich

habe ihm erklärt, daß sie unpäßlich ist, ihn aber wohl für einige Minuten empfangen kann.«

»Was in drei Teufels Namen haben Sie sich denn dabei gedacht?« sagte Willett, seine Vornehmheit vergessend. »Ich bin von Schwachsinnigen umzingelt, von Schwachsinnigen!«

Er stürmte aus dem Zimmer; Ethel und Murphy wechselten Blicke.

»Was essen wir zum Lunch?« fragte Ethel.

»Shrimps mag ich sehr, gnädige Frau.«

»Schön, dann mache ich einen Shrimpssalat. Mit Willett ist schrecklich schwer auszukommen, nicht wahr? Sie wissen ja, was ich meine.«

Murphy wußte, was sie meinte. Seine Lordschaft waren unausstehlich.

»Ich will damit sagen«, fügte Ethel hinzu, »ernst nehmen kann man ihn nicht, nicht ernst nehmen kann man ihn aber auch nicht. Verstehen Sie?«

»Durchaus.«

»Es wäre doch schön, wenn unleidige Menschen einfach eine Pille oder so etwas nehmen könnten und dann ganz fröhlich und heiter würden.«

»Frische Brötchen würden gut zu dem Shrimpssalat passen, gnädige Frau.«

»So? Ja, wahrscheinlich.« Die gnädige Frau seufzte. Sie backte furchtbar ungern Brötchen, aber Murphy weigerte sich, die aus der Bäckerei zu essen.

Sein Leben lang war Willett von Selbstzweifeln gelähmt und von Unsicherheit in den trivialsten Fragen gequält worden – wie etwa der, ob es sich schickte, einem Polizisten wie Greer die Hand zu geben. Als er schließlich zu dem Schluß kam, daß es sich schickte, kam er seiner Pflicht mit nervösem Widerwillen nach und wischte sich hinterher unbewußt die Hand an der Hose ab. Greer bemerkte die Geste und mißdeutete ihren Beweggrund. Und so befand sich Willett einmal mehr in der Situation, Animosität geweckt zu haben, ohne zu wissen, warum. Die Selbstzweifel, die schließlich doch – falsch und verspätet – erfolgende Geste, die daraus sich ergebende Unbeliebtheit, die weitere Selbstzweifel weckte – es war ein Teufelskreis von Irrtümern, und Willett rannte keuchend darin herum und fragte sich, wo das Ende war.

»Ich dachte, die Geschichte wäre gestern abgeschlossen worden«, sagte Willett. »Die arme Frau ist ja nun tot und so weiter. Was gibt es denn noch?«

»Das hier.« Greer hielt ihm eine Vorladung unter die Nase, und Willett betrachtete das Papier mit tiefem Mißtrauen.

»Was ist das?«

»Eine Vorladung. Morgen vormittag findet die gerichtliche Voruntersuchung statt. Sie sollen als Zeuge aussagen, den Geschworenen einfach erzählen, was passiert ist.«

»Das ist mir aber gar nicht recht. Ich hatte noch nie mit solchen Sachen zu tun. Das macht mich nervös. Ich bin alles andere als gesund. Ich habe einen Nierenstein.«

»Seien Sie vernünftig, Mr. Goodfield.«

»Vernünftig? Ist es vernünftig, einen unschuldigen Zuschauer vor Gericht zu zerren? Ich habe große Lust, meinen Mietvertrag zu kündigen und wieder nach Hause zu fahren. Bestimmt habe ich das Recht, den Vertrag zu kündigen – wenn man eine Tote auf dem Grundstück –«

»Keine Ahnung. Mit Mietrecht habe ich nicht viel zu tun.« Greer diskutierte nicht weiter über die Vorladung. Er legte sie einfach auf das Glastischchen, während Willett darauf starrte, als erwartete er, daß sie lebendig würde und daß ihr Flügel, Beine oder Zähne wüchsen.

»Ich mag keine unschönen Dinge«, sagte er schließlich. »Meinen Sie – meinen Sie, es wird morgen sehr unschön?«

»Nein, nicht sehr.«

»Nichts von Mord oder Selbstmord oder etwas in der Art?«

»Das haben die Geschworenen zu entscheiden.«

»Ich verstehe.« Willett hüstelte. »Tja, dann muß ich wohl meiner Bürgerpflicht nachkommen.«

»So würde ich das auch sehen.«

»Die arme Frau, die da gestorben ist – meine Frau und ich haben gestern abend darüber gesprochen –, sie bekommt doch hoffentlich ein anständiges Begräbnis mit Blumen und so weiter?«

»Für die Blumen kann ich nicht garantieren, aber sie wird vorschriftsmäßig beerdigt. Die County übernimmt die Rechnung, wenn's niemand anders tut.«

»Mir kommt das so herzlos vor, ohne Blumen.«

»Rose wird den Unterschied nicht bemerken.«

Willett wurde ganz blaß. »Ich überlege gerade – meine Frau und ich haben überlegt – wir verspüren in dieser Sache eine gewisse Verantwortung. Wir sind zwar keineswegs wohlhabend, leben aber doch in bequemen Verhältnissen, und da dachte ich – oder vielmehr Ethel –, daß vielleicht ein Scheck über hundert Dollar –?«

»Sie wollen die Beerdigungskosten übernehmen?«

»Ich – ja, so könnte man es vielleicht formulieren. Ethel hat ein sehr weiches Herz, wissen Sie.«

Greer wußte es nicht. »Da müßten Sie sich an den County Administrator wenden.«

Willett hatte keine Ahnung, wer oder was der County Administrator war, nickte jedoch klug. »Ich verstehe. Es gibt bürokratische Hürden. Meinen Sie, es wäre besser, die ganze Sache sein zu lassen? Ich will auf keinen Fall, daß ich wegen meiner Großzügigkeit womöglich noch Ärger bekomme. Das wäre nicht fair.«

»Es gibt viele ehrenwerte Anliegen, für die man Geld spenden kann«, sagte Greer barsch. »Blumen sind schön, aber Rose kann sie nicht mehr riechen.«

Willett zog ein Taschentuch und wischte sich die Stirn. Er verabscheute diesen gefühllosen Polizisten so sehr, daß ihm übel war. »Ich – wenn Sie mich jetzt bitte entschuldigen – ich bin nicht ganz auf der Höhe.«

»Das tut mir leid.«

»Wir – wir sind keine sehr robuste Familie. Wir regen uns leicht auf.«

Das glaubte Greer aufs Wort. »Ich möchte noch rasch mit Ihrer Mutter sprechen. Ich werde versuchen, sie nicht zu beunruhigen.«

Willett fühlte sich zu schwach und zu krank zum Streiten. »Murphy wird Sie nach oben führen«, sagte er und eilte, das Taschentuch vor den Mund gepreßt, zur Tür.

Greer setzte sich, um auf Murphy zu warten. Draußen wurde es bereits warm, und die Atmosphäre im Zimmer war deprimierend. Zu den offenen Fenstern wehte ein allzu süßer Blumenduft herein, den Greer nicht näher bestimmen konnte. Greer war kein Intuitionsmensch, aber er hatte den Eindruck, daß die Goodfields etwas verbargen, was vielleicht mit Rose, vielleicht aber auch nur mit ihnen selbst zu tun hatte. Er hatte das Gefühl, daß sich dieser Eindruck in einem Gespräch mit der alten Dame bestätigen oder widerlegen ließe. Daß sie – und Murphy –

in diesem Haus die Hosen anhatten, war ganz offensichtlich.

»Hier entlang, Sir«, sagte Murphy.

Greer stand auf. »Wie lange arbeiten Sie schon für die Goodfields, Murphy?«

»Seit zwei Wochen, Sir.«

»Wie haben Sie die Stelle bekommen?«

»Ich habe eine Anzeige in der Lokalzeitung aufgegeben.«

»Viele Zuschriften gekriegt?«

»Gewiß, Sir. Ich habe mich für die Goodfields entschieden, weil ich hier keine niedrigen Arbeiten verrichten muß. Ortega macht den Garten, zweimal die Woche kommt eine Putzfrau, die Wäsche wird außer Haus gegeben, und das Kochen erledigt Mrs. Goodfield.«

»Da bleibt Ihnen ja eine ganze Menge Freizeit.«

»Ein zufälliger Beobachter könnte diesen Eindruck gewinnen«, meinte sie kurzangebunden und ging vor ihm die Treppe hinauf, steif aufgerichtet, als balanciere sie ein Buch auf dem Kopf.

»Ein merkwürdiger Job für eine Frau mit Ihren Talenten, nicht wahr?«

»Finden Sie, Sir?«

»Ja. Sie waren doch auf dem College, oder nicht?«

»Natürlich war ich auf dem College. Dort habe ich auch gelernt, daß gute Hausangestellte mehr verdienen als gute Lehrer und daß sie manchmal sogar Aussichten haben, ihren Arbeitgeber zu heiraten, wenn Sie mir folgen können, Sir.«

»Durchaus.«

»Wenn die Goodfields nach San Francisco zurückgehen, werde ich dabeisein. In einer größeren Stadt gibt es mehr – nennen wir's Möglichkeiten.«

»Die Sie bestimmt sondieren werden.«

»Danke, Sir. Ich werde mich bemühen.«

Mrs. Goodfield lag auf einem Berg von Kissen in einem altmodischen Himmelbett mit gerüschtem, rosafarbenem Baldachin. Das Bett ließ sie klein erscheinen; sie wirkte nicht größer als ein Kind, ein blasses, schlaffes kleines Mädchen, von langer Krankheit seltsam gealtert. Ihre Haut hatte die milchige Transparenz von Paraffin, und selbst in dem trüben Licht, das durch die geschlossenen Jalousien hereinsickerte, zeigte ihr kurzes schwarzes Haar den purpurnen Schimmer einer Tönung. Die dünne, leicht gekrümmte Nase verlieh ihr einen stolzen, arroganten Ausdruck. Sogar im Bett trug sie ihren Schmuck – Diamanten und Rubine an den Fingern, ein Armband, das bei jeder ihrer Bewegungen klirrte, und Perlohrringe, die zur Blässe ihrer kleinen, zarten Ohren paßten.

»Ich kann keine Mediziner gebrauchen«, sagte sie mit einem langen, feindseligen Blick auf Greer. »Sie können genausogut zusammenpacken und wieder verschwinden.«

»Das ist kein Arzt, gnädige Frau«, sagte Murphy. »Das ist ein Polizeibeamter, Captain Greer.«

»So, ein Polizeibeamter, wie? Wahrscheinlich hat Willett eine rote Ampel überfahren. Er hat noch nie Auto fahren können, sondern das Auto fährt ihn. Manchmal frage ich mich, ob ich ihn richtig erzogen habe. Sie können gehen, Murphy.«

»Ich glaube, es wäre ratsam, wenn ich bliebe, gnädige Frau.«

»Und ich glaube, es wäre ratsam, wenn Sie machen, daß Sie hinauskommen. Und verschonen Sie mich mit diesem Gnädige-Frau-Gesums. Davon wird mir übel, verstanden?«

Murphy entfernte sich mit elegantem Achselzucken.

»Unmögliches Weib, wie?« sagte die alte Dame fröhlich. »Viele Leute finden *mich* unmöglich, aber ich bin da anderer Meinung. Haben Sie je Baseball gespielt?«

»Shortstop in der High-School-Mannschaft.«

»Mir scheint, Sie sind eher wie ein Fänger gebaut. Allerdings kann ich Ihre Beine nicht sehen. Haben Sie kräftige Beine?«

»Kräftig genug.«

»Dann hätten Sie Fänger spielen sollen. Aber Sie sind wohl nicht hergekommen, um über Baseball zu reden, oder?«

»Nein.«

»Tja, jetzt sind Sie an der Reihe, was zu sagen. Ich rede viel, aber ich lasse immer auch den anderen zu Wort kommen. Na los, sagen Sie was.«

»Man hat Ihnen vermutlich erzählt, was gestern morgen hier passiert ist.«

Sie nickte. »Rose French ist tot in meinem Garten gefunden worden. Das hat Willett nervös gemacht.«

»Haben Sie Rose gekannt?«

»Nicht persönlich. Aber in ihre Filme bin ich gegangen. Hab sie allerdings nie für eine tolle Schauspielerin gehalten.« Sie klopfte eines der Kissen, um ihren Worten Nachdruck zu verleihen. »Was soll überhaupt das ganze Getue? Wenn sie tot ist, ist sie tot. Viel machen kann ich da auch nicht.«

»Mir ist der Gedanke gekommen, Sie hätten sie möglicherweise persönlich gekannt.«

»Hab ich aber nicht.«

»Und Ihr Sohn?«

»Ich hätte nie erlaubt, daß sich Willett mit einer Schauspielerin einläßt«, sagte sie streng. »Als es für ihn Zeit war, flügge zu werden, habe ich Ethel für ihn ausgesucht. Gute, robuste Rasse, diese Ethel. Lassen Sie sich von dem zickigen Getue nicht täuschen. Sie ist stark wie ein Pferd. Jetzt muß ich aber mal überlegen, wo waren wir gerade? Ach so, ja, bei Schauspielerinnen. Über Schauspielerinnen habe ich Willett aufgeklärt, als er achtzehn war. Beantwortet das Ihre Frage?«

»Ich denke schon.«

»Jetzt sind Sie wieder an der Reihe, was zu sagen. Na los. Wenn Ihnen allerdings nichts einfällt, mache ich weiter, und Sie sind danach zweimal dran. Ist Ihnen das recht?«

»Dann sage ich doch lieber jetzt was«, meinte Greer trocken. »Vielleicht komme ich nachher nicht mehr dazu.«

Die alte Dame feixte und strich sich über den Fingerring. Sie amüsierte sich prächtig.

»Mrs. Goodfield, hätten Sie etwas dagegen, mir zu sagen, womit Willett seinen Lebensunterhalt verdient?«

»Damit, daß er mir nicht widerspricht. Damit verdient er seinen Lebensunterhalt.«

»Könnten Sie das etwas genauer ausdrücken?«

»Geschäftliche Details interessieren mich nicht. Warum fragen Sie nicht Willett oder Ethel?«

»Ja, das werde ich wohl«, sagte Greer und machte einen zögernden Schritt Richtung Tür.

»Sie wollen doch nicht etwa schon gehen?«

»Ich habe versprochen, Sie nicht allzu lange zu stören.«

»Mich stören?« Sie stützte sich auf den Ellbogen und wiederholte: »Mich stören? Ja merken die denn nicht, daß ich einsam bin? Ich rede gern mit Leuten, mit Leuten von draußen. Warum bleiben Sie nicht noch einen Moment, und wir reden über Baseball? Ich verspreche auch, daß ich Sie zu Wort kommen lasse. Einverstanden?«

»Ein andermal gern. Aber heute morgen habe ich zu tun.«

Mrs. Goodfield warf sich wie ein schmollendes Kind wieder in die Kissen zurück. »Sie kommen nicht wieder, da könnte ich wetten. Sie glauben, ich bin eine alte Spinnerin. Aber das stimmt nicht. Es ist nur so, daß ich im Leben viele Enttäuschungen erlebt habe. Die schlimmsten waren meine Kinder. Zuerst Willett, dann Jack und dann Shirley. Es sind keine schlechten Kinder, aber es fehlt ihnen an Willenskraft und Mut. Aus ihnen wird nie etwas werden, nie. Jack ist ein Partylöwe, der überzählige Mann auf Dinners und Cocktailpartys. Er macht sich ziemlich zum Narren mit seiner Scharwenzelei um die Frauen anderer Männer. Sie kennen den Typ?«

»Ja.«

»Und Shirley, die Ärmste, die hat einen Lehrer geheiratet, als sie noch sehr jung war. Er ist vor zwei Jahren an einem Schlaganfall gestorben, und jetzt steht sie da und muß vier Kinder versorgen.« Sie fügte beinahe ehrfurchtsvoll hinzu: »Gott sei gedankt für unsere kleine Fabrik; die hat uns bis jetzt das Armenhaus erspart.«

»Wieso bis jetzt?«

»Es kann alles mögliche passieren, besonders wenn ich einmal nicht mehr da bin. Hat Willett Ihnen gesagt, daß ich angeblich im Sterben liege?«

»Nicht direkt.«

»Angeblich schon, aber ob wirklich, da bin ich mir nicht so sicher. Jedenfalls nicht vor der Baseball-Meisterschaft. Sie kennen nicht zufällig irgendwelche Buchmacher in der Stadt, oder? Ich habe mir überlegt, mit Pferdewetten anzufangen, dann hätte ich noch ein zweites Hobby neben dem Baseball.«

»Offiziell gibt es keine Buchmacher in der Stadt.«
»Und inoffiziell?«
»Mal sehen, was sich tun läßt.«
Wieder feixte die alte Dame und rieb sich die Hände.
Greer verabschiedete sich in der starken Überzeugung, daß er von einer Expertin über den Tisch gezogen worden war.

6

Am nächsten Morgen um neun Uhr fand die gerichtliche Voruntersuchung zur Klärung der Frage statt, wodurch ein Mensch mit Namen Rose Elizabeth French zu Tode gekommen war.

Mrs. Cushman, die Wirtin, die zu diesem Anlaß ein elegantes Kleid aus geblümtem Chiffon trug, identifizierte die Leiche. Der Pathologe Dr. Severn las den Geschworenen seinen detaillierten Obduktionsbefund vor, und Ortega schilderte mit belegter Stimme, wie er am Dienstag morgen Rittersporn hatte pflanzen wollen und statt dessen Rose gefunden hatte, die neben dem Lilienteich in der Sonne lag.

Der Sheriff, Angell, fungierte zugleich als Coroner. »Haben Sie sie angefaßt, Mr. Ortega?«

»Nein, Sir. Das konnt ich gar nicht, weil ich doch den Korb mit den Rittersporen in den Händen hatte. Der war schwer; ich hatte die Hände voll.«

»Ja, ja. Was haben Sie dann gemacht?«

»Ich bin ins Haus gerannt und hab dem Mann gesagt, was ich gefunden hab. Dem Mann da.« Ortega zeigte auf Willett, der in der zweiten Reihe saß. Alles drehte sich um und starrte Willett neugierig an. Dieser versuchte, der allgemeinen Aufmerksamkeit dadurch zu entgehen, daß er sich auf seinem Platz nach unten sacken ließ. Das merkte einer der Geschworenen und nahm sich vor, wie ein Falke auf weitere Anzeichen von Schuld bei Willett zu achten.

»Jetzt möchte ich Sie bitten, sich an den Montag zu erinnern«, sagte Angell. »Der Grund für diese Bitte wird gleich klar werden.«

Ein Geschworener hob die Hand und verkündete, er würde den Grund gern sofort erfahren, er habe nämlich Schwierigkeiten, den Zeugen zu folgen, die sich weigerten, normales Englisch zu reden, das man verstehen könne. Mit einem vorwurfsvollen Blick auf Dr. Severn setzte er sich wieder.

Angell wandte sich an den Geschworenen. »Nach Dr. Severns Befund liegt die Todeszeit von Miss French zwischen Montag elf Uhr und Montag dreizehn Uhr. Sie wurde aber erst Dienstag morgen gefunden, und ich möchte, daß die Geschworenen erfahren, warum.«

»Ich weiß, warum«, rief Ortega mit triumphierender Miene.

»Schön, Mr. Ortega, dann erzählen Sie es uns.«

»Montags arbeite ich nicht für den Mann da« – wieder deutete er auf Willett –, »nur dienstags – dienstags und samstags. Montags und mittwochs arbeite ich für Mrs. Pond. Die züchtet Orchideen.«

»Dann waren Sie am Montag also nicht im Garten des Hauses 2201 Ventura Drive?«

»Nein, Sir.«

»Beschreiben Sie diesen Garten bitte den Geschworenen, Mr. Ortega.«

Ortega machte lediglich ein verdutztes Gesicht.

»Wie groß ist er beispielsweise?«

»Er ist nicht so groß, aber es gibt immer was zu tun.«

»Gibt es einen Zaun drum herum oder eine Hecke?«

»Na sicher, ohne Zaun und Hecke geht's nicht.«

»Warum?«

»Na ja, direkt dahinter führt die Straße vorbei, die Straße zum Strand und zum Highway. Ohne Zaun und Hecke würden einem die Leute alles zertrampeln.«

»Was ist das für eine Hecke?«

»Eugenie. Uralt und riesengroß. Im Herbst macht meine Mutter immer Marmelade aus den Beeren.«

»Das ist ja sehr interessant«, sagte Angell, und ein, zwei Geschworene lachten. »Ist es möglich, daß ein normal gebauter Mensch durch diese Hecke hindurch- oder über sie hinwegschauen kann?«

»Nein, Sir, nicht ohne Leiter.«

»Gibt es irgendwo einen Durchlaß in der Hecke, sagen wir, von der hinteren Straße aus?«

»Ja, Sir, da wo das Tor ist. Da ist ein kleines Eisentor.«

»Ist das ständig verschlossen?«

»Nein, Sir, ich hab noch nie erlebt, daß da abgeschlossen war.«

»Dann ist es also durchaus möglich, daß Miss French – vielleicht auf dem Weg zum Highway, vielleicht auf dem Weg zum Bahnhof – mit ihrem Koffer die hintere Straße entlangkam, diesen Garten gesehen hat, zu dem Schluß kam, daß das ein hübscher Platz zum Ausruhen ist, und dann durch das kleine Eisentor hineinging. Würden Sie sagen, daß das möglich ist, Mr. Ortega?«

»Gott, ich weiß nicht. Wenn Sie sagen, es ist möglich, dann ist es auch möglich.«

»Schön, Mr. Ortega. Ich danke Ihnen.« Angell warf einen Blick auf seine Notizen. »Mr. Willett Goodfield, würden Sie bitte in den Zeugenstand treten.«

Willett nannte Namen, Adresse und Beruf und erklärte

dann, er wohne der Gesundheit seiner Mutter wegen vorübergehend in La Mesa.

»Die gestrigen Ereignisse müssen Ihre Mutter ziemlich mitgenommen haben«, sagte Angell.

Dieses Vorgehen überraschte Willett sehr. Er hatte damit gerechnet, schikaniert oder allermindestens grob ins Kreuzverhör genommen zu werden, und diese unvorhergesehene Freundlichkeit stürzte ihn in einen derartigen Verwirrungszustand, daß er nicht wußte, was er sagen sollte.

»Waren Sie mit der Verstorbenen bekannt, Mr. Goodfield?«

»Ich war – nein. Nein, Sir.«

»Wahrscheinlich war Ihnen aber der Name geläufig?«

»Sie war einmal sehr berühmt. Aber ich habe sie nicht als Rose French erkannt, als ich mit dem Gärtner hinausging und sie da liegen sah. Ich hatte keine Ahnung, was – wer sie war. Es ist schon über ein Dutzend Jahre her, daß ich einen ihrer Filme gesehen habe.«

»Bitte sagen Sie mir, wer alles zu Ihrem Haushalt zählt, Mr. Goodfield.«

»Meine Mutter, meine Frau, ich und ein Dienstmädchen. Wir leben sehr bescheiden.«

»Und Sie waren am Montag alle in dem Haus Nr. 2201 Ventura Drive.«

»Ja, Sir.«

»Den ganzen Tag?«

»Ja, Sir.«

»Sind Sie irgendwann im Garten gewesen?«

»Nein, Sir. Meine Mutter ist bettlägerig, und meine Frau, ich und das Mädchen sind immer noch damit beschäftigt, uns in dem Haus einzurichten.«

»Sie entsinnen sich der Stelle, an der Miss French gefunden wurde. Ist diese Stelle von einem der Fenster des Hauses aus zu sehen?«

»Das weiß ich nicht. Ich meine, ich habe nie versucht, von einem bestimmten Fenster aus eine bestimmte Stelle zu sehen. Ich hatte nie Veranlassung dazu.«

»Das wäre dann alles, danke, Mr. Goodfield. Bitte verlassen Sie den Gerichtssaal erst, wenn die Beweisaufnahme abgeschlossen ist – falls Sie noch einmal in den Zeugenstand gerufen werden. Captain Greer, Sie sind der nächste.«

Greer sagte den Geschworenen, er heiße James Rudyard Greer, sei seit zwölf Jahren Polizeibeamter und seit über zwanzig Jahren in La Mesa ansässig. Dienstag, den 22. Mai, um 8 Uhr 16 habe er einen Anruf von Willett Goodfield, 2201 Ventura Drive, erhalten. Dieser habe gemeldet, daß auf dem Grundstück eine Tote aufgefunden worden sei. Er, Greer, habe sich zusammen mit Sergeant Fiske und Patrolman Halderman in einem Streifenwagen zu der genannten Adresse begeben; man sei dort gegen 8 Uhr 30 eingetroffen. Die Tote sei anhand des Inhalts von Koffer und Handtasche identifiziert worden.

»Haben Sie eine Liste des Inhalts, Captain?«

»Ja, ich habe eine Liste und auch den Inhalt selbst.«

»Zeigen Sie bitte beides dem Gericht.«

Die Handtasche und der Koffer wurden herbeigeschafft und auf dem langen Mahagonitisch ausgeleert. Die Geschworenen defilierten daran vorbei, manche beeilten sich, manche trödelten, manche waren nervös; neugierig waren sie alle. Als sie eine Viertelstunde später wieder auf der Geschworenenbank Platz nahmen, stand unterdrückte Erregung in ihren Gesichtern. Greer, der sie beobachtete, wußte, daß sie möglichst schnell nach Hause kommen wollten, um ihren Verwandten, Freunden und Nachbarn von ihrem Erlebnis zu erzählen.

Schweigen senkte sich wie Schnee auf den Gerichtssaal herab.

»Sagen Sie, Captain, was hat es mit dem halben Dutzend Postkarten auf sich, die an Mr. Frank Clyde adressiert sind?«

»Mr. Clyde befindet sich im Gerichtssaal, Sir. Ich schlage vor, Sie fragen ihn selbst.«

»Gut, wir rufen Sie später noch einmal auf, Captain. Würde Mr. Clyde bitte vortreten?«

Frank hatte Erfahrung als Zeuge in Einweisungsverfahren vor dem Superior Court. Diese Untersuchung war etwas anderes; sie war weniger förmlich, es waren keine Anwälte beteiligt, und es gab keine Auseinandersetzungen über juristische Feinheiten.

Nach der routinemäßigen Befragung zur Person sagte Frank den Geschworenen, er habe Rose seit über einem Jahr gekannt.

»Hat sie Sie als Freund betrachtet, Mr. Clyde?«

»Ich glaube schon, jedenfalls gegen Ende.«

»Wann haben Sie das letzte Mal von ihr gehört?«

»Sie hat mich Montag nachmittag angerufen und mir erzählt, sie hätte bei einer alten Freundin einen Job als Haushälterin gefunden und würde von hier weggehen. Ich habe sie gebeten, sich ab und zu bei mir zu melden, und das hat sie zugesagt.«

»Das war Montag nachmittag um welche Zeit?«

»Ich dachte, es wäre gegen drei gewesen.«

»Ihnen ist klar, daß dieser Eindruck dem von Dr. Severn geschilderten Sachverhalt widerspricht?«

»Das ist mir klar, aber – na ja, ich denke, ich kann mich auch irren. Ich bekomme eine Menge Anrufe, und in meinem Büro gehen ständig Leute ein und aus.«

»Haben Sie normalerweise ein gutes Zeitgefühl?«

»Es geht, aber –«

»Tragen Sie eine Uhr?«

»Ich habe eine Taschenuhr.«

»Gibt es in Ihrem Büro eine Tisch- oder Wanduhr?«

»Nein, Sir.«

»Was würden Sie, ohne auf die Uhr zu sehen, sagen, wie spät es jetzt ist?«

»Ich denke, es ist etwa Viertel vor elf.«

»Es ist genau sieben Minuten nach zehn.«

Frank sah kurz zu Greer hinüber. Der zuckte bloß die Achseln und blickte zur Decke.

»Sie geben also zu«, sagte Angell, »daß Sie sich geirrt haben könnten, was den Zeitpunkt des Telefonanrufs angeht?«

»Ja, schon, aber ich glaube nicht, daß ich –«

»Das wäre dann alles, ich danke Ihnen, Mr. Clyde.«

Frank verließ widerspruchslos den Zeugenstand. Er wußte – genau wie Greer –, daß die Geschworenen zu dem Spruch kommen würden, den Angell haben wollte.

Um drei Uhr nachmittags trafen die Geschworenen ihre Entscheidung: Die Verstorbene, Rose Elizabeth French, hatte sich überanstrengt und war eines natürlichen Todes, nämlich an einem Herzanfall, gestorben.

Bei der Verkündung des Spruches brach Mrs. Cushman, die sich den ganzen Tag mit Würde und Anstand gehalten hatte, in Tränen aus und mußte von Frank auf den Flur geführt werden.

»Angesichts der Beweisaufnahme war kein anderer Spruch möglich«, sagte Frank.

»Es ist nicht der Spruch, der mir zu schaffen macht.« Mrs. Cushman wischte sich mit dem geblümten Chiffonärmel die Augen. »Es ist ihr armes Herz und daß sie nie geklagt hat und wie ich sie manchmal gepiesackt hab.«

»Nehmen Sie sich das nicht so zu Herzen.«

»Und wie ich sie angepfiffen hab, weil sie ihr Zimmer nicht so in Ordnung gehalten hat wie Miss Henderson, und dabei hätt sie jeden Moment einen Herzanfall kriegen und tot umfallen können. Das verzeihe ich mir nie.«

»Kopf hoch. Rose hat Sie für ihre beste Freundin gehalten.«

»Ja? Ehrlich?«

»Da bin ich ganz sicher.«

»Ich nicht. Wissen Sie, wie sie mich genannt hat? Alte Schlampe hat sie mich genannt. Wenn ich mir überlege, was ich alles für die Frau getan hab, und dann dreht sie sich rum und nennt mich alte Schlampe, da kann man sich schon aufregen.«

»Sie waren sehr gut zu Rose.«

»Das kann man wohl sagen.«

»Sie hätte sich keine bessere Freundin wünschen können.«

»Niemand anders wär so blöd gewesen.«

»Ich fahre Sie nach Hause.«

»Gut.« Mrs. Cushman blickte sich vage im Flur um, als wollte sie das schlechte Gewissen ausfindig machen, das sie kurzzeitig verlegt hatte. Frank wußte, wonach sie suchte, machte aber keinerlei Anstalten, ihr zu helfen.

»Mir ist, als hätte ich was vergessen«, meinte Mrs. Cushman stirnrunzelnd. »Ich gehe lieber noch mal rein und sehe nach.«

Sie ging hinein und suchte die Bank, auf der sie gesessen

hatte, und den Boden drumherum ab, aber sie fand nichts außer einer zurückgelassenen *Los Angeles Times.* Sie nahm statt dessen die.

7

Bei einer Tasse heißem, starkem Tee in Mrs. Cushmans Wohnzimmer erfuhr Frank noch einiges mehr über Mrs. Cushmans Schwierigkeiten mit dem Leben im allgemeinen und Rose im besonderen.

Offenbar hatte sich Rose die ganze Woche vor ihrem Tod sehr geheimnisvoll verhalten.

»Also wenn es eins gibt, was ich nicht leiden kann, dann sind es Heimlichtuer«, erklärte Mrs. Cushman, »Leute, die die ganze Zeit rumlaufen, ohne anderen Leuten zu erzählen, was sie so denken oder treiben. Um der Wahrheit die Ehre zu geben, muß man allerdings sagen, daß Rose nicht immer heimlich getan hat.«

»Bloß die eine Woche«, soufflierte Frank.

»Nicht direkt. Angefangen hat es schon vor einer ganzen Weile, aber speziell letzte Woche habe ich gemerkt, daß sie außer Männern und Alkohol noch was anderes beschäftigt. Männer und Alkohol konnte ich ja noch verstehen, schließlich kannte ich Rose, aber daß sie ständig wegging, ohne einer Menschenseele zu verraten, wo sie gewesen war, das hat mir Sorgen gemacht. Und aufgedonnert war sie jedesmal, richtig todschick.«

»Vielleicht hatte sie eine Verabredung mit einem Mann.«

»Das hab ich zuerst auch gedacht, nur: Können Sie sich vorstellen, daß eine Frau wie Rose eine Verabredung hat, ohne wie verrückt damit anzugeben? Die Angeberei war Roses schlimmster Fehler, sie ruhe in Frieden, mal abgesehen von der Eitelkeit. Rose war so eitel wie nur was. Beim Abendessen hat sie oft eine geschlagene Stunde davon erzählt, wie dieser Mann sie auf der Straße angeglotzt und jener versucht hätte, sie an der Bushaltestelle aufzugabeln. Widerwärtig so was, in ihrem Alter. Apropos Alter, haben Sie gehört, was Dr. Severn in der Verhandlung gesagt hat? *Er* hat gesagt, Rose war zwischen sechzig und fünfundsechzig. *Sie* hat behauptet, sie wäre erst zweiundfünfzig. Da sieht man's mal wieder, was?«

Frank wußte nicht recht, was man da mal wieder sah, aber er nickte.

Mrs. Cushman nahm das Nicken als Zeichen der Zustimmung und Ermutigung. Tatsache war, daß sich Mrs. Cushman zu Roses Lebzeiten immer ein wenig vor ihr gefürchtet hatte. Sie hatte oft gehässig von Rose gedacht, ihre Gedanken aber nicht in Worte fassen können, weil Rose gegen Angriffe nicht nur mit ihrem früheren Ruhm, sondern auch mit ihrem aktuellen, rasiermesserscharfen Mundwerk gewappnet war. Nun, da Rose keine Möglichkeit zur Entgegnung oder Revanche mehr hatte, fühlte sich Mrs. Cushman zum erstenmal imstande, ihre Meinung frei zu äußern. Frank war der ideale Zuhörer: ruhig, interessiert und vom anderen Geschlecht.

»Ich will mich nicht beklagen, ich habe mich nie beklagt, aber als sie anfing, ständig wegzugehen, und nicht mehr Canasta spielen wollte – nicht daß sie besser gespielt hätte als ein sechsjähriges Kind, sie hatte einfach keinen Sinn für Zahlen. Ich mußte sie oft gewinnen lassen, sonst hätte sie die Wut gekriegt und alles hingeschmissen.«

Frank überspielte seine Belustigung mit einem Hüsteln.

Er hatte von Rose eine ganze Menge über diese Canastapartien gehört. Nach Roses Version war Mrs. Cushman eine unverbesserliche Schummlerin, die vor nichts zurückschreckte, um ein läppisches Kartenspiel zu gewinnen.

»Ich hätte sie mit geschlossenen Augen und auf den Rücken gefesselten Händen geschlagen«, sagte Mrs. Cushman munter. »Noch Tee?«

»Nein, danke.«

»Ich nehme noch ein Tröpfchen. Rose konnte Tee nicht ausstehen. Einer ihrer Ehemänner war Engländer, und danach konnte sie Tee nicht mehr ausstehen.«

»Um noch mal auf ihre Ausflüge zurückzukommen...«

»Ja, wie gesagt, sie ist jeden Morgen nach dem Frühstück losgezogen, und zwar so richtig aufgedonnert. Ein paarmal hab ich sie gefragt, Rose, hab ich gefragt, gehen Sie einkaufen? Sie hat ja gesagt, aber wenn sie dann heimkam, hatte sie nie irgendwelche Pakete, und da hab ich gewußt, sie war gar nicht einkaufen. Außerdem war nie was Neues in ihrem Zimmer, wenn ich dort saubergemacht habe.« Mrs. Cushman errötete, aber nur ganz leicht und flüchtig. »Sie denken vielleicht, ich hätte ihre Sachen nicht durchsehen sollen, aber wenn ich nicht ab und an mal saubergemacht hätte, wer hätt's dann gemacht? Und außerdem war sie mit der Miete im Rückstand, und ich hab gedacht, also wenn sie genug Geld hat, um einkaufen zu können, dann hat sie auch genug Geld, um die Miete zu bezahlen. Da wollte ich mich eben vergewissern. Sie hatte keine neuen Kleider, überhaupt nichts Neues, bloß einen Lippenstift aus dem Kaufhaus und einen ganzen Haufen Landkarten.«

»Landkarten?«

»Ja, Landkarten, da sind Sie platt, was? Kein Wunder, mir ging's genauso. Da bin ich zum erstenmal auf die Idee gekommen, daß sie eine Reise plant. Insgesamt waren es bestimmt zwanzig Karten von verschiedenen Gegenden und verschiedenen Städten.«

»Waren sie neu?«

»Nagelneu, als hätte sie plötzlich beschlossen, irgendwohin zu fahren, und sich von einem Reisebüro lauter Karten besorgt.«

»Haben Sie sie danach gefragt?«

»Indirekt schon. Ich hab sie gefragt, Rose, haben Sie vor zu verreisen? Und sie hat mir einen dieser schlauen, heimlichtuerischen Blicke zugeworfen und hat gesagt, meine liebe Blanche, man weiß nie, was die Zukunft bringt.«

»Hatten Sie den Eindruck, daß sie sich freut?«

»Wie eine Schneekönigin, aber sie hat versucht, es nicht zu zeigen. Das Problem ist doch das: Wo wollte sie das Geld für eine Reise herkriegen?«

Das war in der Tat das Problem, aber bis jetzt hatte es weder Form noch Größe, noch Identität. Frank meinte: »Rose war ein impulsives Geschöpf. Ich kann mir nicht vorstellen, daß sie eine Reise sorgfältig mit vielen Karten geplant hätte, falls sie wirklich eine unternehmen wollte.«

»Impulsiv, das ist genau das richtige Wort. Was Rose machen wollte, das hat sie gemacht, und wenn sie's gemacht hat, kam's ihr immer richtig vor. Später, wenn alles vorbei war, da konnte sie zurückschauen und ihre Fehler erkennen und sie zugeben. Aber bis dahin dachte sie immer, sie hätte recht.«

»Das ist eine gute Analyse.«

Mrs. Cushman errötete und sagte etwas barsch: »Das ist nicht auf meinem Mist gewachsen. Das hat Rose selber von sich gesagt.«

Frank war nicht überrascht. Rose hatte ihre Fehler mit

der fröhlichen Unbekümmertheit eines Menschen zugegeben, der nicht die Absicht hat, sie abzustellen. *Das bin ich,* hatte Rose gleichsam gesagt, *das habe ich getan, das ist der Grund dafür, und morgen tue ich es vielleicht wieder.*

Er sagte: »Was hat sie am Sonntag gemacht, nachdem ich gegangen war?«

»Ist eine Zeitlang in ihrem Zimmer geblieben. So um zwei hat sie einen Anruf gekriegt, und danach ist sie gleich weggegangen, mit ziemlich besorgtem Gesicht.«

»Wer hat den Anruf entgegengenommen?«

»Sie selber. Als das Telefon klingelte, kam sie wie der Teufel die Treppe runtergeflitzt und hat dabei gebrüllt, das ist für mich, ich geh schon dran. Und das war nicht das erste Mal, daß das passiert ist. Verstehen Sie jetzt, was ich meine, wenn ich von ihrer Heimlichtuerei rede?«

»Ja.«

»Und das ist noch nicht alles. Letzte Woche – Mittwoch war's, ich kann mich ganz deutlich erinnern – Mittwoch abend ist Miss Henderson von der Arbeit nach Hause gekommen und hat gesagt, sie hätte Rose ganz alleine draußen auf der Buhne herumlaufen sehen. Nun kennen Sie ja Rose, sie hat das Meer gehaßt, hatte nie ein gutes Wort dafür übrig. Was hat sie also da draußen gemacht?«

»Sich mit jemandem getroffen, vielleicht.«

»Genau das hab ich auch gedacht, genau das. Also hab ich am nächsten Morgen beim Frühstück zu ihr gesagt, so mehr im Scherz, Miss French, sag ich, ich hab ja gar nicht gewußt, daß Sie es so mit Körperkultur haben, daß Sie abends auf der Buhne hin und her spazieren. Wissen Sie, was sie da gemacht hat? – Mir gesagt, ich soll mich um meinen eigenen Kram kümmern. Und das ist noch nicht alles. Sie hat gesagt, wenn mehr Leute sich mehr Bewegung verschaffen würden, dann wären sie nicht so fett wie Schweine. Das ging gegen mich. Richtig giftig hat sie das gesagt.« Mrs. Cushman griff, als Gegenmittel, nach dem Tee. »Ich hab mir von der Frau viel bieten lassen müssen, aber das war die allergrößte Gemeinheit, weil ich nämlich letzten Monat zufälligerweise zwei Pfund abgenommen habe. Wenn man von Natur aus so dünn ist wie Rose, ist es kein Kunststück, dünn zu bleiben.«

Frank, der von Natur aus dünn war, nickte. Er aß wie ein Scheunendrescher, und Miriam nahm zu.

»Aber ich darf Sie nicht so lange aufhalten«, sagte Mrs. Cushman. »Ich hatte nur einfach das Gefühl, ich muß jemand erzählen, wie seltsam sie sich verhalten hat.«

»Ich bin froh, daß Sie's getan haben.«

»Ich wollte nicht zur Polizei gehen, das ist kein Ort für eine anständige Frau.«

»Die Polizei ist wohl dagewesen und hat sich ihr Zimmer angesehen?«

»Ja, Dienstag nachmittag, vor dem Abendessen. Rose hat eine Menge Zeug dagelassen, das haben sie sich angesehen. Aber es war alles nur Trödel; sie war bloß zu faul, ihn wegzuwerfen, und hat mir das Aufräumen überlassen.«

»Haben Sie aufgeräumt?«

»Nein, die Polizei hat mich nicht gelassen. Sie haben gesagt, ich muß bis nach der gerichtlichen Voruntersuchung warten. Aber die ist ja nun vorbei.« Mrs. Cushman erhob sich und zupfte entschlossen ihren Rock zurecht. »Dann könnte ich mich eigentlich an die Arbeit machen.«

»Vielleicht könnte ich Ihnen helfen.«

»Sie? Na, ich weiß nicht recht. Aber es ist wirklich nett von Ihnen, Ihre Hilfe anzubieten.«

»Ich mache das nicht aus Nettigkeit, sondern weil ich mich noch mehr für Rose interessiere als Sie.«

»Komisch, aber so hat sie auf jeden gewirkt. Irgendwie konnte man nicht glauben, daß sie echt ist, und dann stellte sich raus, daß sie echter war als jeder andere, verstehen Sie?«

»Ja, ich verstehe.« Es war – anders formuliert – derselbe Schluß, zu dem Miriam und er auch schon gekommen waren. Mrs. Cushmans Formulierung gefiel Frank besser: Rose war echter als jeder andere.

Er folgte Mrs. Cushman die Treppe hinauf. Am oberen Treppenabsatz blieb sie stehen und blickte unbehaglich über die Schulter, als befürchte sie halb, die Schritte hinter ihr seien nicht Franks.

»Mir behagt das gar nicht, ihre Sachen durchzusehen«, sagte sie flüsternd. »Als sie noch am Leben war, ging das in Ordnung. Aber die Sachen eines Toten sind unheimlich, und man kommt richtig ins Grübeln, was es mit allem auf sich hat.«

Mrs. Cushman bekam keine Möglichkeit, ins Grübeln zu kommen. Roses Zimmer war abgeschlossen, und die Tür trug oben, unten und über dem Schloß Siegel mit identischem Aufdruck: *Auf gerichtliche Anordnung versiegelt.*

8

Roses Beisetzung – für deren Kosten nicht Willett oder der County Administrator, sondern Dalloway aufkam – fand am Freitag nachmittag in Malgradis Andachtsraum statt. Die Feierlichkeit des Anlasses wurde durch mehrere kleine Vorkommnisse beeinträchtigt, über die Rose sich köstlich amüsiert haben würde.

Zunächst einmal wußte niemand, was für einen Geistlichen man bitten sollte, den Gottesdienst zu halten, da Roses Kirchenbesuche sich auf ihre Hochzeiten beschränkt hatten und sie kein Testament mit Verfügungen für ihre Beisetzung hinterlassen hatte. Bis Mittag war immer noch keine Entscheidung getroffen, und so berief Malgradi in seinem Büro eine Konferenz ein. Malgradi schwärmte für Konferenzen, und er lud jeden ein, den Roses Abschied in irgendeiner Weise betreffen könnte: Greer, der ohne Begründung ablehnte, den County Administrator, der sagte, die Sache liege nicht mehr in seinen Händen, er sei nicht mehr zuständig oder sonstwie tangiert, und Frank und Dalloway, die die Einladung annahmen.

Dalloway war in gereizter Stimmung. Seiner Meinung nach sei ein Gottesdienst unnötig, sagte er; Rose sei nämlich Atheistin gewesen, solange er sie kannte, und wahrscheinlich sei sie es bis zu ihrem Tode geblieben.

Malgradi gab leise Protestlaute von sich, wie ein beunruhigtes Kaninchen. »Wenn Sie Atheistin war, ist das um so mehr Grund, ihr ein bißchen Schützenhilfe zu geben.«

»Sie haben mich um meine Meinung gebeten, und ich habe sie Ihnen gesagt.«

»Vielleicht ist sie als Mädchen getauft worden? Oder konfirmiert?«

»Nein.«

Auf Franks Betreiben beschloß man schließlich, den Geistlichen auf faire und unparteiische Weise auszusuchen, d.h. die Gelben Seiten durchzusehen, bis man auf einen annehmbar klingenden Namen stieß. Man entschied sich für den Reverend Pickering, weil Malgradis Schwiegermutter ebenfalls Pickering hieß.

Man schickte eilends nach Pickering und gab ihm eine kurze Zusammenfassung von Roses Lebensweg und Charakter. Die Wahl erwies sich als etwas unglücklich. Der Reverend war schon recht betagt, er hatte schwache Augen, und das Licht in Malgradis Andachtsraum, wo Rose lag, war trübe und schmeichelhaft. Durch diese Verkettung von Umständen gewann Pickering den Eindruck, Rose sei eine junge Frau, und da er keine Zeit mehr hatte, etwas Neues vorzubereiten, griff er auf seine In-der-Blüte-der-Jugend-dahingerafft-Grabrede zurück. Malgradi, der die Katastrophe ahnte, erhöhte sofort die Lautstärke der Orgelmusik, um Pickering zu übertönen oder wenigstens die Diskrepanzen abzumildern. Pickering war schwer zu übertönen. Er hatte in seinem Leben schon gegen Husten- und Tuschelepidemien, gegen Babygeplärr, Gekicher von Chorknaben und sogar persönliche Angriffe in Form von Papierkügelchen von der Empore und Blasrohrgeschossen aus dem Betsaal angepredigt. Er hatte nicht die Absicht, sich von einer Orgel unterkriegen zu lassen.

Brüllend und mittels Pantomime gab er der ziemlich benommenen Trauergemeinde zu verstehen, daß Rose eine Blume gewesen sei und daß nur die schönsten Blumen gepflückt würden, um den Garten des Unendlichen zu zieren.

Als Mrs. Cushman dies hörte – sie war zu spät gekommen und hatte sich in die hinterste Reihe gesetzt –, nahm sie an, sie sei irgendwie bei der falschen Beerdigung gelandet, und rauschte sofort wieder hinaus, um nach der richtigen zu suchen.

»Lasset uns beten«, sagte Pickering, und so betete er denn, daß die Seele dieser schönen jungen Frau in die ewige Herrlichkeit und die ewige Jugend eingehen möge.

Malgradi tat sein möglichstes. Er hustete, scharrte mit den Füßen und schnitt hinter vorgehaltener Hand einem kleinen Jungen im Seitenschiff Grimassen, in der schwachen Hoffnung, dieser würde Angst bekommen, zu schreien anfangen und ein Riesendurcheinander auslösen. Der Kleine streckte Malgradi bloß freundlich die Zunge heraus und konzentrierte sich wieder auf Pickering.

Malgradi konnte die Qual nicht mehr ertragen. Er schlüpfte auf den Flur hinaus. Dort traf er auf Mrs. Cushman, die die Räumlichkeiten durchstreift und dabei eine ganze Menge über das Balsamierhandwerk herausgefunden hatte. Das Erlebnis hatte sie entnervt und völlig außerstande gesetzt, mit dieser plötzlichen Begegnung fertigzuwerden.

»Iiiii«, machte Mrs. Cushman und stürzte auf die nächstgelegene Tür zu, bei der es sich zufälligerweise um die des Andachtsraumes handelte. So versäumte sie Roses Bestattung am Ende doch nicht.

Alles in allem war es genau die Art von Beerdigung, die

Rose gefallen hätte, denn sie ließ jedermann in einem Zustand der Verwirrung zurück. Pickering ermüdete schließlich und setzte sich; Malgradi schloß sich in seinem Büro ein und trank zwei große Sherrys aus der Flasche, die er zur Wiederbelebung weiblicher Trauergäste nach Ohnmachtsanfällen dort aufbewahrte; und Dalloway bemerkte säuerlich zu dem neben ihm sitzenden Mann, das Ganze sei eine Farce gewesen.

Der Mann neben ihm war zufällig Willett. »Wie bitte?«

»Ich habe gesagt, es war eine Farce.«

Willetts Augen waren rotgerändert und leicht geschwollen. Willett weinte häufig bei traurigen Anlässen und tragischen Filmen, während Ethel Kaugummi kaute.

Er fixierte Dalloway kalt. »Eine Farce, Sir? Da bin ich anderer Meinung.«

»Sie sind Mr. Goodfield, nicht wahr?«

»Ja.«

»Mein Name ist Haley Dalloway. Ich hatte gehofft, Sie heute hier zu treffen.«

»Ach ja? So – das ist – das ist meine Frau Ethel. Ethel, Mr. Dalloway.«

Ethel parkte ihren Kaugummi geschickt neben einem Backenzahn und quittierte die Vorstellung mit träumerischem Lächeln. Sie wußte, wer Dalloway war, und versuchte Willett mit einem ziemlich kräftigen Tritt ans linke Schienbein zu warnen, eine Maßnahme, die bei Willett keinerlei Reaktion außer Schmerz hervorrief.

»Tatsache ist«, sagte Dalloway, »daß ich mit den Ergebnissen der gerichtlichen Voruntersuchung keineswegs zufrieden bin. Und Sie?«

»Ich – tja, ich habe nicht darüber nachgedacht. Ich will damit sagen, es geht mich nichts an.«

»Die Gerechtigkeit geht jeden an.«

»Aber ja, gewiß, nur...«

»Ich habe den starken Verdacht, daß da eine krumme Sache passiert ist und daß das unter den Teppich gekehrt werden soll.«

»Glauben Sie wirklich?« murmelte Ethel. »Ist ja interessant.«

»Es ist mehr als interessant. Ich finde, man sollte etwas tun.«

»Willett würde schrecklich gern etwas tun, nicht wahr, Willett?«

Willett bestritt das ziemlich energisch. »Nein, durchaus nicht. Herrgott, Ethel, ich bin kein Polizist, ich bin Geschäftsmann.«

»Ich auch«, sagte Dalloway. »Ich bin in der Holzbranche. Und Sie, Mr. Goodfield?«

»Puppen. Das heißt, wir stellen Puppen her. Die Horace Goodfield Doll Corporation of California.«

»Ich will Ihnen mein Interesse an der Sache erklären. Sehen Sie, Rose French war meine erste Frau und die Mutter meiner Tochter. Ich bin hierhergekommen, um nach den beiden zu suchen.« Dalloway hielt einen Moment inne. »Kennen Sie einen jungen Mann namens Frank Clyde?«

»Ich glaube, ich – ja, ja, das war einer der Zeugen gestern.«

»Er hat eine merkwürdige Geschichte zu erzählen. Möchten Sie sie hören?«

»Nein«, sagte Willett entschieden. »Ich will damit sagen, hier ist weder die Zeit noch der Ort...«

»Clyde behauptet, er hätte noch ein paar Stunden nach Roses Tod mit ihr telefoniert. Mir kommt Clyde wie ein sehr vernünftiger junger Mann vor. Es ist unwahrscheinlich, daß er sich bezüglich der Zeit geirrt hat, ganz egal wie die Geschworenen entschieden haben. Aber es ist durchaus möglich, daß er sich bezüglich der Stimme geirrt hat.«

»Welcher Stimme?«

»Der am Telefon. Ich bin davon überzeugt, daß er gar nicht mit Rose, sondern mit einer Schwindlerin geredet hat. Irgendwer hat sich aus mir unerfindlichen Gründen am Telefon für Rose ausgegeben.«

»Ist ja interessant«, sagte Ethel. »Tja, ich denke, wir sollten jetzt gehen, alle anderen tun's auch. Es war reizend, Sie kennenzulernen, Mr. Dalloway, und wir hoffen, Sie kommen uns einmal besuchen, nicht wahr, Willett?«

Willett gab keine Antwort.

»*Nicht wahr,* Willett?«

»Aber ja, gewiß doch, unbedingt.« Willett griff unter den Klappstuhl nach seinem Hut. »Es wäre uns ein Vergnügen.«

Unter leisen Gesprächen marschierten die Leute langsam hinaus. Fünf Minuten später waren sie alle verschwunden. Malgradi stellte die Orgelmusik ab, entlohnte den Reverend Pickering mit Geld und harschen Worten und ging dann zu Rose hinein. Er stellte sich mit gefalteten Händen und gesenktem Kopf neben den Sarg.

»Bitte verzeih die Pannen, o Herr, und nimm diese Frau in dein himmlisches Königreich, auf daß sie das Licht sehe, das sie auf Erden nicht gesehen hat. Danke. Amen.«

9

Dalloway hatte eine unruhige Nacht. Die Leute in der angrenzenden Suite gaben eine Party, und unter den Gästen war auch eine Frau, deren volltönendes, herzhaftes Lachen ihn daran erinnerte, wie Rose immer gelacht hatte.

Am Morgen rief er Captain Greer in dessen Büro an.

»Hier ist Haley Dalloway, Captain.«

»Ja, Dalloway.«

»Ich sage es besser gleich, ehe Sie's tun – mir gehen diese Goodfields nicht aus dem Kopf.«

»Da beneide ich Sie nicht.«

»Was Sie betrifft, ist die Sache mit Rose vermutlich erledigt.«

»Sie ist erledigt«, sagte Greer, »weil es schlicht und einfach keine Verdachtsmomente gibt.«

»Sie könnten sich irren.«

»Das passiert öfter. Verbessern Sie mich, wenn Sie können.«

»Das ist ja das Problem. Ich habe nichts Konkretes außer Clydes Aussage.«

»Die wohl kaum konkret genug ist.«

»Das ist mir klar. Nennen Sie's eine Ahnung, wenn Sie wollen, aber ich habe das starke Gefühl, daß es irgendwann einmal eine Beziehung zwischen Rose und den Goodfields gab.«

»Und wenn?«

»Die bestreiten es. Schon allein das ist verdächtig – natürlich nur, wenn es tatsächlich eine Beziehung gab.«

»Meiner Meinung nach sind die Goodfields genau das, was sie nach außen hin darstellen. Die Mutter ist ein Drachen, Goodfield ist eine Memme, und seine Frau ist ein bißchen unterbelichtet. Wenn ich über jede derartige Familie Nachforschungen anstellen würde, würde ich zweiundsiebzig Stunden am Tag arbeiten. Die Goodfields liegen eher auf Clydes Linie als auf meiner.«

»Sie wollen den Fall also einstellen?«

»Offiziell ist er bereits eingestellt.«

»Und inoffiziell?«

»Irgendwann, wenn ich je nach Frisco komme, schaue ich mir vielleicht mal an, wie die Puppen heutzutage aussehen. Das sollte kein Wortspiel sein.«

»Das ist wirklich sehr nett von Ihnen«, sagte Dalloway ernst. »Ich bin Ihnen sehr dankbar.«

»Wieso?«

»Na ja, schließlich war Rose meine Frau.«

»Sie haben sie dreißig Jahre lang nicht gesehen, allzu stark können die Bindungen also nicht gewesen sein.«

»Vielleicht werde ich im Alter sentimental.«

»Vielleicht, aber darauf würde ich keinen müden Nickel wetten.« Kurzes Schweigen trat ein, und man hörte Papiergeraschel. »Wir haben bis jetzt noch nicht von Ihrer Tochter Lora geredet.«

»Das habe ich auch nicht erwartet.«

»Ich will Ihnen gar nichts vormachen. Bei diesen Fällen von freiwilligem Verschwinden überschlägt sich die Polizei nicht gerade, solange es nicht um Minderjährige geht. Wenn ein Mädchen alt genug ist, um zu wählen und sich seinen Lebensunterhalt zu verdienen, dann ist es auch alt genug, um von zu Hause wegzugehen.«

»Sie hat sich noch nie ihren Lebensunterhalt verdient, aber darum geht es wohl nicht.«

»Worum geht es denn dann?«

»Ich will lediglich herausfinden, wo sie ist und wie es ihr geht. Ich habe nicht die Absicht, sie zur Rückkehr zu zwingen oder etwas dergleichen. Aber sie ist nun mal mein einziges Kind, ich bin nicht mehr jung, und ich habe einiges an Geld zu hinterlassen. Bevor ich ein neues Testament mache, will ich wissen, was genau mit diesem Geld passieren wird.«

»Mit anderen Worten, falls sie mit einem Schnorrer verheiratet ist, gibt es nichts, wie?«

»Keinen Cent.«

»Das sind harte Worte für einen so sentimentalen Mann.«

Dalloway lachte. »Geld und Sentimentalität vertragen sich nicht.«

»Das kann ich nicht beurteilen. Ich habe noch nie soviel von beiden gehabt, daß ich hätte probieren können, sie zusammenzubringen.«

»Dann höre ich also vielleicht schon bald von Ihnen?«

»Vielleicht bald, vielleicht nie. Ich habe mich nicht festgelegt.«

»Ach, übrigens, ich würde gern die Sachen durchsehen, die Rose in ihrem Zimmer zurückgelassen hat, aber Clyde hat mir gesagt, es ist versiegelt.«

»Jetzt nicht mehr. Einer von den Jungs aus dem Büro des County Administrator hat alles routinemäßig durchsucht, nur für den Fall, daß irgendwo Geld oder Wertsachen versteckt sind. Es wurde nichts gefunden.«

»Ich nehme an, die machen das *gründlich*?«

»Das ist ihr Job. Sie untersuchen jede Feder in den Kissen, jedes Buch, jede Zeitschrift, jede Matratze, jeden Brief …«

»Schon gut. Sie hätten also nichts dagegen, wenn ich selbst mal einen Blick darauf werfe?«

»Überhaupt nichts. Sie müssen sich bloß mit Mrs. Cushman einig werden. Es ist ihr Haus, und wenn sie Sie nicht hereinlassen will, kann niemand sie dazu zwingen.«

Es war kein Zwang erforderlich. Daß einer von Roses Ehemännern leibhaftig auftauchte, überwältigte Mrs. Cushman. Bis zu dem Moment, als Dalloway sich an der Haustür vorstellte, hatte Mrs. Cushman Roses Ehemänner als legendäre Geschöpfe gesehen, die es geben mochte oder auch nicht.

»Ist es denn die Möglichkeit, ich habe Rose hundertmal den Namen Haley Dalloway erwähnen hören. Sie hat oft gesagt …«

Mrs. Cushman hielt inne und zermarterte sich den Kopf nach etwas Schmeichelhaftem, was Rose gesagt haben könnte, aber die Aufgabe überforderte sie. »Sie hat oft von Ihnen gesprochen. Sie hat viel geredet, die gute Rose. Aber wem sage ich das. Sie wissen ja, die konnte einem die Arme vom Leib reden.«

In diesem Moment bemerkte sie, daß Dalloways Arm tatsächlich vom Leib geredet war oder jedenfalls fehlte.

Dalloway berührte beiläufig seine Prothese. »Rose hat ihn mir nicht vom Leib geredet, sie hat es bloß versucht.«

»Ich wollte nicht – ich –«

»Sie brauchen nicht verlegen zu sein. Ich bin es auch nicht.«

»Das war wirklich taktlos von mir. Mein seliger Mann

hat auch immer gesagt, jedesmal wenn ich den Mund aufmache, trete ich in ein Fettnäpfchen.«

Um weiteren ehelichen Reminiszenzen vorzubeugen, nannte Dalloway den Grund seines Kommens, und Mrs. Cushman führte ihn nach oben; auf dem Treppenabsatz blieb sie kurz stehen und erklärte, sie habe es noch nicht über sich gebracht, Roses Zimmer sauberzumachen, sehr wahrscheinlich sehe es darin gräßlich aus.

Genau so war es. Das Bett, der Sekretär und die Stühle waren übersät mit alten Zeitschriften, Kleidern, Strümpfen, Unterwäsche, Briefen, Duftkissen, leeren Make-up-Fläschchen, einer ausgewechselten Glühbirne, einem Apfel und einer plattgedrückten, verformten roten Rose, die so aussah, als sei sie kürzlich zwischen den Seiten eines Buches gepreßt worden. Dalloway ließ stirnrunzelnd den Blick durchs Zimmer schweifen. Es war ein grausames Ende für eine sentimentale Reise.

»Ein schönes Durcheinander«, sagte Mrs. Cushman mit großer Befriedigung. Ein schönes Durcheinander aufzuräumen machte mehr Spaß, als ein kleines Durcheinander aufzuräumen, denn das Resultat war verblüffender.

»Ich dachte, Rose hätte das Zimmer geräumt«, sagte Dalloway.

»Hat sie auch.«

»Eigenartig, daß sie dann so viele Sachen zurückläßt, zumal Kleidung. Wie ich höre, war sie völlig blank.«

»Hätt gar nicht blanker sein können. Immer war sie mit der Miete im Rückstand. Unpraktisch war sie, die gute Rose – ich will ja nichts Schlechtes über die Toten sagen, aber das ist die reine Wahrheit.«

»Wann hat sie denn beschlossen, wegzugehen? Hat sie Ihnen gekündigt?«

»Aber woher denn. Montag mittag kommt sie herein, gibt mir das Geld, das sie mir schuldet, und sagt, sie geht weg, sie hat woanders einen Job. Zwanzig Minuten später war sie fort, nur einen Koffer mit ihren besten Kleidern hat sie mitgenommen. Einfach so verschwunden.« Mrs. Cushman schnippte mit den Fingern. »Natürlich habe ich gewußt, daß sie was vorhat, wegen der Landkarten.«

»Was für Landkarten? Ich sehe hier keine.«

»Sie muß sie mitgenommen haben. Sie hat einen Haufen Landkarten gehabt, auf denen hatte sie mit Bleistift Notizen gemacht.«

»Zum Beispiel?«

»So genau hab ich nicht drauf geachtet, aber ich weiß noch, auf eine hatte sie oben die Namen von Leuten draufgeschrieben, und daneben irgendwelche Daten.«

»Können Sie sich noch an welche erinnern?«

»Phil war einer. Und Baker, an den erinnere ich mich, weil das mein Mädchenname ist. Ansonsten muß ich erst mal überlegen – hetzen Sie mich nicht.«

Dalloway ging zum Sekretär hinüber und nahm die gepreßte Rose in die Hand, während Mrs. Cushman überlegte.

»Paul. Der stand auch drauf«, sagte sie schließlich. »Und Byron. Oder war's Bernard? Ja, es war Bernard.«

»Keine Frauennamen?«

»Erinnern kann ich mich an keine, aber ich glaube, es waren auch Frauennamen dabei. Doch, ganz bestimmt. Millie oder Minnie oder irgend so was.«

»Und neben jedem Namen ein Datum?«

»Ja.«

»Und was meinen Sie, was das sollte?«

»Ich habe mir überlegt, daß sie eine Geburtstagsliste gemacht hat und gerade nichts anderes zum Schreiben hatte. Das ist doch einleuchtend, oder?«

»Es könnte sein, wenn Rose sich zu einem Menschen entwickelt hätte, der an anderer Leute Geburtstage denkt.«

»Rose konnte manchmal sehr aufmerksam sein«, sagte Mrs. Cushman verhalten. »Letztes Jahr hab ich ein hübsches Weihnachtsgeschenk von ihr bekommen, fünf Pfund Sahnebonbons. Ich fand das richtig nett von ihr, wenn man bedenkt, daß sie wegen ihrer künstlichen Zähne keine Sahnebonbons essen konnte. Sie hätte mir ja genausogut Pfefferminzpastetchen schenken und die Hälfte selber essen können. Oder Maraschinokirschen.«

Dalloway ging langsam im Zimmer herum und sah sich alles an; bis auf die gepreßte Blume, die er vom Sekretär genommen hatte, berührte er jedoch nichts. Hier in diesem Zimmer waren seine Gefühle für Rose stärker als auf der Beerdigung. Der schäbige Krimskrams, den sie zurückgelassen hatte, deprimierte ihn, und er ärgerte sich über Rose. Wie typisch für sie, auf einer Landkarte eine Geburtstagsliste zu machen (und mehr war es wahrscheinlich wirklich nicht) und dann wegzugehen und in jemandes Garten zu sterben. Sie hatte keinerlei Anstandsgefühl, hatte nie welches gehabt.

»Vielleicht möchten Sie eine Weile mit Ihren Erinnerungen allein sein?« meinte Mrs. Cushman.

»Nein«, sagte Dalloway. »Nein, danke. Eigentlich bin ich nur gekommen, weil ich dachte, ich finde vielleicht etwas Passendes, das ich meiner Tochter Lora als Andenken an ihre Mutter mitbringen könnte.«

»Ihre Mutter?«

»Richtig.«

»Aber Rose hat nie ein Sterbenswörtchen –«

»In mancher Hinsicht war ihr Gedächtnis sehr lückenhaft.«

»Ja ist das denn die Möglichkeit, ich kann mir Rose einfach nicht als Mutter vorstellen.«

»Sie selbst konnte es auch nicht.« Mit einem Lächeln versuchte Dalloway, seinen heiß aufsteigenden Zorn zu kaschieren. Er war immer noch so stark wie vor zweiunddreißig Jahren, an dem Tag, an dem Rose ihn verlassen hatte.

»Na so was, da hat Rose eine Tochter und sagt kein Sterbenswörtchen davon, noch nicht mal, wenn sie gesüffelt hat. Das reinste Wunder, wo sie doch so ein Plappermaul war – aber ich will ja nichts Schlechtes über die Toten sagen.« Mrs. Cushman legte den Kopf auf die Seite und sah sich wie ein feistes, neugieriges Rotkehlchen im Zimmer um. »Es muß doch irgendwas geben, was Sie der Kleinen mitbringen können.«

»Lora ist über dreißig.«

»So? Ja richtig, das hätt ich mir auch denken können. Zu dumm, daß Rose alle ihre Bilder mitgenommen hat.«

»Was denn für Bilder?«

»Bilder von ihr selber. Das ganze Zimmer hat sie damit vollgehängt. Dabei bin ich mir gar nicht so sicher, daß das reine Eitelkeit war. Sie hat sie immer sehr kritisch betrachtet. Nun schauen Sie sich die alberne Schnute an, hat sie gesagt, oder, haben Sie schon mal so ein blödes Gesicht gesehen?«

Mrs. Cushman wischte sich mit dem Handrücken die Augen. »Wir haben so manches Mal herzlich über die Bilder gelacht, das können Sie mir glauben. Niemand konnte lustiger sein als Rose, wenn sie guter Laune war. Aber das wissen Sie wahrscheinlich selber.«

»Ja.« Niemand konnte lustiger sein, und niemand trauriger.

»Und meistens war sie's ja auch – guter Laune, meine ich. In letzter Zeit allerdings nicht. In letzter Zeit war sie wahnsinnig empfindlich und ist beim kleinsten Anlaß an die Decke gegangen. Und ich hab sie oft mit sich selber reden hören, ratratrat, als würde sie Leute herumkommandieren. Dabei waren da gar keine Leute. Eines Tages hab ich sie danach gefragt, und sie hat gesagt, sie probt bloß, weil sie damit rechnet, daß sie demnächst eine große Filmrolle kriegt. Das alte Lied, ich hab's schon tausendmal gehört. Sie wollte einfach nicht einsehen, daß sie fertig war.«

»Und was hat sie fertiggemacht?«

»Sie hat sich selber fertiggemacht. Zuviel Tralala und zu viele Partys, das hat ihr Aussehen und ihre Gesundheit kaputtgemacht. Partys hat Rose wahnsinnig gern gemocht.«

»Ich weiß.«

»Mein Gott, was muß sie in jungen Jahren lebhaft gewesen sein. Ich wette, sie hat Sie ganz schön auf Trab gehalten.«

»Ja.« Nun hatte es sich ausgetrabt, und die Lebhafte war tot.

Dalloway drehte sich um und ging aus dem Zimmer, ohne sich bewußt zu sein, daß er die rote Rose immer noch zerdrückt in der rechten Faust hielt.

Mrs. Cushman schnaufte ihm hinterher wie eine Spielzeuglokomotive. »Sie brauchen nicht so plötzlich davonzulaufen.«

»Es tut mir leid, ich habe eine Verabredung. Sie sind sehr

freundlich gewesen«, fügte er hinzu, als er ihr enttäuschtes Gesicht sah, »und Sie haben mir sehr geholfen.«

»Ich habe gehofft, Sie würden vielleicht noch bleiben und wir könnten ein bißchen über Rose plaudern.«

»Ein andermal vielleicht.«

»Wenn ich Ihnen bloß mehr sagen könnte, zum Beispiel die Namen auf der Karte.«

»Eines vielleicht noch«, sagte Dalloway. »Hat sie Ihnen gegenüber je einen dieser Leute erwähnt – Minnie, Bernard, Baker und so weiter?«

»Sie hat eine Minnie gekannt, eine Kassiererin drüben im Supermarkt, aber nur vom Einkaufen. Ich glaube kaum, daß sie sich mit der ihrem Geburtstag beschäftigt hat.«

»Wahrscheinlich haben Sie recht.«

»Und was Phil angeht, da gibt es einen Phil Dickerson, der wohnt in der Bagnos Street, aber das ist bloß ein Junge, der zur High School geht und nebenher für Fred's Drugstore Auslieferungen macht. Bakers oder Bernards kenne ich keine, jedenfalls fallen mir so aus dem hohlen Bauch keine ein. Wissen Sie, was ich glaube? Ich glaube, das waren alles Leute, die sie vor langer Zeit gekannt hat, nicht welche, mit denen sie hier und heute zu tun hatte. Das waren Gestalten aus ihrer Vergangenheit, jedenfalls meiner Meinung nach. Und es gibt nur einen, bei dem Rose so richtig aus sich herausgegangen ist, und das ist Frank Clyde.«

»Tatsächlich?«

»Tatsächlich.« Mrs. Cushman wiederholte das Wort liebevoll. Es war ein gutes Wort, und sie gedachte es fortan häufig zu verwenden. Wenn einer der Mieter sich über etwas beklagte, würde Mrs. Cushman nur »Tatsächlich?« sagen und dabei die Augenbrauen hochziehen, so wie Dalloway es getan hatte.

»Wieso?«

»Wieso sie mit Frank geredet hat, meinen Sie? Na, in erster Linie hat sie ihn wohl gemocht. Sie hat's zwar nie zugegeben und ihn sogar beleidigt, aber man hat gemerkt, daß sie ihn eigentlich für einen wirklich guten Kerl hielt. Was er ja auch ist.«

»Ganz Ihrer Meinung. Ich habe ihn kennengelernt.«

»Eine Seele von Mensch, meiner Meinung nach, und das behaupte ich wahrlich nicht von jedem. Ich habe in meinem Leben zu viele Charakterlumpen kennengelernt; von außen sehen sie alle ganz prima aus, aber knacken Sie mal die Schale, wenn Sie verstehen, was ich meine.«

»Durchaus.«

»Durchaus.« Mrs. Cushman strahlte vor Freude. Ihr gefiel die Art, wie Dalloway redete, die hübschen knappen Worte wie »durchaus« und »tatsächlich«, die er verwendete. Ein richtiger Herr. Sie überlegte, ob er verheiratet war.

Dalloway sah sie überlegen und schob sich Richtung Haustür. »Danke für Ihre Mühe, Mrs. ...«

»Cushman. Blanche.«

»Aha – tja, dann werde ich mich wohl mal mit Mr. Clyde unterhalten.«

Er öffnete entschlossen die Tür, und Mrs. Cushman wußte im Innersten, daß er im Begriff war, für immer aus ihrem Leben zu entschwinden. Sie machte einen letzten Versuch, ihn aufzuhalten.

Sie verschränkte die Arme vor der Brust und sagte in unheilverkündendem Ton: »Wissen Sie, was ich glaube? Ich glaube, Rose ist ermordet worden.«

10

Das Haus der Clydes gehörte zu einer Reihe identischer, fast neuer, verputzter Häuser im Westteil der Stadt. Selbst die Bepflanzungen waren identisch und unter dem Gesichtspunkt schnellen Wachstums angelegt worden: Knapp ein Jahr alte Schmuckmalven waren bereits groß wie Bäume und standen in voller Blüte, über den Flachdächern ragten gleich alte Christpalmen auf, deren glatte rote Stämme wie Öl in der Nachmittagssonne glänzten.

Miriam kam an die Tür, eine hübsche, dunkelhaarige junge Frau mit sprödem Lächeln und scharfen, klugen Augen. Sie hatte ein T-Shirt, eine dreiviertellange Sporthose aus Jeansstoff und eine blaue Baumwollschürze an, die aussah, als hätte sie sie selbst gemacht. Dieses seltsame Kostüm trug sie mit einem gewissen Stil und einer Selbstsicherheit, die gleichsam sagten, *Ich kann es mir nicht leisten, gute Kleider zu kaufen, aber bei meiner Figur brauche ich auch keine.*

»Mr. Dalloway? Ich bin Miriam Clyde.«

»Sehr erfreut, Sie kennenzulernen.«

»Treten Sie doch näher. Frank wird gleich wieder da sein. Nachdem Sie ihn angerufen haben, hat er beschlossen, ins Büro zu fahren und die Akte über Rose zu holen.«

»Ich wußte gar nicht, daß es so etwas wie eine Akte über sie gibt.«

»Gibt es aber. Ich habe sie gelesen.«

»Sie?«

»Überrascht? Dazu gibt es keinen Grund. Wenn ein Mann dermaßen in seiner Arbeit aufgeht wie Frank«, fügte Miriam fröhlich hinzu, »muß ich auch darin aufgehen, wenn ich überleben will.«

Das Wohnzimmer und die Möbel darin waren sichtlich neu, zeigten aber bereits die Spuren des Bewohntseins: den Handabdruck eines Kindes auf dem Holz neben dem Lichtschalter, Hundehaarbüschel auf dem zweisitzigen Sofa am Kamin, schwarze Streifen von Gummisohlen auf dem Dielenboden und ein wie Laub auf dem Klavier verstreutes Kartenspiel.

Miriam machte keine Anstalten, das Kartenspiel wegzuräumen oder sich für das Zimmer zu entschuldigen. Sie nahm ein gewisses Maß an Unordnung hin, so wie sie das Wetter und die vierteljährlichen Einkommenssteuerzahlungen hinnahm. Sie war eine Kämpfernatur, aber sie kämpfte nie gegen das Unvermeidliche und fing nie eine Schlacht an, ohne daß sie sich sicher war, sie auch zu gewinnen. Die wichtigste Schlacht drehte sich ums Geld, und obwohl sie noch andauerte, war Miriam fest davon überzeugt, eines Tages den endgültigen Sieg davonzutragen.

»Es tut mir leid, daß ich an Franks freiem Nachmittag einfach so hier eindringe«, sagte Dalloway.

»Das macht Frank nichts aus.«

»Aber Ihnen bestimmt.«

»O ja, ein bißchen. Ich habe nichts gegen Sie persönlich, Mr. Dalloway – nur gegen die Vorstellung, nie ein freies Wochenende zu haben. Frank trägt sein Büro mit sich herum wie eine Schildkröte ihren Panzer. Es begleitet uns an den Strand, ins Kino und in den Drugstore an der Ecke.« Ihr plötzlich strahlendes Lächeln nahm ihren Worten die Schärfe. »Manchmal denke ich, meine Kinder bekommen den Eindruck, daß die ganze Welt nur von Franks Patienten bevölkert ist.«

Dalloway erwiderte ihr Lächeln. Er mochte diese ruhige, aufrichtige Frau und wünschte sich, Lora hätte ähnliche Eigenschaften entwickeln können, Sinn für Humor vielleicht oder einen harten Kern an gesundem Menschenverstand. Lora war eine Idealistin ohne Ideale, eine Rebellin ohne Anliegen, eine Frau, die vorgab, Geld zu verachten, und dennoch ganz und gar auf die Unterstützung anderer angewiesen war.

Er sagte laut: »Es wäre jedenfalls ganz praktisch, ein tragbares Büro zu haben. Und die Schildkröte kann es sich nicht leisten, ihren Panzer zu verschmähen.«

»Wahrscheinlich nicht.« Aus dem Garten kam Kindergeschrei und das durchdringende Gekläff eines kleinen Hundes. »Frank gleicht auch in anderer Hinsicht einer Schildkröte. Er muß immer einen langen Hals machen.«

»Ach ja?«

»Er hat keine Zeit – und auch kein Recht –, herumzulaufen und Nachforschungen über Roses Tod anzustellen.«

»Tut er das denn?«

»Sie tun es. Deswegen sind Sie doch hier, oder?«

»Mehr oder weniger.«

»Eher mehr, nicht wahr?«

»Also gut, eher mehr.«

»Warum?« fragte Miriam. »Warum ist alle Welt so mißtrauisch, was Roses Tod angeht?«

»Sind Sie es nicht?«

»Nein. Ich glaube, Sie und Frank sind von ihrem Tod einfach frustriert. Frank hatte keine Chance, seinen Job bei ihr zu Ende zu führen, und Sie hatten keine Chance, sie nach Ihrer Tochter zu fragen.«

»Sie stecken ja offenbar voller Theorien und Informationen«, sagte Dalloway mit amüsierter Stimme. »Und was meine Rolle in der Sache angeht, haben Sie vielleicht sogar recht. Ich bin tatsächlich frustriert. Ich finde, es war äußerst rücksichtslos von Rose zu sterben, ehe ich mit ihr reden konnte. Ich weiß nicht genau, ob sie mir Nachricht von Lora hätte geben können oder nicht, aber ich glaube, ja. Wenn Lora in einer ihrer trüben Stimmungen war, hat sie häufig mit dem Gedanken einer Begegnung mit ihrer Mutter gespielt. Sie wissen schon – eine sensible Künstlernatur, die über die bürgerliche Wüste hinweg nach der anderen schreit.«

»Ich fürchte, meine Vorstellung sträubt sich gegen den Gedanken, daß Rose eine sensible Künstlernatur war.«

»Und in Loras Fall sträubt sich meine noch viel mehr. Wie so viele Leute, die Sensibilität mit Egoismus verwechseln, hat sie ein Fell wie ein Rhinozeros. Wenn sie zum Beispiel beim Zahnarzt ein kindisches Theater macht, schafft sie es jedesmal, sich einzureden, daß sie eben schmerzempfindlicher ist als gewöhnliche Menschen.«

»Och, das glaubt jeder, daß er schmerzempfindlicher ist als andere. Jedenfalls meiner Meinung nach. Sie müssen mir nicht zustimmen. Frank sagt, ich stelle zu viele pauschale Behauptungen auf. Aber wie soll man sonst einen schönen Streit anfangen?«

»Haben Sie denn Lust auf einen schönen Streit?«

Miriam lachte. »Ich hätte nichts dagegen. Frank streitet nie.«

»Nennen Sie ein Thema.«

»Das ist leicht. Rose.«

»Das ist ein weites Feld. Grenzen Sie es ein.«

»Also gut. Ist sie ermordet worden oder nicht?«

»Ich habe nie behauptet, daß sie ermordet worden ist.«

»Dann behaupten Sie's jetzt, damit wir etwas zum Streiten haben.«

Dalloway rieb sich nachdenklich das Kinn. »Ich fürchte, das kann ich nicht. Es erscheint mir nicht sehr plausibel. Niemand hat von ihrem Tod profitiert. Sie hatte kein Geld, keine Wertpapiere, keinen Schmuck ...«

»Keinen Notgroschen?«

»Rose hat von Notgroschen gelebt.«

»Ich weiß«, sagte Miriam mit einem sachlichen kleinen Nicken. »Wir haben ihr zu helfen versucht, so gut es ging. Wir haben sie mal abends ins Stadion mitgenommen – das Spiel hat sie zu Tode gelangweilt, aber der Rummel hat ihr gefallen –, und sie war ein paarmal zum Essen hier. Zuerst hatte ich Angst, daß sie, na ja, Sie wissen schon, vor den Kindern eine bißchen Theater macht, besonders wenn sie getrunken hatte. Aber Frank hat gesagt, ich brauchte mich nicht zu sorgen, und er hatte recht. Sie war ganz lieb und zurückhaltend. Ich glaube, sie hat die Kinder nicht besonders gemocht, aber sie hat ganz normal mit ihnen geredet, und sie hat mit dem Hund gespielt. Sie hat Hunde sehr gemocht. Sie auch?«

»Ob ich Hunde mag? Och ja, schon.« Dalloway sah aus, als versuche er, ein Lachen zu unterdrücken. »Erzählen Sie mir bloß nicht, Sie sind eine von diesen Frauen, die Leute danach beurteilen, ob sie Hunde mögen oder nicht.«

»Aber sicher. Frank sagt, das wäre eine sehr unwissenschaftliche Methode, und er zitiert ständig Fälle von Mördern, die Hundeliebhaber waren, wie zum Beispiel Dr.

Crippen. Natürlich gibt es Ausnahmen. Aber ich finde schon, daß Menschen, die Hunde wirklich mögen, etwas Weltoffenes und Großzügiges haben. Mit Katzen ist es anders. Katzen sind etwas für Introvertierte, für einsame, eher ängstliche Menschen, die sich vor dem Überschwang und den Ansprüchen eines Hundes fürchten. Katzen geben und nehmen nicht, sie bleiben für sich, genau wie ihre Besitzer.« Miriam holte Luft. »Na bitte. Das müßte doch eigentlich für einen Streit reichen.«

»Warum wollen Sie unbedingt streiten?«

»Um meine Aggressionen loszuwerden. Ich habe eine ganze Menge.«

»Tatsächlich?«

»Aber sicher. Sie auch. Ich werde meine – jedenfalls einen Teil davon – nicht dadurch los, daß ich meine Kinder prügle oder meinen Mann schlage, sondern durch Reden. Ach ja, und von Zeit zu Zeit schmeiße ich einen Teller kaputt. Das ist allerdings teurer als Reden.«

Draußen hielt ein Auto, die Felgen quietschten am Bordstein entlang. Gleich darauf kam Frank mit einem Schnellhefter in der Hand zur Tür herein.

Er gab Dalloway die Hand und grinste zu seiner Frau hinüber. »Wie ich sehe, hast du Mr. Dalloway mit ein paar Theorien unterhalten.«

»Woher willst du das wissen?« fragte Miriam.

»Du machst so ein selbstgefälliges Gesicht.«

»Stimmt ja gar nicht.« Miriam trat vor den großen Spiegel über dem Kaminsims, um nachzusehen, ob sie tatsächlich ein selbstgefälliges Gesicht machte.

Frank wandte sich wieder an Dalloway. »Ich habe den Bericht über Rose geholt. Wie ich Ihnen bereits erklärt habe, ist er nicht vollständig. Wir kommen selten zu einem vollständigen Bericht über jemanden, sofern es nicht schon eine ganze Reihe früherer Überweisungen gegeben hat. Im Falle von Rose habe ich nur das, was sie mir aus freien Stücken an Informationen geliefert hat, plus ein paar eigene Interpretationen, die zutreffen können oder auch nicht. Erwarten Sie also nicht zuviel.«

»Nein«, sagte Dalloway.

»Eigentlich hatte ich gar keinen Anlaß, Rose als Patientin anzunehmen. Ich glaube nicht, daß ihr psychisch etwas fehlte. Sie war ein bißchen verwirrt. Sie war auf ihre Weise ein Champion gewesen, und dann wollte sie auf einmal niemand mehr in den Ring schicken. Das sind ihre eigenen Worte, ich zitiere aus dem Bericht.«

»Darf ich ihn lesen?«

»Nur zum Teil. Vieles davon ist persönlich.«

»Für Rose oder für mich?«

»Sie werden darin mehrmals erwähnt.«

»Positiv oder negativ?«

Frank fühlte sich sichtlich unwohl. »Sie kennen Rose ja.«

»Also negativ.«

»Ja. Das ist auch verständlich. Sie hat sehr unter Schuldgefühlen gelitten, nachdem sie Sie und das Kind verlassen hatte. Um mit diesen Gefühlen fertig werden zu können, mußte sie sich einreden, daß Sie der Oberschurke sind.«

»Ich könnte mir denken, daß es in Roses Leben von Schurken nur so wimmelte.«

»Sie waren ziemlich zahlreich.«

»Gibt es irgendwelche Hinweise auf die Namen, von denen ich Ihnen erzählt habe – die, die sie auf die Karte geschrieben hat?«

»Zwei.« Frank schlug den Schnellhefter auf. »Phil und Bernard. Phil hieß ihr letzter Ehemann, Philip Lederman.

Er ist vor ein paar Jahren bei einem Segelunglück ums Leben gekommen. Er war damals allein, es gab keinerlei Anhaltspunkte für ein Verbrechen.«

»Und Bernard?«

»Bernard«, sagte Frank trocken, »war ein Pekinese.«

»Ein *Hund*?«

»Ja, aus der Zeit, als sie auf dem alten United-Artists-Gelände gearbeitet hat. Sie hat ihn überallhin mitgenommen, zum Drehen, in Restaurants, in Züge und so weiter. Hier sind die beiden Stellen, wenn Sie einen Blick darauf werfen wollen.«

Dalloway nahm die maschinengeschriebenen Seiten mit leicht verärgertem Gesicht entgegen. Die Stelle über Bernard war ein wörtliches Zitat von Rose:

»Bernard war der schlaueste kleine Hund, den man je gesehen hat. Ehrlich, Frank, der Hund konnte meine Gedanken besser lesen als Sie. Bernie hat es immer gleich gemerkt, wenn ich Leute nicht mochte, und nach ihnen geschnappt. Einmal hat er im Ambassador den Oberkellner gebissen. Gott, war das komisch. Ich mußte dreihundert Dollar Schmerzensgeld bezahlen. Seither habe ich keinen Fuß mehr ins Ambassador gesetzt. Es ging mir ums Prinzip – dreihundert Dollar für einen läppischen kleinen Hundebiß …«

Immer noch stirnrunzelnd blickte Dalloway auf. »Das kann nicht der richtige Bernard sein.«

»Wahrscheinlich nicht.«

»Schließlich ist das nur ein Hund.«

»Versuchen Sie's mal mit der Stelle über Phil«, sagte Frank. »Seite 89.«

Seite 89 begann mit Franks Schilderung.

»Patientin erscheint in depressiver Stimmung, nachlässig

gekleidet, ungekämmt. Klagt über schlaflose Nacht. Gesicht blaß, Atmung unregelmäßig. Ich rate zu körperlicher Untersuchung. Patientin protestiert, behauptet, das sei unnötig, sie könne es sich nicht leisten, sie mißtraue Ärzten usw. Sie wirkt verstört. Nach einer Weile äußert sie sich wie folgt:

Patientin: ›Heute nacht hatte ich das heulende Elend. Ich bin gegen vier aufgewacht, und da war es dunkel, stockdunkel und still. Ich hatte das Gefühl, ich bin allein, absolut allein, alle anderen auf der Welt sind gestorben, und bloß ich bin noch übrig in dieser fürchterlichen Stille. Und dann habe ich allmählich gemerkt, daß es gar nicht so still war, ich konnte nämlich das Meer hören. Mein Fenster war offen, und ich konnte ganz leise das Meer hören, dieses schreckliche, unaufhörliche Geräusch, ich hasse es. Es erinnert mich an Phil. Ich habe Ihnen doch von Phil erzählt, oder?‹

Ich sage, sie habe mir erzählt, daß das ihr dritter Mann sei.

Patientin: ›Phil ist eines Tages mit seinem Segelboot rausgefahren und nicht mehr zurückgekommen. Das Meer hat ihn geholt. Mich wird es auch holen, wenn ich ihn lasse.‹

Anmerkung: Patientin zeigt keine Angst vor Wasser im allgemeinen, sondern nur vor dem Meer, das sie als ›er‹ bezeichnet, wenn sie erregt ist. Das Meer scheint ein Gottes- und Gewissenssymbol zu sein.

Ich frage sie, warum sie glaubt, das Meer würde sie holen.

Patientin: ›Es hat Phil geholt. Es hat ihn geholt, um mir eins auszuwischen.‹

Ich fordere sie auf, das zu erklären.

›Ich habe ihm das Segelboot zum Geburtstag geschenkt. Ach, ich bin ganz durcheinander, ich kann das nicht erklären. Ich war verrückt nach Phil, er war immer nett zu mir, hat mich nie für dumm verkauft wie Hamman, und ich habe nie Angst vor ihm gehabt, so wie vor Dalloway.‹«

Dalloway klappte den Bericht zu und klatschte ihn energisch auf den nächstbesten Tisch. Sein normalerweise rötliches Gesicht hatte sich an den Jochbeinen ins Purpurne verfärbt, als wären ihm unter der Haut kleine Äderchen geplatzt.

Er sprach mit angespannter, beherrschter Stimme. »So so, sie hat also Angst vor Dalloway gehabt.«

»Och, das dürfen Sie nicht so ernst nehmen«, meinte Miriam.

Er beachtete sie gar nicht, sondern fixierte weiterhin Frank. »Ich möchte diesen Bericht lesen, und zwar ganz.«

»Tut mir leid, das geht nicht.«

»Berufsethos?«

»Das auch. Hauptsächlich aber deshalb, weil ich glaube, daß Ihnen das schaden könnte.«

»Ich bin kein verletzliches Kind, wissen Sie.«

»Wie verletzlich wir sind, wissen wir alle erst, wenn wir auf die Probe gestellt werden.«

»Ich bin von Experten auf die Probe gestellt worden.«

Frank gab keine Antwort. Er legte den Bericht einfach wieder in den Hefter und schloß diesen.

Während Dalloway ihm dabei zusah, wurde ihm klar, daß es sinnlos war, weiter über das Thema zu diskutieren. Frank war nicht bloß stur, sondern er hatte auch recht, und diese Kombination war wie Stahlbeton. *Er ist es gewohnt, mit psychisch Gestörten umzugehen*, dachte Dalloway grimmig. *Ich muß das reinste Kinderspiel für ihn sein.*

Er zwang sich zu einem Lächeln, das ihm, wie er hoffte, ein freundliches, unbekümmertes Aussehen verlieh. »Sie haben natürlich recht, Clyde. Vielleicht bin ich verletzlicher, als ich glaube. Ich war einfach nur neugierig, was Rose über mich zu sagen hatte. Komisch, daß mich das nach all den Jahren noch interessiert, nicht?«

»Sie interessieren sich eben noch für sie.«

»Ja. Ja, das wird es wohl sein.«

»Genau wie Frank«, sagte Miriam mit kurzem, freudlosem Lachen. »Wir reden seit einer Woche über nichts anderes. Eine schöne lange Diskussion über das Wetter wäre zur Abwechslung mal ganz hübsch.«

»Das Wetter ist immer nur perfekt«, sagte Dalloway. »Wenn es plötzlich dreißig Zentimeter Niederschlag oder einen Sturm gäbe, brächten wir vielleicht ein angeregtes Gespräch darüber zustande. Aber so« – er zuckte die Achseln –, »was kann man schon sagen oder tun, wenn etwas perfekt ist? Nur das knarrende Rad – in diesem Fall Rose – wird geschmiert.«

Miriam setzte sich, die Hände schlaff im Schoß gefaltet, resigniert auf die Klavierbank.

»Außer Rose gibt's noch mehr knarrende Räder«, fügte Dalloway hinzu, »aber bis jetzt hat außer mir noch keiner darauf geachtet.«

»Die Goodfields«, meinte Frank.

»Genau. Heute morgen habe ich mit Captain Greer über sie geredet. Er behauptet, sie lägen eher auf Ihrer Linie als auf seiner. Haben Sie sie schon mal gesehen?«

»Die alte Dame nicht. Allerdings hat mir Greer von ihr erzählt.«

»Aber Willett und seine Frau haben Sie gesehen?«

»Ja. Bei der gerichtlichen Voruntersuchung und bei der Beerdigung.«

»Was halten Sie von den beiden?«

Frank lächelte. »Tja, das ist eine ziemlich schwierige Frage. Ich habe mir da noch kein endgültiges Urteil gebildet.«

»Ach was. Ich glaube, jemand wie Sie bildet sich jedesmal ein Urteil, wenn er einem Menschen gegenübersteht. Vielleicht revidiert er dieses Urteil später, aber er bildet sich auf jeden Fall eins.«

»Sie haben recht, wenigstens zur Hälfte. Ich kann nicht umhin, bestimmte Typen von Menschen und Familien zu erkennen.«

»Und was ist mit der Familie Goodfield?«

»Die entspricht so ziemlich der Norm – oder eigentlich viel zu sehr. Dominierende Mutter, aufbegehrende Tochter, schwache Söhne.«

»Und die Frau, Ethel?«

»Wahrscheinlich von der Mutter ausgesucht.«

»Greer hält sie für schwachsinnig.«

»Vielleicht erweckt sie im Moment diesen Eindruck – sie steht immer noch unter Mrs. Goodfields Fuchtel. Wenn die alte Dame stirbt, wird Ethel ihr Erbe antreten.«

»Nicht Willett?«

»Ich fürchte, nein – nicht, wenn er dem üblichen Muster folgt. Ethel wird einfach Mrs. Goodfields Rolle übernehmen.«

»Eine eigenartige Konstellation.«

»Aber keineswegs«, sagte Frank. »Es gibt viele Familien wie die Goodfields.«

»Aber es wird nicht bei jeder eine tote Frau im Garten gefunden.«

»Nein.«

»Ich denke es, Sie denken es, also können wir's genausogut sagen: Diese Goodfields müßten einmal gründlich durchleuchtet werden.«

»Von wem?«

»Ich habe mein möglichstes getan. Das Problem ist, ich kann nicht den Leuten nachlaufen und ihnen Fragen stellen. Schon allein deshalb, weil ich zu sehr auffalle.« Er gab seiner Prothese einen verächtlichen Klaps. »Außerdem habe ich keine Erfahrung mit derartigen Nachforschungen.« Dalloway hielt inne. »Sie schon.«

Miriam gab einen unartikulierten Protestlaut von sich.

»Warum sind Sie so wild darauf, etwas gegen die Goodfields in die Hand zu bekommen?« sagte Frank.

»Wenn Sie die Frage umformulieren, kann ich sie vielleicht beantworten.«

»Also gut. Was haben Sie für ein Interesse an der Sache?«

»Sie könnten es Neugier nennen.«

»Ja, vielleicht.«

»Oder Sentimentalität. Oder Langeweile. Nennen Sie's, wie Sie wollen. Ich möchte einfach zweifelsfrei feststellen, ob es irgendeine Beziehung zwischen Rose und den Goodfields gab. Wenn ja, dann galt das vielleicht auch für Lora.«

»Galt?«

»Galt«, wiederholte Dalloway grimmig. »Ich habe das Gefühl, daß meine Tochter tot ist.«

»Haben Sie irgendeinen Grund für diese Annahme?«

»Nur einen, aber der ist plausibel. Sie hat mir nicht geschrieben, um mich um Geld zu bitten. Nein, das sollte kein Witz sein. Lora ist unfähig, für sich selbst zu sorgen. Sie hat es in keinem Job länger als einen Tag ausgehalten, und sie ist trotz ihrer hochgestochenen Sprüche so hilflos wie eine Dreijährige.« Wieder hielt Dalloway inne und räusperte sich. »Ich bin bereit, Sie für Ihre Dienste großzügig zu honorieren.«

Frank und Miriam wechselten einen Blick. Frank wandte sich ab und sah aus dem Fenster. Auf dem Rasen vor dem Haus rauften die beiden Jungen miteinander, während der kleine schwarze Spaniel – unsicher, ob die Rauferei ernst oder Spiel war – angesichts des Tumults wütend jaulte. Glückliche Kinder, dachte Frank. Aber selbst glückliche Kinder brauchten neue Schuhe, Hosen und ab und zu einen Haarschnitt.

Er wußte, daß Miriam das gleiche dachte: Kleider für die Kinder, vielleicht ein Fahrrad für John oder ein Gummiplanschbecken für Peter.

»Sie haben uns da an einem wunden Punkt erwischt«, sagte Frank endlich.

»Das habe ich gehofft.«

»Er ist allerdings nicht so wund, daß ich jeden Kompromiß mit meinem Gewissen eingehe.«

»Ich verlange nicht von Ihnen, daß Sie etwas Unrechtes tun.«

»Was verlangen Sie dann, und für wieviel?«

»Daß Sie für hundertfünfzig Dollar nach San Francisco fahren und dort soviel wie möglich über den Goodfield-Clan herausfinden. Der Preis, den ich zu zahlen bereit bin, schließt kein Spesenkonto ein, Sie können also reisen, wie es Ihnen beliebt – mit Bahn, Flugzeug, Auto, mit oder ohne Mrs. Clyde –, je nachdem, wieviel Sie von den hundertfünfzig übrigbehalten wollen.«

»Frank ist schon immer gern gewandert«, sagte Miriam. Die Bemerkung war scherzhaft gemeint, aber von den beiden Männern fand sie offenbar keiner lustig. Geld war eine ernste Sache, sowohl für Dalloway, der sich noch an die Zeiten erinnerte, als er keines gehabt hatte, als auch für Frank, dessen Gedächtnis nicht aufgefrischt werden mußte.

»Mehr als einen Tag kriege ich nicht frei«, sagte Frank.

Dalloway nickte. »Ein Tag müßte reichen.«

»Ich fahre morgen hin.«

»Morgen ist Sonntag, da werden Sie nicht viel erreichen.«

»Wieso?«

»Weil da die Fabrik geschlossen ist.«

»Welche Fabrik?«

»Die Horace Goodfield Doll Corporation. Ich möchte, daß Sie sich die mal ansehen, und feststellen, wer sie wie leitet.«

»Von Fabriken verstehe ich nichts, Dalloway. Mein Geschäft sind Menschen.«

»Fabriken bestehen aus Menschen.«

»Tja, ich werd mir Mühe geben.« Frank klang etwas ratlos. »Wenn bloß meine Anweisungen ein bißchen genauer wären.«

»Wenn ich sie genauer formulieren könnte, müßte ich Sie nicht bitten hinzufahren. Ich habe, was diese Familie angeht, einen vagen, unbestimmten Verdacht. Den möchte ich bestätigt haben.«

»Oder widerlegt.«

»Lieber bestätigt.«

»Wieso lieber?«

»Ich hasse es, unrecht zu haben, das ist alles.« So wie Dalloway das sagte, klang es überzeugend. »So, nun muß ich aber gehen. Ich höre also Dienstag von Ihnen?«

»Ja.«

Dalloway verabschiedete sich ausgesucht höflich. Er sagte Miriam, es sei ein Vergnügen gewesen, eine so bezaubernde Frau kennenzulernen, er gab den beiden kleinen Jungen die Hand, tätschelte dem Hund den Kopf und fuhr lächelnd und freundlich winkend in seinem Packard davon.

Frank und Miriam sahen sich einen Moment lang stumm an.

»Na?« sagte Frank.

»Gar nichts na.«

»Du machst dir Sorgen.«

»Ich mache mir überhaupt keine Sorgen«, sagte sie fröhlich. »Ich finde ihn nett. Und hundertfünfzig Dollar sind *sehr* nett.«

»Du machst dir doch Sorgen.«

»Sei doch nicht immer so verdammt gescheit! Dann mache ich mir eben Sorgen, davon geht die Welt nicht unter, oder?«

»Meine vielleicht schon.«

Sie legte ihm beide Hände auf die Schultern und lächelte ihm ins Gesicht. »Ich liebe dich auch.«

Der ältere der beiden Jungen legte spöttisch den Kopf schräg. »Schmalz, schmalz, schmalz.«

11

Das Schild an der Fassade des grauen Betongebäudes trug die Aufschrift »Horace M. Goodfield Doll Corporation, San Francisco, California«. Auf dem Schild stand steif und plattfüßig eine sieben Meter hohe Holzpuppe. Die Jahre in der Sonne hatten ihr das Lächeln weggebleicht und das Haar staubgrau werden lassen, und der von der Bucht hereinwabernde Nebel hatte ihr den Blick getrübt. Leer starrten die Augen hinaus auf die vorbeifahrenden Schiffe, wie die Augen eines heidnischen Götzen, der unberührt und teilnahmslos seine Diener betrachtet. Der Name der Puppe stand in Druckbuchstaben auf ihrer flachen, verblichenen Brust: Sweetheart.

An dem Maschinenlärm erkannte Frank, daß die Fabrik arbeitete, aber er hatte den Eindruck, daß sie jeden Moment aufhören und wie die hölzerne Puppe in Starrheit verfallen würde. Das Gebäude selbst wirkte vernachlässigt, als läge niemandem genug daran, kaputte Scheiben zu ersetzen, die Fensterrahmen neu zu streichen oder die Löcher im Beton zu flicken.

Der alte Mann, der am Eingangstor auf einem Stuhl saß, paßte zu dem Gebäude. Auch an ihm lag niemandem. Sein Gesicht hatte die gleiche Farbe wie der Beton, seine Augen hatten die Trübheit ungeputzter Fenster. Er sah Frank an und rieb sich dabei die arthritischen Knöchel.

Frank bemerkte, daß der Alte ein Schulterhalfter trug.

»Arbeiten Sie hier?«

»Schon seit zweiundzwanzig Jahren.« Der Alte sprach mit monotoner Stimme. »Zuerst da drin. Ich habe ihnen die Gesichter gemalt. Kitzlige Arbeit, aber ich hatte gute Nerven. Dann sind allerdings meine Hände kaputtgegangen. Da haben sie mir den Stuhl und die Pistole da gegeben und haben gesagt, jetzt bist du Wächter, Charley. Ich heiß nämlich Charley.«

»Ich heiße Clyde. Wissen Sie denn, wie man mit dem Ding schießt?«

»Na klar.«

»Schon mal damit geschossen?«

»Einmal. Da ist einer eingebrochen, und ich hab auf ihn geschossen, allerdings vorbei. Hat sich rausgestellt, es war 'n Spinner, der nach Puppen verrückt war. Sie haben ihn irgendwo eingesperrt, hab ich gehört. Der erste Verrückte, den ich je gesehen hab; dabei hat er gar keinen Schaum vorm Mund gehabt und gar nichts, sondern so normal ausgesehen wie Sie und ich.«

»Sie arbeiten schon lange für die Goodfields, wie?«

»Zweiundzwanzig Jahre, hab ich doch gesagt. Ich war's doch, der Sweetheart da oben ihren ersten Anstrich verpaßt hat.«

»Sie sieht aus, als könnte sie mal wieder einen vertragen.«

»Sag ich auch immer, aber auf mich hört ja kein Aas. Seit der alte Horace tot ist, tut sich hier überhaupt nichts mehr. Nicht daß Horace als Geschäftsmann 'ne große Leuchte gewesen wäre, aber ihm lag wenigstens noch was dran. Er war ein Künstler. Ganz allein haben er und ich Sweetheart entworfen, samt Kleidern und allem. Horace«, wiederholte er, »war ein Künstler.«

»Was ist passiert, als er tot war?«

»Sie haben ihn begraben.«

»Sie haben ja richtig Sinn für Humor, Charley.«

»Ich hab schon immer alles von der lustigen Seite sehen können.«

»Dann versuchen Sie jetzt mal, es von der anderen Seite zu sehen. Was ist mit der Fabrik passiert, als Horace tot war?«

»Nix ist passiert, außer daß eines Tages einer mit 'nem Haufen Begonienknollen aufgekreuzt ist. Hat 'n Dutzend davon genau hier an der Stelle gepflanzt, wo ich jetzt sitze.«

»Wieso Begonien?«

»Weil Horace die ganze Fabrik mit allem Drum und Dran seiner Frau vermacht hat, und die fand, daß es irgendwie hübsch wäre, wenn hier 'n paar Blumen wachsen.«

»Hat sie die Fabrik übernommen?«

»Na ja, 'ne Zeitlang ist sie jeden Morgen in aller Frühe aufgetaucht und hat zu jedem guten Tag gesagt. Binnen einer Woche hat sie mehr über die Leute gewußt, die hier arbeiten, als die über sich selber wußten. War wie 'ne Mutter zu ihnen, die Frau. Bloß brauchten sie keine Mutter, sondern neue Maschinen und bessere Toiletten und eine Heizungsanlage, die nicht zweimal in der Woche streikt.«

Er spuckte auf die Stelle am Boden, wo einmal die Begonien gepflanzt worden waren. Dann blickte er wieder zu der hölzernen Puppe hinauf, blinzelnd, obwohl die Sonne nicht schien.

»Nee nee, die arme alte Sweetheart hat keine große Zukunft. Irgendwann finden sie die Termiten, und dann gute Nacht.«

Frank überlegte kurz, ob die Termiten sie nicht schon längst gefunden hatten. Er fragte: »Haben Sie Mrs. Goodfield in letzter Zeit mal gesehen?«

»Die läßt sich hier nicht mehr blicken. Hat wohl das Interesse verloren, als sie dahinterkam, daß keiner 'ne zusätzliche Mutter brauchte. Außerdem ist sie krank geworden und brauchte viel Ruhe. Deswegen hat sie den Laden aufgeteilt und den Kindern überschrieben.«

»Und wer leitet das Geschäft jetzt?«

»Wer es leitet? Jeder leitet es. Willett leitet es, Jack leitet es, ich leite es. Mann, wenn Sie sich lang genug hier herumdrücken, leiten Sie's auch bald. In dem Kuchen haben so viele die Finger drin, daß bald kein Kuchen mehr da ist.«

»Macht die Firma Verlust?«

»Nein, wir haben Jahr für Jahr den gleichen Umsatz. Die gleichen Kunden, die immer das gleiche wollen – eine gute, preiswerte Puppe.«

»Warum dann die Nörgelei?«

Charley linste ihn mit seinen trüben Augen an. »Sind Sie Geschäftsmann?«

»Nein.«

»Das habe ich mir gedacht, sonst würden Sie nämlich nicht so blöde Fragen stellen. Ein Geschäft kann nicht stillstehen. Wenn's sich nicht vorwärtsbewegt, dann bewegt's sich rückwärts, wie 'n Uhrpendel. Und um so 'n kleines Geschäft wie das hier zu ruinieren, braucht's nicht viel. Ein paar Sondersteuern hier und ein paar Lohnerhöhungen da, und dann? Dann liegt man auf der Schnauze und fragt sich, was einen umgehauen hat. Neunundzwanzig ist mir das auch passiert. Horace hat mir 'n Job gegeben. Er war einer meiner Kunden, als meine Frau und ich noch die Wäscherei hatten.«

Der Alte verfiel in Schweigen, einen verwirrten Ausdruck im Gesicht, als frage er sich, wie das eigentlich alles passiert war; wo die Jahre, die Wäscherei und Horace geblieben waren und wie er hierher kam, auf diesen Stuhl, mit einer Pistole, und eine senile Puppenriesin bewachte.

Von der Bucht her begann Nebel hereinzuwehen wie schmutziggraue Laken auf einer flatternden Wäscheleine. Irgendwo ganz in der Nähe tutete ein Nebelhorn. Charley schauderte und klappte den Kragen seiner Lederjacke hoch.

»Ich habe letzte Woche Willett Goodfield mit seiner Frau gesehen«, sagte Frank. »Die sind in La Mesa, im Süden.«

»Hab ich auch gehört.«

»Die scheinen in ziemlich angenehmen Verhältnissen zu leben.«

»Die kennen das gar nicht anders. Bis jetzt. Bis jetzt«, wiederholte er. »Aber die werden auch noch kleinere Brötchen backen müssen. Warten Sie mal, bis die alte Dame stirbt und die Erbschaftssteuer fällig wird.«

»Wenn sie ihnen die Firma überschrieben hat, wird keine Erbschaftssteuer fällig.«

Charley fixierte ihn mit widerwilliger Anerkennung. »Donnerwetter, Sie haben recht. Daran hab ich gar nicht gedacht. Aber da kommen noch andere Sachen, da braucht man sich gar nichts vorzumachen. Wenn die alte Dame stirbt, gibt's einen guten altmodischen Bankrott. Wollen wir wetten?«

»Nicht unbedingt.«

»Ich hab's eigentlich auch nicht mit dem Wetten, aber ich kann die Schrift an der Wand lesen. Kennen Sie Shirley?«

»Nein.«

»Shirley ist das Goodfield-Mädchen. Das heißt, mittlerweile ist sie eine Frau, aber als ich sie kennenlernte, war sie ein Mädchen. Das ist der einzige kluge Kopf in der Familie. Schlägt nach dem Vater, sogar im Aussehen. Aber Shirley konnte die alte Dame nicht verknusen. Ist mit siebzehn von zu Hause weg und hat geheiratet. Die kommt nicht mehr hierher.«

»Wieso nicht?«

»Hat keine Zeit. Sie ist Witwe und hat vier Kinder.«

»Wo wohnt sie denn jetzt?«

»Zu Hause.«

»Wo zu Hause?«

»In Horaces Haus oben auf Nob Hill. Das ist ein schönes großes Haus mit massenhaft Wertsachen und Antiquitäten drin. Als Mrs. Goodfield auf Reisen ging, wollte sie das Haus nicht leerstehen lassen, also haben Shirley und ihre Kinder das Erdgeschoß gekriegt und Jack den ersten Stock. So spart man Miete, und auf Wertsachen und Antiquitäten paßt auch jemand auf.«

»Jedenfalls auf das, was die vier Kinder davon übriglassen.«

Charley grinste. »Mein lieber Mann! Wehe, wenn die alte Dame zurückkommt und es fehlt was, so wie beim letzten Mal. Die Frau hat 'ne Zunge, mit der kann man Beton schneiden, jawohl, Beton.«

Wieder tutete das Nebelhorn, und sein zorniges Dröhnen brachte die Luft zum Beben und erschreckte die Schiffsbesatzungen auf See.

Dem Dröhnen folgte das kurze Klappen einer zufallenden Tür. Ein hochgewachsener junger Mann in dunklem Straßenanzug kam rasch die Treppe hinunter und auf das Tor zu, wo Charley saß. Der Mann hatte lockiges, strohblondes Haar, das sorgsam gescheitelt war, um die kahl werdende Stelle auf dem Schädel zu kaschieren. Er ging, als sei er stolz auf seinen Körper und erhalte ihn in bestmöglicher Verfassung, so wie Mrs. Goodfield ihre Wertsachen und Antiquitäten.

Charley beugte sich vor und tat so, als sei er vollauf damit beschäftigt, den Schnürsenkel eines seiner Arbeitsschuhe zu binden.

»Charley.«

Mit einem seltsamen kleinen Laut, der kaum zu hören war, richtete der Alte sich auf.

»Ich nehme doch an, daß Sie noch hier arbeiten, Charley, oder?«

»Ja, Mr. Jack.«

»Ich habe Sie schon einmal wegen Ihrer Rumsteherei und Schwätzerei verwarnen müssen.«

»Ein kleiner Plausch tut doch niemand...«

»Ihr Freund hier wird Sie bestimmt entschuldigen, solange Sie Ihre Runde machen.«

Jack Goodfield warf Frank einen flüchtigen, verächtlichen Blick zu und marschierte dann ins Gebäude zurück wie ein General, der noch nicht entdeckt hat, daß seine Armee hinter ihm aufgerieben worden ist.

Charley zog ein schwarzweiß gemustertes Taschentuch, schneuzte sich und fluchte. Frank, der schon einiges an Flüchen kannte und hatte einstecken müssen, war von Charleys Repertoire beeindruckt.

»Tut mir leid, wenn ich Sie in Schwierigkeiten gebracht habe«, sagte Frank. »Eigentlich wollte ich ja Goodfield sprechen.«

Aber Charley hatte offensichtlich das Interesse an der ganzen Sache verloren. Er stand auf, rückte sich das Schulterhalfter zurecht und schlurfte auf die Ecke des Gebäudes zu. Wenigstens ein Mann war dem General noch geblieben.

Nach der feuchten Kälte des Nebels empfand er die Luft in dem Gebäude als sehr warm und trocken. An dem Schalter, wo die Arbeiter die Stechuhr betätigten, schrieb ein junges Mädchen auf lila Papier einen Brief. Durch die gläserne Trennwand hinter ihr konnte Frank zwei Reihen von Frauen sehen, die an einem langen Tisch arbeiteten. Sie sahen sich so ähnlich wie die Puppenköpfe, die sie bemalten.

Als das Mädchen Frank sah, legte es den Füller aus der Hand, machte aber keinen Versuch, den Brief zu verbergen. »Kann ich Ihnen irgendwie helfen?«

»Ich möchte gern mit Mr. Jack Goodfield sprechen.«

»Wenn es um eine Bewerbung geht, wir haben keine freien Stellen.«

»Es geht nicht um eine Bewerbung.«

»Gut. Das hier gegenüber ist Mr. Goodfields Büro. Gehen Sie einfach hinein. Seine Sekretärin, Mrs. Hiller, ist da – glaube ich jedenfalls.« Die letzten drei Worte fügte sie mit eigenartiger Betonung hinzu, dann griff sie wieder nach ihrem Füller und schrieb weiter auf das lila Briefpapier. Ehe er sich abwandte, bemerkte Frank, daß sie mühsam und fahrig schrieb.

Er durchquerte die Halle und straffte dabei unbewußt die Schultern, als wollte er das Büro abschütteln, das er sechshundert Kilometer von zu Hause immer noch mit sich herumtrug.

Mrs. Hiller war nicht an ihrem Schreibtisch, wohl aber ihr Namensschild: Evangeline Hiller. Es war ein nagelneues, sehr kunstvolles Namensschild in einem blauen Plastikbehälter. Der Rest des Büros wirkte vergleichsweise schäbig.

Gegenüber einem vergrößerten Foto von einem Betriebsausflug, das unten die Aufschrift »4. Juli 1932, Muir Park« trug, ließ Frank sich zum Warten nieder.

Plötzlich sprang die Tür mit dem Schild »John J. Goodfield« auf, und mit der Selbstüberwindung eines Schwimmers, der ins kalte Wasser springt, kam Mrs. Hiller ins Zimmer gestürzt. Ihr in ein enges Seidenjerseykleid gehüllter Körper war reif und üppig. Oberhalb der Schultern wirkte sie sehr jung und verblüfft, als könnte sie gar nicht begreifen, was unterhalb davon passiert war. Sie war rot im Gesicht, ihr langes, braunes Haar war zerwühlt, und sie atmete schnell und heftig. Frank kam es so vor, als wäre sie gerannt – vielleicht ein, zwei Runden ums Gebäude, um Charley ein gutes Beispiel zu geben.

Um ihre Verwirrung zu überspielen, sprach sie Frank in einem Ton an, der viel zu affektiert war. »Wenn Sie Mr. Goodfield zu sprechen wünschen, der ist leider gerade eben weggegangen.«

»Wann kommt er denn wieder?«

»Gar nicht. Das heißt, heute kommt er nicht mehr. Er hat einen dringenden Anruf bekommen.«

»Zu dumm.«

»Einen sehr dringenden Anruf.« Mrs. Hiller schluckte vernehmlich, ihr ganzer Hals arbeitete. »Wegen Krankheit.«

»Wessen Krankheit?«

»Jemand ist krank geworden, das ist alles. Ein Freund von Jack – von Mr. Goodfield.«

»Und Mr. Goodfield ist ans Krankenlager geeilt, um den Fiebernden zu trösten?«

»Klar. Glaub ich jedenfalls.« Mrs. Hillers Affektiertheit war verschwunden wie ein auf den Bürgersteig gefallenes Eis am Stiel, von dem nur ein kleiner, unregelmäßiger klebriger Fleck zurückbleibt. »Vielleicht kommt er morgen wieder.«

Aus dem Büro kam ein leises Geräusch, als würde die Schublade eines Schreibtisches oder eines Aktenschranks eingeschoben. Das Mädchen hörte es ebenfalls. Sie griff sich an die Kehle, als wäre sie am Ersticken, und sagte laut: »Vielleicht morgen, vielleicht auch erst übermorgen. Sein Freund ist wirklich sehr krank.«

Frank fragte sich, ob der Freund so krank war, wie Mrs. Hiller aussah. »Ich fürchte, so lange kann ich nicht warten.«

Sie versuchte, ihre offenkundige Erleichterung dadurch zu verbergen, daß sie sagte: »Ach Gott, das ist aber schade, nicht? Ich meine, Jack – Mr. Goodfield wird es schrecklich leid tun, daß er Sie verpaßt hat.«

»Er kennt mich gar nicht.«

»Na ja, er – er – verpaßt einfach ungern jemanden, egal wen.«

»Ein freundlicher Mensch, wie?«

»O ja, sehr. Wenn Sie mir eben Ihren Namen sagen, sorge ich dafür, daß er erfährt, daß Sie hier waren.«

»Mein Name ist Frank Clyde.«

»Und Ihr Beruf?«

»Ich bin Sozialarbeiter.«

»Sozialarbeiter?« Mrs. Hiller sperrte den Mund auf wie ein hungriger Karpfen. »Also, das glaub ich nicht.«

»Warum denn nicht?«

»Na, darum. Was hat denn ein Sozialarbeiter mit Jack zu tun? Jack ist Millionär.«

Es trat kurzes Schweigen ein, ehe Frank mit ruhiger, vernünftiger Stimme, als hätte er es mit einem fremden Kind zu tun, fragte: »Sieht das hier für Sie wie ein Millionärsbüro aus?«

Das Mädchen ließ den Blick durch das winzige Kabuff schweifen und biß sich dabei auf die Unterlippe. »Ach Gott, ich weiß nicht, ich hab noch nie ein Millionärsbüro gesehen.«

»Haben Sie überhaupt schon mal ein Büro gesehen?«

»Was wollen Sie damit sagen? Ich bin Sekretärin. Privatsekretärin. Ich hab einen Kurs gemacht. Und die Abschlußprüfung bestanden.«

»Haben –«

»Und zwar mit Auszeichnung. Also lassen Sie gefälligst Ihre miesen Bemerkungen, von wegen ich hätte ein Spatzenhirn. Ich hab's satt, mich von anderen Spatzenhirnen Spatzenhirn schimpfen zu lassen.«

»Ich habe Sie doch überhaupt nicht so genannt. Ich habe mich bloß gefragt, ob das Ihr erster Job ist.«

Mrs. Hiller warf den Kopf hoch und behielt diese Pose bei. »Und verschonen Sie mich mit Ihrem Sozialgetue, Herr Sozialarbeiter. Ich brauch das nicht.«

»Was Sie unter einem Sozialarbeiter...«

»Und behalten Sie Ihre Schweinereien für sich.«

»Ich fürchte, das haben Sie mißverstanden.«

»Ach ja? Glauben Sie ja nicht, daß ich eine Schweinerei nicht erkenne, wenn ich eine höre.«

»Da bin ich ganz sicher.«

»Na also, schon besser.« Mrs. Hiller wirkte ein wenig besänftigt. »Und glauben Sie ja nicht, ich wüßte nicht über Sozialarbeiter Bescheid. Als ich klein war, haben wir Sozialhilfe gekriegt, und diese Widerlinge kamen ständig angekrochen und haben geguckt, daß wir auch genug Geld für Milch ausgeben. *Milch*, ausgerechnet. Von Milch ist noch nie jemand satt geworden. Probieren Sie's ruhig mal.«

»Ich überprüfe keine Familienfinanzen.« Außer meine eigenen, fügte er stumm hinzu.

»Mit meinen Finanzen sieht's jedenfalls prima aus. Das Kleid, das ich da anhabe, hat vierzig Dollar plus Steuer gekostet.«

»Es ist sehr hübsch.«

»Finden Sie?« Das Mädchen lächelte, ohne es zu wollen. Sie war für Komplimente so empfänglich, wie sie gegen Kritik empfindlich war. »Ich find's auch. Es ist von Magnin's. Ich hab es erst Samstag bekommen, im Sonderangebot. Regulär hat es neunundfünfzig fünfundneunzig gekostet, und die Plisseefalten bleiben für immer drin.«

Frank überlegte, welche Falten länger Bestand haben würden, die in Mrs. Hillers Kleid oder in Mrs. Hillers Innerem. »Ist das Ihr erster Job?«

»Irgendwo schon. Ich muß eigentlich gar nicht arbeiten. Mein Mann ist Koch bei der Armee, stationiert in Fort Ord. Der sorgt für mich. Und Jack – Mr. Goodfield bezahlt mich sehr gut.«

Frank mußte nicht fragen, wofür.

Er verabschiedete sich von Mrs. Hiller, und sie reagierte darauf sehr freundlich. Sie glaubte offensichtlich, daß sie sich ins beste Licht gerückt und daß sie es dem Sozialarbeiter, der wegen der Milch hatte nachfragen wollen, auf ihre Weise gezeigt hatte; nachdem ihr das gelungen war, verspürte sie keinen Groll mehr.

Draußen hatten sich die Nebelschwaden zu einer schwammigen, grauen Wand verdichtet. Auf Franks Stirn schlugen sich Tröpfchen nieder und rannen ihm wie kalte, kummerlose Tränen über die Wangen.

Charleys Stuhl stand leer und verlassen am Tor.

Frank machte sich selbst das Tor auf und ging die Einfahrt hinunter; dabei zog die Nebelwand immer ein Stückchen vor ihm her, wie um ihn zu reizen. Ehe er die Straße erreichte, tauchte plötzlich eine Männergestalt aus dem Nebel auf.

Es war Charley. Er zitterte vor Kälte, und seine Lederjacke und seine Schildmütze waren tropfnaß, aber auf seinem Gesicht lag ein seltsames kleines Grinsen.

»Haben Sie Mr. Jack gefunden, Kumpel?«

»Nein.«

»Soll ich Ihnen sagen, warum? Er ist nicht da.«

»Das hab ich auch mitgekriegt.«

»Er ist getürmt. Rein in sein Kabrio und losgedüst wie vom Affen gebissen – wenn ihm das bloß mal in Wirklichkeit passieren würde. Da frag ich mich doch, warum er so plötzlich abhaut, Sie nicht?«

»Doch.«

»Während Sie drin waren, hab ich mir so meine Gedanken über Sie gemacht. Sie sind Polizist, stimmt's?«

Frank war vage geschmeichelt. Er hatte keine Ahnung gehabt, daß er auch nur im mindesten wie eine Autoritäts- oder Amtsperson aussah. »Nein, bin ich nicht.«

Charley wirkte enttäuscht. »Ich hab gehofft, Sie wären vielleicht gekommen, um Evangeline hochzunehmen und in die Besserungsanstalt zu bringen. Evangeline. Na, wie gefällt Ihnen das als Name für 'ne Hure? Evangeline.« Er spuckte kräftig auf den Bürgersteig. »Zwanzigmal am Tag wackelt sie mit ihren Hüften durch das Tor da. Muß zum Drugstore, Kaffee holen, sagt sie. Oder sich die Haare machen lassen. Oder einkaufen gehen. Wenn Mrs. Goodfield wüßte, was hier vorgeht, würde sie der Schlag treffen. Die ist wirklich streng in so Sachen.«

Frank war sich da nicht so sicher. Nach dem, was Greer

ihm über die alte Dame erzählt hatte, hatte er den Eindruck, daß sie nicht ganz so streng war, wie sie sich gab.

»Das Mädchen ist verheiratet«, sagte Frank.

»Seit wann hält'n das Verheiratetsein 'ne Hure vom Rumhuren ab? Überhaupt nicht. Ganz im Vertrauen, irgendwo tut mir Mr. Jack sogar 'n bißchen leid. Der berappelt sich nicht mehr, verlassen Sie sich drauf. Tja, jetzt muß ich aber los. War nett, sich mit Ihnen zu unterhalten.« Charley streckte die knorrige Hand aus, und Frank ergriff sie. »Wie Sie ans Tor gekommen sind, hab ich gleich zu mir gesagt, endlich mal 'n sympathisches, ehrliches Gesicht.«

»Danke.«

»Kommen Sie mal wieder. Vielleicht hab ich Sweetheart bis dahin wieder so hübsch hergerichtet, wie sie mal war.«

»Ja, vielleicht komme ich mal wieder.«

»Unbedingt.«

»Auf Wiedersehen, Charley«, sagte Frank.

Er drehte sich um und ging zu seinem Auto. Sweetheart vermerkte seinen Weggang ohne Interesse.

12

Der Mittagsverkehr war dicht und stockte immer wieder wegen des Nebels, der Leute, die in ihrer Mittagspause unterwegs waren, und der Straßenbahnen, die mit gemächlicher, schwankender Würde wie betrunkene Matronen die unwahrscheinlich steilen und schmalen Straßen auf und ab zuckelten.

Frank fuhr die Powell Street entlang. Mit jedem Hügel wurde der Verkehr schwächer und veränderte sich die Straße. Zigarren- und Süßwarenläden machten Hotels, Nachtklubs und schließlich Wohnhäusern Platz, die so dicht zusammengedrängt waren, daß sie wie ein einziges Gebäude wirkten. Es gab keine Rasen, keine Blumen. Land war zu spärlich und teuer, um es für etwas anderes als Obdach zu verwenden. Aus ihren Dielen oder Wohnzimmern traten die Leute direkt auf den Bürgersteig und von dort wieder zurück, ohne Kontakt mit dem unter dem Pflaster begrabenen Wachstum.

Was Charley das alte Goodfield-Haus genannt hatte, lag auf der Kuppe des letzten Hügels. Es mochte einmal ein herrschaftliches Haus gewesen sein, nun aber ließen es die Wohnblocks, die es ringsum überragten, merkwürdig klein erscheinen. Seinen vornehmen Charakter hatte es freilich noch – zwei Rasenflächen wie grüne Läufer und entlang dem Bürgersteig und der Treppe zur Haustür über hundert Topfpflanzen aller Farben und Größen. Sie verliehen der abweisend düsteren Tür etwas Anheimelndes. Es gab keine Glocke oder Klingel, nur einen kleinen silbernen Buddha mit Augen aus Halbedelsteinen. Frank hob die verschränkten Arme des Buddha und ließ sie fallen. Sie fielen mit leisem, wohltönendem Klingen, und die kleinen Edelsteinaugen blitzten wie im Zorn über die Störung seiner Privatsphäre.

Die schwere Tür öffnete sich vier, fünf Zentimeter weit nach innen, und durch den Spalt fragte eine Frauenstimme: »Ja, bitte?«

»Miss Goodfield?«

Die Frau lachte. Im Gegensatz zu ihrer Stimme, die müde klang, war ihr Lachen ausgelassen und verriet echte Belustigung. »Meine Güte, beinahe hätte ich ja gesagt. Das kommt davon, wenn man zur alten Heimstätte zurückkehrt.«

»Tut mir leid, aber ich kenne Ihren Ehenamen nicht. Mein Name ist Frank Clyde.«

»Ich bin Shirley Gunnison, vormals Miss Goodfield, wie eines unserer Dienstmädchen immer zu sagen pflegte.« Sie erwähnte das Dienstmädchen gewollt beiläufig, wie um deutlich zu machen, daß sie nicht immer selbst hatte öffnen gehen müssen. »Falls Sie sich Ihr Studium finanzieren müssen, rechnen Sie nicht mit meiner Hilfe.«

»Ich habe mir mein Studium schon vor einer ganzen Weile finanziert.«

»Mit dem Verkauf von Zeitschriftenabonnements?«

»Nein, als Ohrschneckentaucher.«

Ein kurzes Schweigen, dann sagte sie: »Na, das ist doch wenigstens mal was anderes. Ich will allerdings auch keine alten Ohrschnecken kaufen.«

Aber sie machte die Tür weiter auf, als hätte sich ihre Neugier oder ihr Wunsch, mit jemandem zu reden, gegen ihre bessere Einsicht durchgesetzt.

Sie entpuppte sich als kleine, stämmig gebaute Frau Ende Zwanzig. Trotz der Sorgenfalten und Schatten unter den Augen wirkte sie im Grunde wie ein heiterer, geselliger Mensch. Ihre Züge waren zu grob, um hübsch zu sein, aber der Ausdruck ihres Gesichts und ihre Körpersprache waren sehr lebendig. Schon in der Art, wie sie, einen Arm an den Türpfosten gelehnt, dastand, lag eine leise Andeutung von Sieg – ein unbedeutender Sieg in einem Guerillakrieg.

Sie sagte: »Sie wollen nichts verkaufen, und ich will nichts kaufen – also können Sie ruhig hereinkommen.«

»Danke.«

Sie trat zur Seite, um ihn hereinzulassen. Als Frank an ihr vorbeiging, spürte er ihren sehr gründlich prüfenden Blick. Er paßte nicht zu ihrer eher beiläufigen Redeweise und ihrer Zwanglosigkeit. Frank fragte sich, ob sie öfter Fremde hereinbat oder ob er eine Ausnahme war – und wenn ja, warum.

Die Halle war riesig und kalt. Ihre hohen, schmalen Fenster ließen nicht genug Sonne herein, um die Feuchtigkeit aus den Ecken zu vertreiben. Sie glich eher einem Museum als einem Ort, wo Menschen wohnten. Horaces »Wertsachen und Antiquitäten« säumten die Wände; von einer riesigen Bronzestatue der Göttin der Fülle bis hin zu winzigen Münzen und Medaillons in Glasvitrinen und Seidendrucken in lackierten Rahmen an den Wänden war alles vertreten.

»Plunder«, sagte Shirley. »Jedenfalls das meiste.«

»Ich verstehe nichts davon.«

»Ich auch nicht. Aber Mutter hat mal einen Schätzer von Gump's kommen lassen, und der war nicht sehr begeistert. Kommen Sie doch hier herein.«

Sie führte ihn in eine kleine Bibliothek, in deren Kamin ein Holzfeuer brannte. Der Raum hatte nichts Chinesisches oder Asiatisches bis auf ein Paar Rückenkratzer, die auf dem Tisch lagen, winzige Elfenbeinhände mit scharfen, geschnitzten Fingernägeln an zwei langen Stäben.

Shirley nahm sie mit verächtlichem Blick in die Hand und räumte sie in eine Schublade.

»Ich hab nichts gegen Chinesen, aber manchmal haben sie wirklich makabre Einfälle.« Sie setzte sich auf ein lederbezogenes Sitzkissen vor dem Kamin. »Die Kinder sind heute im Kino. Es ist einsam hier. Mittlerweile bin ich so weit, daß ich keine Stille mehr ertragen kann.«

»Haben Sie mich deshalb hereingebeten?«

»Nein. Einen Grund hatte ich allerdings schon.«

»Den wüßte ich gern.«

Shirley zog eine Zigarette aus der Tasche und zündete sie an, ehe sie antwortete. »Jack hat aus der Firma angerufen und gesagt, Sie würden wahrscheinlich hierherkommen und sich nach ihm erkundigen. Ich sollte Sie nicht hereinlassen und keine Fragen beantworten.« Sie produzierte ein beredtes Schulterzucken. »Das hat natürlich meine Neugier geweckt.«

»Natürlich.«

»Werden Sie mir denn Fragen stellen?«

»Werden Sie sie beantworten?«

»Das kommt darauf an«, sagte Shirley. »Manche vielleicht und andere vielleicht nicht. Jack hat gesagt, Sie wären Detektiv. Stimmt das?«

»Nein.«

»Er hat nur Detektive im Kopf. Sie sind diese Woche der dritte.«

»Wieso?«

»Wieso Sie der dritte sind? Ich weiß nicht. Vielleicht hat er Schuldgefühle. Vielleicht waren die anderen beiden aber auch echt.«

»Sind sie hierhergekommen?«

»Nein. Jack hat sie in der Innenstadt erspäht und abgehängt, indem er sich in der Eingangshalle des St. Francis unter die Essensgäste mischte und dann durch die Küche flüchtete. Das ist seine Version. Ich nehme ihm auch ohne weiteres ab, daß er durch die Küche geflüchtet ist. Aber die beiden Männer waren wahrscheinlich nur irgendwelche Tagungsgäste auf der Suche nach der Toilette. Warum sollten schließlich irgendwelche Detektive Jack verfolgen? Er hat ja nichts getan – oder doch?«

»Wenn ich's bloß wüßte.«

»Wenn er was getan hat, können Sie jedenfalls Ihren letzten Dollar darauf wetten, daß er erwischt wird.« Sie griff nach dem messingnen Schürhaken und versetzte dem auf dem Rost brennenden Scheit einen heftigen Stoß. Funken sprühten den Kamin hinauf.

»Wohnt Ihr Bruder hier?«

»Ja, im ersten Stock.«

»Ist er da?«

Ein leichtes Zögern. »Ich habe ihn nicht kommen hören. Mittags kommt er nie nach Hause. Wieso?«

»Es interessiert mich nur.«

»Warum sollte es Sie interessieren, wenn Sie kein Detektiv sind?«

»Ich habe in La Mesa Willett Goodfield und seine Frau kennengelernt. Ich habe geschäftlich hier zu tun, da habe ich gedacht, ich schaue mal bei Jack und Ihnen vorbei, wo ich schon da bin.«

»Wollen Sie damit sagen, Sie haben eine so tiefe Zuneigung zu Willett und Ethel gefaßt, daß Sie unbedingt Ihren Kreis von Goodfields erweitern wollten?«

»Äh – in gewisser Weise.«

»Also ehrlich.« Shirley lachte. »Ich habe noch nie eine dümmere Ausrede gehört.«

»Ich weiß eine bessere.«

»Das will ich auch hoffen.«

»Es ist so, daß auf dem Grundstück Ihres Bruders eine Frau namens Rose French tot aufgefunden wurde. Sie wissen wahrscheinlich schon davon.«

»Ja, ich habe es in der Zeitung gelesen, und außerdem hat Mutter mir davon geschrieben oder jedenfalls jemandem namens Murphy einen Brief diktiert. Es war seit Monaten das erste Mal, daß ich einen Brief von ihr bekommen habe. Ethel ist normalerweise diejenige, die schreibt.«

»Wie hat Ihre Mutter denn auf die Sache reagiert?«

»Sie war restlos begeistert. Anders als Willett meint, blüht Mutter geradezu auf bei aller Art von Aufregung, besonders wenn sie mit einer Katastrophe für so etwas wie ein lockeres Frauenzimmer verbunden ist. Sie war doch ein lockeres Frauenzimmer?«

»Meiner Ansicht nach nicht.«

»Na ja, Mutter war jedenfalls begeistert. Es hat sie offenbar aufgemöbelt.«

»Sie haben diesen Brief wohl nicht mehr.«

»Wenn ja, würde ich Sie ihn wohl nicht lesen lassen.«

»Ich glaube doch.«

Wieder lachte Shirley. »Vermutlich schon. Aber es ist nun mal so, daß ich nie Briefe aufhebe. Ich werfe sie immer gleich weg, weil ich nie Zeit habe, sie zu beantworten, und weil ich es nicht mag, wenn sie herumliegen und mir Gewissensbisse machen.«

»Haben Sie Rose French gekannt?«

»Nicht persönlich. Aber als Schauspielerin kannte sie ja wohl jeder.« Kurzes Schweigen. »Ich glaube, mir schwant da etwas. Sie versuchen, uns mit ihr in Verbindung zu bringen.«

»Es wäre eine interessante Verbindung.«

»Ach ja?« sagte sie schnippisch. »Nicht für mich. Ich habe nichts zu schaffen mit einer Frau, die sechshundert Kilometer von hier tot umfällt. Ich bin bloß froh, daß es nicht Mutter war. Ich mag meine Mutter nicht besonders«, fügte sie hinzu, »aber mir gefällt die Vorstellung, daß sie ein hohes Alter erreicht.«

»Wieso?«

»Sie hält Jack und Willett bei der Stange. Wenn sie nicht wäre, würde keiner von ihnen einen Fuß in die Firma setzen. Dabei geht schon jetzt alles ziemlich den Bach hinunter. Das müssen Sie doch gesehen haben.«

»Ja.«

»Ich habe daran gedacht, selbst die Leitung zu übernehmen. Ich glaube, ich bin eine ziemlich gute Geschäftsfrau. Vielleicht mach ich's, wenn die Kinder ein bißchen größer sind. Wenn es die Firma dann noch gibt und mir noch daran liegt.«

Plötzlich schüttelte sie einmal kurz und beinahe heftig den Kopf, als spürte sie, wie sie in einem Traum von Mutlosigkeit versank, und müßte sich selbst wachrütteln, ehe sie zu tief darin versunken war. Obwohl die Existenz der Goodfields wesentlich von der Existenz der Fabrik abhing, schien die Fabrik sie zu irritieren und zu deprimieren, wie ein begabtes Kind, das den Erwartungen nicht gerecht geworden ist.

Wieder stocherte Shirley im Kamin. Ihre Wangen hatten das tiefe Rot unterdrückter Aggression angenommen, und Frank wußte mittlerweile, daß seine erste Einschätzung, sie sei im Grunde ein heiterer Mensch, voreilig gewesen war. Sie besaß all die Kraft und Dynamik, die ihren Brüdern fehlte. Physisch war sie eine sehr weibliche, sich für ihre Kinder aufopfernde Frau; moralisch war sie das Haupt des Goodfield-Clans. Von Rechts wegen hätte Shirley die Fabrik leiten, Willett und Jack bei der Stange halten und den neuen Anstrich für Sweetheart anordnen müssen. Wie schon Charley betont hatte, war Shirley der einzige kluge Kopf in der Familie.

Dieser Kopf war zwar noch da, aber Frank hatte den Eindruck, daß er nicht mehr so hoch getragen wurde wie früher.

Shirley zündete sich am Stummel der ersten eine zweite Zigarette an. »Also sind damit alle Ihre Fragen beantwortet, Mr. Clyde?«

»Über Ihre Antworten kann ich mich nicht beklagen. Mit den Fragen ist es etwas anderes. Offen gestanden wußte ich gar nicht und weiß noch immer nicht, was ich fragen soll.«

»Mit anderen Worten, Sie verfolgen mit Ihrem Besuch hier gar keinen bestimmten Zweck?«

»Nein.«

»Das nehme ich Ihnen nicht ab. Wie auch immer –« Sie erhob sich von dem Sitzkissen und tat einen langen, tiefen Zug an ihrer Zigarette. Frank erkannte deutlich, daß sie beunruhigt war, aber sie kaschierte ihre Nervosität gut, indem sie ihren Händen etwas zu tun gab, um deren Zittern zu verbergen, und den Mund zu einem Lächeln verzog, um von ihrem besorgten Blick abzulenken. »Sie müssen mich jetzt entschuldigen, Mr. Clyde. Die Kinder lassen mir nicht oft einen freien Nachmittag. Ich denke, ich werde ihn – sinnvoller nutzen.«

Sie führte Frank durch die lange, feuchtkalte Halle zurück zur Haustür. Ein trostloses Ende für einen so vielversprechenden Anfang, dachte Frank, der sich sicher war, daß die Erwähnung der Fabrik Shirleys Sinneswandel bewirkt hatte. Als die Goodfield-Kinder noch jung waren, mußte sie ihnen wie ein verzaubertes Spielzeugland vorgekommen sein und die große Holzpuppe Sweetheart wie ein magisches Symbol, eine Galionsfigur von Größe und Privilegien. Er fragte sich, wie oft Sweetheart in Shirleys Träumen auftauchte.

Die Tür ging auf, und ein Nebelschleier wehte sanft durch die Halle und verschwand.

Shirley rieb schaudernd die Hände aneinander. »Trübseliges Klima. Ein Wunder, daß überhaupt jemand hier bleibt. Wahrscheinlich bleiben sie aus demselben Grund wie ich, nämlich weil sie müssen. Für Willett ist es ja gut und schön, so im Land herumzureisen. Aber ich habe Kinder, die kann ich nicht von der Schule nehmen und von ihren Freunden trennen. Irgendwo muß es in ihrem Leben eine gewisse Kontinuität geben.« Sie schien nicht mit Frank, sondern mit sich selbst zu reden und das Für und Wider eines Problems zu erörtern, über das sie schon oft nachgedacht hatte. »Sie brauchen Sicherheit. Wie kann man jemandem Sicherheit geben, wenn man selbst keine hat? Aber das können Sie nicht beurteilen – Sie platzen ja buchstäblich davon, oder?«

Die Frage war absichtlich beleidigend. Frank ging hinaus, ohne zu antworten.

Shirley wartete, bis sie das Geräusch eines anfahrenden Autos hörte. Dann ging sie rasch bis ans Ende der Halle und rief die breite Marmortreppe hinauf: »Jack?« Ihre Stimme hallte leise und melancholisch von den hohen Wänden wider. »Jack.«

Jack erschien blaß und nervös am oberen Treppenabsatz. »Ist er weg?«

»Ja.« Sie musterte ihn mit so etwas wie zynischer Distanz, als er die Treppe herunterkam. Er trug Hut und Mantel, hatte in einer Hand eine Reisetasche und in der anderen eine große Aktenmappe. »Was soll die Panik?«

»Herrgott noch mal, das hab ich dir doch gesagt, er ist Detektiv. Er hat Charley alle möglichen Fragen über mich gestellt. Was hast du ihm denn gesagt?«

»Och, ich war ganz naiv. Oder eher raffiniert? Wahrscheinlich beides. Ich habe so getan, als wäre ich nicht auf deiner Seite.«

»So getan, daß ich nicht lache.«

»Mein lieber Jack, hör bitte auf, wie eine nervöse Braut herumzuzappeln. Wo willst du überhaupt hin?«

»Weg von hier. Ich halte es nicht aus, so gehetzt zu werden.«

»Wer hetzt dich denn?«

»Hiller. Evangelines Mann. Er hat Detektive angeheuert, um etwas gegen mich in die Hand zu bekommen.«

»Was für eine Verschwendung von Zeit und Geld, wo er doch bloß mal durchs Oberlicht linsen muß, wenn du sie zum Diktat rufst.« Ihr Lächeln war voller Verachtung. »Wenn du dich schon auf diese schäbigen kleinen Affären einläßt, mußt du auch damit rechnen, daß du von schäbigen kleinen Männern verfolgt wirst.«

Er war zu beunruhigt, um ihre Worte oder ihren Ton

übelzunehmen. »Evangeline sagt, er wäre furchtbar jähzornig. Sie sagt, er bringt mich vielleicht um.«

»Also, wenn er das tut, werde ich alles in meiner Macht Stehende tun, damit er seine gerechte Strafe erhält.«

»Herrgott, würdest du bitte aufhören, dich darüber lustig zu machen? Ich sage dir, ich muß aus der Stadt verschwinden.«

»Was hält dich davon ab?«

Jack zögerte einen Moment und senkte den Blick. »Tja, um ganz offen zu sein, altes Mädchen, ich habe mich darauf verlassen, daß du –«

»Tja, um ganz offen zu sein, alter Junge, du kriegst keins, weil ich nämlich keines habe.«

»Du mußt etwas haben.«

Shirley lachte. »Muß ich?«

»Wofür gibst du denn schon Geld aus?«

»Ich ernähre und kleide meine Kinder, und das ist auf jeden Fall lobenswerter als deine Angewohnheit, jedes blonde Flittchen, das deinen Weg kreuzt, zu ernähren und zu kleiden.«

»Zufällig ist Evangeline eine echte Brünette.«

»Zweifellos hast du ihre Haarwurzeln untersucht – widerliche Vorstellung.«

»Rede nicht so über Evie. Ich liebe sie. Es ist das erste Mal überhaupt, daß ich verliebt bin.«

»Jedenfalls das erste Mal seit letzten Dienstag. Willst du das Mädchen mitnehmen?«

»Nein. Sie sagt, sie wird schon mit Hiller fertig.«

»Na und ob! Wahrscheinlich untersucht er auch ihre Haarwurzeln.«

Er schwieg einen Moment. Dann sagte er gequält: »Du hast ein häßliches Mundwerk.«

»Es hat auch viel Häßliches zu kommentieren.«

»Bis vor kurzem hatte ich keine Ahnung, daß du so eine Xanthippe geworden bist.«

»Xanthippen werden gemacht, nicht geboren. Vielleicht hast du auch deinen Teil dazu beigetragen, Jack.«

»Ich hoffe nicht«, sagte er mit sachlicher Stimme. »Ich hoffe wirklich nicht.«

»Was das Geld angeht – so gern ich deine Abreise beschleunigen würde, ich kann es leider nicht. Versuch's bei Mutter. Oder bei Willett. Ihr beide seid doch immer so gute Freunde gewesen. Ich bin sicher, er läßt dich nicht hängen – außer an einem schönen hohen Galgen.« Sie wandte sich ab und fügte über die Schulter hinzu: »Ich habe Willetts Nummer unter Mutters Namen aufs Telefonbuch geschrieben.«

»Shirley. Warte mal.«

»Was denn?«

»Ich habe da wohl ein paar unschöne Sachen gesagt. Entschuldige bitte. Es tut mir leid.«

»Ach wirklich?« Sie schenkte ihm ein stählernes Lächeln. »Die Antwort heißt immer noch nein. Du kriegst kein Geld von mir, weil ich keins habe.«

»Davon rede ich doch gar nicht.«

»Sei nicht albern, Jack, ich weiß, wovon du redest. Ich habe dich durchschaut, seit ich drei war.«

»Shirley, hör mal. Meinst du – es wäre möglich, ein paar von den Museumsstücken hier zu verkaufen?«

»Mutter würde sie vermissen, wenn sie zurückkommt.«

»Falls. Falls sie zurückkommt.«

Shirleys Gesicht hatte ein stumpfes Rosa angenommen. »Sie wird zurückkommen, sie muß einfach.«

»Verlaß dich nicht zu sehr darauf, altes Mädchen.«

»Sie muß zurückkommen«, sagte Shirley erneut; sie

stand direkt vor ihm, das Kinn vorgestreckt und die Füße fest aufgesetzt, als fordere sie ihn heraus, sie umzustoßen.

Jack machte einen Schritt rückwärts und lehnte sich haltsuchend an das Treppengeländer. Obwohl er zwei Jahre älter war als Shirley, hatte er sich immer ein wenig vor ihr gefürchtet. Schon als sie noch Kinder waren, hatte sie eine Macht auf ihn ausgeübt, die ihn geärgert hatte, die er jedoch weder begreifen noch erklären konnte.

»Eine Möglichkeit, Geld aufzutreiben, gibt's allerdings immer«, sagte er, »stimmt's?«

»Ein Kredit.«

»Ich habe Kredite aufgenommen bis zum Geht-nicht-mehr. Mittlerweile ist es schon so, daß sie in der Bank die Türen abschließen, wenn sie mich kommen sehen. Nein, ein Kredit kommt nicht in Frage. Ich habe da an etwas Durchgreifenderes gedacht.«

»Evangeline verkuppeln?«

»Tu doch nicht so, als wüßtest du nicht, was ich meine, oder als wäre es dir egal. Wenn Willett mir nicht genügend Geld leiht, um nach Mexiko oder vielleicht Hawaii zu gehen, verkaufe ich meinen Anteil an der Fabrik.«

»Nur über drei Leichen, nämlich über meine, die von Willett und die von Mutter.«

»Ein interessanter Gedanke, aber nicht sehr realistisch. Dieser Anteil gehört nun einmal mir, er ist ein direktes Geschenk meiner unseligen Mutter.«

»Unter der Bedingung, daß du ihn in der Familie läßt.«

»Schön, ich lasse ihn in der Familie. Willst du ihn kaufen, altes Mädchen?«

Das einzige Zeichen ihrer Wut war ihr plötzliches, heftiges Fäusteballen. Ihre Stimme war fest. »Du weißt, daß ich nicht soviel Geld aufbringen kann.«

»Vielleicht kann es Willett.«

»Und wenn nicht?«

»Dann verkaufe ich an jemand anderen.«

»Mutter bringt dich um, wenn du das tust.«

»Mutter ist nicht in der Lage, jemanden umzubringen.«

»Aber ich.«

»Du bist ein gewalttätiges kleines Ding, was?« sagte er mit einer Unbeschwertheit, die er nicht empfand.

»Ich kann es sein, wenn ich muß. Du verkaufst diesen Anteil nicht, Jack.«

»Nein?«

»Nein. Die Fabrik gehört uns, das war schon immer so, und das wird auch immer so bleiben.«

»Du lebst in einem Traum.«

»Es ist ein guter, solider Traum, der mit einem Einkommen verbunden ist.«

»Ich sehe das anders.«

»Dann bist du ein Narr. Wo wärst du denn ohne Einkommen? Welchen Job könntest du behalten? Verkauf deinen Anteil, und du wirst das Geld in einem Jahr verjubeln. Evangeline wird im Nerz herumlaufen, aber du wirst ein Faß tragen.«

Die Bemerkung sollte ihn hart treffen, und das tat sie auch. Was seine Kleidung anging, war Jack extrem heikel, und die Vorstellung, mit einem Faß, und sei es auch noch so gut geschnitten, bekleidet zu sein, erschütterte ihn bis ins Mark. Alle möglichen gräßlichen Bilder tauchten vor seinem geistigen Auge auf: wie er Evangeline ins Top of the Mark begleitete und wegen seines Aufzuges keinen Tisch bekam; wie er in eine Straßenbahn einzusteigen versuchte und es nicht schaffte, sich hineinzuquetschen; wie Evangeline, hochnäsig und mit Nerz und Diamanten behängt, ihn im Embassy Club offen abblitzen ließ; wie kleine Jungen und große Hunde ihn die Straße hinunterjagten und Frauen mittleren Alters ihn aus Fenstern und Einfahrten angrinsten.

»Also?« sagte Shirley.

»Ich« – er wischte sich mit zitternder Hand den Schweiß von der Stirn –, »ich denke, ich rufe Willett an.«

»Tu das.«

»Vielleicht leiht er mir ein paar Tausend, damit ich verschwinden kann, bis sich alles beruhigt hat, und wenn nicht, läßt er mich vielleicht eine Zeitlang bei sich in La Mesa wohnen.«

»Verlaß dich lieber nicht darauf.«

»Schließlich ist Blut dicker als Wasser.«

Mein Blut jedenfalls, dachte Shirley. Bei Jack oder Willett war sie sich da nicht so sicher. Sie sagte: »Eigentlich mußt du doch gar nicht so schnell verschwinden, oder? Wenn dieser Clyde tatsächlich Detektiv ist, wartet er vielleicht gerade darauf. Wahrscheinlich hat er um die Ecke geparkt und lauert auf deinen nächsten Schritt.«

»Mein Gott, was mache ich dann nur?«

»Rühr dich nicht vom Fleck. Er ist auch nur ein Mensch, er kann nicht die ganze Nacht dableiben. Warte, bis es dunkel wird, fahr dein Auto zur Werkstatt hinüber und laß es dort stehen; morgen früh schleichst du dich dann hinten hinaus, holst dein Auto und fährst los.«

»Das hört sich vernünftig an. Eigentlich –«

»Und halt dich vor allem von Evangeline fern. Ruf sie auch nicht an.«

»Nein, nein. Ich meine, wir haben uns schon voneinander verabschiedet und alles. Ich will damit sagen, sie versteht das.«

»Das glaube ich gern.«

Nun, da die Entscheidung getroffen war und die Bilder von ihm mit einem Faß um die Leibesmitte verblaßten, bekam Jack wieder Oberwasser. Auf dem Weg zum Telefon in der Halle begann er Pläne zu machen. Für die Fahrt nach La Mesa morgen früh würde er die Küstenstraße nehmen, die zwar langsamer, aber landschaftlich schöner war; Mittagessen in Cambria Pines; und dann, so gegen fünf oder sechs Uhr nachmittags, Ankunft in La Mesa und, nach sechsmonatiger Trennung, Wiedersehen mit dem guten alten Willett. Willett würde herausgeeilt kommen, um ihn zu begrüßen, und dann würde er ihm mit großzügiger Gastfreundschaft Zuflucht vor dem Sturm oder genug Bargeld bieten, um anderswo Zuflucht zu suchen. Der gute alte Willett.

13

Der gute alte Willett war zufällig gerade unter der Dusche, als der Anruf kam. Zuerst versuchte er, Ethels kräftiges Gehämmer gegen die Badezimmertür zu ignorieren, aber Ethel war so ausdauernd, daß er schließlich befand, es müsse etwas Dringendes, wie zum Beispiel ein Brand im Haus, sein. Er drehte das Wasser ab und griff hastig nach dem größten Handtuch auf dem Ständer.

»Trockne dich schnell ab, Willett. Jack ist am Telefon.«

»Jack? Was für ein Jack?«

»Dein Bruder.«

»Sag ihm, ich bin unter der Dusche.«

»Es ist ein *Ferngespräch*«, sagte Ethel in dem ehrfürchtigen Ton, den sie bei Ferngesprächen stets anschlug, als hätten sie irgendwie mit Gott zu tun. Während Ethels Kindheit in Wisconsin führte kein Mensch jemals Ferngespräche, es sei denn in Fällen drohenden oder bereits eingetretenen Todes. »Ich glaube, es ist jemand gestorben.«

»Was?«

»Ich habe gesagt, kennst du jemanden, der gestorben sein könnte?«

»Wer ist gestorben?«

»Aber das will ich doch gerade von dir wissen, Liebes. So beeil dich doch. Ich hoffe, es ist nicht Onkel Harry, der ist so ein liebes altes Haus. Aber alt ist er wirklich, nicht?«

Willett kam in einem Frotteebademantel und mit gereizter Miene aus dem Badezimmer. »Wer ist nicht alt?«

»Onkel Harry, nur daß ich gesagt habe, er *ist* alt. Du hörst mir nicht einmal mehr zu.«

»Ich habe mir zufällig gerade die Ohren abgetrocknet.« Willett ging mit gewichtiger Würde die Halle entlang. Im ersten Stock befand sich das Telefon in Ethels Schlafzimmer. Es war rosa, passend zu den gerüschten Vorhängen und der Blende am Toilettentisch.

Willett räusperte sich, ehe er etwas sagte. Er telefonierte nicht gern, besonders nicht von einem rosa Apparat aus und schon gar nicht in der inneren Gewißheit, daß Murphy an dem schlichten schwarzen in der Küche mithörte.

»Hallo«, sagte Willett mit möglichst leiser Stimme, damit weder Jack noch Murphy ihn hören konnten und jeder das Ganze vergaß.

»Hallo, Willett, alter Junge. Hier ist Jack. Wie geht's dir, mein Alter?«

»Es geht mir gut.«

»Na, großartig. Und Mutter?«

»Sie hält sich ganz gut.«

»Prima. Shirley steht hier neben mir. Sie läßt dich ganz herzlich grüßen. Sie – ich – die Sache ist die, Willett, ich überlege mir zu verreisen.«

»Alaska soll um diese Jahreszeit sehr hübsch sein.«

»Ich habe nicht an Alaska gedacht. Ich habe daran gedacht, in eure Gegend zu zuckeln.«

»Du meinst *hierher*? Du kommst *hierher*?«

»Was ist los, steht ihr unter Quarantäne, oder was?«

Willett kam der absurde Gedanke, ja zu sagen und dann dafür zu sorgen, daß Murphy sich die Windpocken oder besser noch Scharlach holte. »Nein, wir stehen nicht unter

Quarantäne, aber – na ja, wir haben uns noch nicht eingelebt. Hier geht alles drunter und drüber.«

Langes Schweigen, dann kam Shirleys Stimme, forsch und deutlich hörbar, obwohl sie mit Jack und nicht in den Hörer sprach: »Herrgott noch mal, sag ihm die Wahrheit und hör auf, so herumzudrucksen.«

»Jack«, sagte Willett. »Bist du noch dran, Jack?«

»Ja.«

»Wovon redet Shirley eigentlich?«

»Die Sache ist die, ich muß schleunigst aus der Stadt verschwinden und bin n.b.K.«

»Was?«

»N.b.K. – erinnerst du dich nicht mehr?«

Willett erinnerte sich. Als sie noch Schuljungen waren, hatte Jack den Spitznamen N.b.K. – für ›nicht bei Kasse‹ – bekommen; Willett war b.K. gewesen.

»Ich dachte, wenn ich zweitausend von dir bekommen könnte«, fuhr Jack fort, »würde ich nach Mexico City gehen.«

»Wieso?«

»Das habe ich dir doch gesagt, ich habe ein bißchen Ärger. Noch nichts Ernstes, aber es könnte ernst werden, wenn ich nicht aus der Stadt verschwinde. Mir sind ein paar Detektive auf den Fersen. Einer steht im Moment gerade hier um die Ecke. Mein Gott, Willett, ich brauche –«

Aus dem Hörer kamen Geräusche eines leichten Gerangels, dann gedämpftes Reden und schließlich Shirleys Stimme:

»Willett? Hier ist Shirley. Ich habe Jack aus dem Zimmer geschickt. Ich weiß, daß du ihn nicht sehr ernst nimmst; mir geht es genauso. Aber diesmal müssen wir ihn ernst nehmen. Er hat gedroht, seinen Anteil an der Fabrik zu verkaufen.«

»Das kann er nicht.«

»Er kann und er wird, wenn er verzweifelt genug ist. Ich dachte, wenn er nach La Mesa fährt und Mutter sieht, wird sie ihm den Kopf zurechtsetzen – was den Verkauf seines Anteils angeht, meine ich.«

»Mutter geht es nicht gut. Sie darf nicht mit solchen Sachen behelligt werden.«

»Sie wird aber behelligt«, sagte Shirley grimmig. »Und es wird sie auch nicht umbringen. Ganz so empfindlich, wie du denkst, ist sie nämlich nicht.«

Du weißt alles, dachte Willett. *Du hast schon immer alles gewußt*. Er sagte: »Schick Jack nicht hierher. Hör zu, Shirley, wir sitzen selber ein bißchen in der Klemme, und zwar wegen dieser Frau, die tot aufgefunden wurde.«

»Wieso denn?«

»Das weiß ich nicht, aber es gibt hier in der Stadt einen Mann, der versucht, uns Ärger zu machen. Es ist einer ihrer Ex-Ehemänner.«

»Wie kann er euch denn Ärger machen?«

»Denk nur an den Skandal. Du weißt, daß Mutter Skandale nicht ertragen kann.«

»Sie schwärmt für Skandale.«

»Nicht für diese Art.«

»Was ist es denn für eine Art?«

»Dieser Mensch – Dalloway heißt er – läuft herum – nun ja, offenbar glaubt er, daß ich – wir –«

»Nun sag es endlich, Willett. Das ist ein Ferngespräch, und ich muß es bezahlen.«

»Offenbar glaubt er, daß diese Frau ermordet wurde, und zwar von uns – von einem von uns.«

»Ach was, das bildest du dir ein, Willett.«

»Nein, nein.«

»Du meine Güte, man braucht dich doch nur anzuschauen, und schon weiß man, daß du nie jemanden ermorden könntest.«

Willett schluckte zweimal kräftig. »Ich – nett von dir, daß du das sagst.«

»Ich habe nicht unbedingt die Absicht gehabt, *nett* zu sein«, sagte Shirley brüsk. »Machen wir uns nichts vor, Willett. Wenn du Jack kein Geld leihst, verkauft er seinen Anteil.«

»Schon gut, schon gut, ich schicke ihm einen Scheck, nur halt ihn von hier fern.«

»Wieso? Was ist los?«

Willett gab keine Antwort.

»Willett, ich habe dich gefragt, was los ist.«

»Er ist eine Landplage, ich will einfach nicht, daß er mir auf die Nerven geht.«

»Komisch, zufällig will ich das auch nicht. Moment mal, Jack ist wieder da, er ist gerade hereingekommen.« Nach kurzem Schweigen sagte Shirley in ganz anderem Ton: »Du kannst jetzt mit Willett reden, wenn du möchtest, Jack. Er sagt, er würde sich freuen, wenn du vorbeischaust und dein Geld abholst.«

»Der gute alte Willett«, sagte Jack voller Inbrunst.

Willett legte auf, stützte den Kopf in die Hände und stöhnte. So verharrte er lange Zeit, unfähig, sich zu rühren oder auch nur einen klaren Gedanken zu fassen. Er wünschte, er könnte ein Jahr lang schlafen, um beim Aufwachen festzustellen, daß alle Menschen, die ihn ärgerten, tot waren, daß die Republikaner die Regierung stellten und daß die Goodfield Doll Corporation ihren Umsatz verdreifacht und eine weitere Fertigungshalle angebaut hatte.

Schließlich rüttelte ihn der Klang von Stimmen wach, die

von irgendwo im Hintergarten durch die warme, stille Luft zu ihm heraufdrangen. Er schleppte sich ans Fenster und blickte in der Erwartung hinunter, Ethel und Murphy im Patio miteinander plaudern zu sehen, wie sie vielleicht einen Einkaufszettel zusammenstellten oder über Männer im allgemeinen und ihn, Willett, im besonderen sprachen. Er war sich durchaus darüber im klaren, daß sie häufig über ihn sprachen, und er wünschte oft, er hätte den Mut zu lauschen.

Im Patio war niemand. Es war ein windstiller Tag; der Lilienteich lag so ruhig wie ein Spiegel, und die spitzen Blätter des Oleanders, die bei der leisesten Brise wogten, regten sich nicht. Dennoch bewegte sich ganz leicht die Hollywoodschaukel, in der Ethel normalerweise mit ihrem Strickzeug saß. Willett zog die rosa Rüschenvorhänge auseinander, um sich zu vergewissern. Ja, sie bewegte sich tatsächlich, als hätte eben noch jemand darauf gesessen oder sie im Vorbeigehen gestreift.

Die Stimmen waren mittlerweile kaum mehr zu hören, nicht lauter als das Summen von Insekten und von der gleichen beharrlichen und bedrohlichen Penetranz.

Er wollte gerade Ethel rufen, die bessere Augen hatte als er, da blieb sein Blick an der Laube, etwa einen Meter neben der Garagenwand, hängen. Die Laube lag voll im Sonnenlicht, und durch die Zwischenräume des Lattenwerks konnte Willett zwei Männer sehen, die einander gegenüberstanden. Der eine war Ortega, der Gärtner. Der andere war einen halben Kopf größer, und man sah ihm sogar auf diese Entfernung an, daß er die Situation völlig beherrschte. Es war Dalloway.

14

In seinen Bademantel verkrochen wie in eine schützende Rüstung, durchquerte Willett die Halle. Die Tür zum Schlafzimmer seiner Mutter war geschlossen, und er blieb einen Moment unschlüssig davor stehen. Sie kam ihm nicht wie eine Tür, sondern wie eine hohe, undurchdringliche Wand vor, die er weder überklettern noch niederreißen konnte.

Endlich sagte er: »Bist du da?«

Die Antwort bestand in einem Knurren, das Willett zu Recht als Aufforderung zum Eintreten deutete.

Sie saß im Bett, legte eine Patience und hörte sich dabei eine Baseballreportage im Radio an. Aber es war offensichtlich, daß sie sich langweilte und schlechter Laune war. Sie warf Willett einen verdrießlichen Blick zu und machte keine Anstalten, das Radio leiser zu drehen oder auszuschalten.

Sie übertönte es. »Ich habe die vier Wände hier allmählich gründlich satt.«

»Ja, ich weiß, ich weiß, aber –«

»Warum kann ich nicht nach unten kommen?«

»Du weißt doch, warum.«

»Gott, ich kann es nicht mehr hören.« Sie zog ruckartig die Knie an, das Tischtablett krachte auf den Boden, und die Karten verstreuten sich wie Konfetti. »Ich kann so nicht weitermachen, da bin ich lieber tot.«

»Bitte sag nicht –«

»Ich muß Leute sehen und etwas unternehmen. Du kannst mich nicht ständig hier einsperren wie eine Mumie im Sarg. Ich lebe, hörst du, ich *lebe*.«

Willett machte ein grimmiges Gesicht. »Hörst du mir mal bitte einen Moment zu?«

»Zuhören, zuhören, das ist alles, was ich tue.«

»Jack hat angerufen. Er kommt morgen hierher. Und das ist noch nicht alles. Dalloway ist im Moment gerade im Hintergarten. Gott weiß, was er im Schilde führt.«

»Schon wieder Dalloway«, sagte sie nachdenklich. »Was macht er da?«

»Er redet mit Ortega.«

»Heute ist Montag, Ortegas freier Tag. Was macht er überhaupt hier?«

»Das weiß ich nicht.«

»Meinst du nicht, du solltest es herausfinden?«

»Ja, wie denn?«

»Geh einfach raus und frag ihn, was zum Teufel er da macht.«

»Das kann ich nicht.«

»Du bist jetzt ein großer Junge, Willett.«

»Ich sage dir, ich kann das nicht. Ich – es ist gegen meine Prinzipien, mich in anderer Leute Angelegenheiten zu mischen.«

»Das sind unsere Angelegenheiten«, bellte sie, »nicht die anderer Leute!«

»Trotzdem.«

»Du hast das Recht, rauszugehen und Dalloway mit einem Tritt vom Grundstück zu befördern. Also geh und tu es. Gib ihm einen Tritt.«

Willett schaute auf seine Füße. Sie schienen außerordentlich ungeeignet dafür zu sein, anderen Leuten einen Tritt zu versetzen, besonders ziemlich großen wie Dalloway.

Die alte Dame war vor Erregung rosa angelaufen. »Dieses zickige Getue von dir – kein Wunder, daß Dalloway Verdacht geschöpft hat. Nun wehr dich endlich. Zeig ihm, wer der Boss ist. Mach dich ein bißchen wichtig.«

»Hältst du das für klug?«

»Hör zu, Willett, um Respekt kann man nicht bitten, man muß ihn sich verschaffen, notfalls mit bloßen Fäusten.«

»Du meinst, ich soll ihn *schlagen*?«

»Natürlich.«

»Aber um Himmels willen, vielleicht schlägt er zurück«, protestierte Willett. »Außerdem läßt sich ein Gentleman nicht auf solche Sachen ein, auf Schlägereien und so weiter. Ich meine –«

»Du meinst, du hast Angst vor ihm.«

»Und wenn? Immerhin ist er größer als ich.«

»Er hat nur einen Arm.«

Diese Tatsache, die Willett vergessen hatte, heiterte ihn beträchtlich auf.

Der Effekt hielt jedoch nicht lange an. Bis er am Fuß der Treppe angekommen war, drohte die Laube in seiner Phantasie so fürchterlich wie eine Löwengrube, und der stechende Schmerz in seinem Rücken hatte wieder eingesetzt.

Neben der Kommode in der Halle stehend, überdachte er die ganze Situation sorgfältig und kam zu dem Schluß, daß ihr eine weibliche Note fehlte.

Er fand Ethel in der Küche, wo sie gerade das Geschirr vom Mittagessen in die Spülmaschine einräumte. Wenn niemand ihr zusah, bewegte sich Ethel rasch und gewandt, sobald aber Willett den Raum betrat, verfiel sie wieder in ihr träges Gebaren, und ihr Gesicht nahm den gewohnt tranceähnlichen Ausdruck an.

»Ich dachte, das ist Murphys Aufgabe«, sagte Willett.

»Sie wollte die Morgenzeitung lesen. Sie sagt, sie hätte die von gestern verpaßt, weil ich den Abfall darin eingewickelt habe. Das stimmt auch.«

»Wofür bezahlen wir sie eigentlich, wenn sie keinen Handschlag tut?«

»Sie ist sehr nützlich mit ihren Ratschlägen und Anregungen und so weiter.« Ethel schloß den Deckel der Spülmaschine und drehte den Heißwasserhahn auf. Sie überlegte, was mit Willett los war, der erhitzt und gereizt wirkte wie ein überfüttertes Baby, aber sie fragte nicht. Eines mußte man Willett lassen – man brauchte ihn nie zu fragen, was mit ihm los war, er sagte es einem immer.

Auch dieses Mal war keine Ausnahme. Er erklärte, daß Dalloway und Ortega in der Laube ein Komplott schmiedeten und daß man sofort etwas dagegen unternehmen müsse.

»Wieso in der Laube«, sagte Ethel.

»Woher soll ich das wissen?«

»Irgendwie ein komischer Ort für ein Komplott, oder.« Sie zog einen Kaugummistreifen aus ihrer Schürzentasche, wickelte ihn aus und steckte ihn in den Mund. Das Kaugummikauen unterstützte ihre Konzentrationsfähigkeit, die häufig Unterstützung brauchte. »Weiß *sie* darüber Bescheid?«

Es bestand kein Zweifel, wer *sie* war. Sowohl Willett als auch Ethel sprachen stets mit der gleichen Mischung aus Angst und Beschwichtigung von ihr.

Willett nickte. »Ich habe es ihr gesagt.«

»Und was meint sie?«

»Sie meint« – Willett räusperte sich, damit die Lüge glatter herauskam –, »sie meint, du sollst hinausgehen und – äh, mal schauen. Du weißt doch, was ich meine?«

»Ich habe nicht die leiseste Ahnung, und wieso überhaupt ich?«

»Sie meint, du bist so taktvoll in solchen Sachen und so weiter.«

Schmeichelei war ein so seltener Genuß für Ethel, daß sie sie roh verzehrte, wie Kaviar. »Ich tue selbstverständlich, was ich kann, allerdings muß ich schon sagen, daß es mir leichter fiele, wenn ich wüßte, was genau ich eigentlich tun soll.«

»Tritt einfach sehr bestimmt auf. Sag ihnen, daß sie kein Recht haben, in unserer Laube Komplotte zu schmieden. Verstehst du?«

»So ungefähr.«

Willett zog sich zurück, ehe sie es sich anders überlegen konnte. Als er verschwunden war, betrachtete sich Ethel in dem Spiegel über der Spüle, strich sich das Haar glatt und ging im Geist ihren Text durch: Sie haben kein Recht, in unserer Laube Komplotte zu schmieden, Mr. Dalloway, also gehen Sie freundlicherweise, nein, besser bitte, also gehen Sie bitte, oder wie wäre es mit: bitte verlassen Sie das Grundstück. Sie haben kein Recht, in unserer Laube Komplotte zu schmieden, Mr. Dalloway –

Während Ethel sich in ihre Rolle hineinsteigerte, ging die Tür auf und Murphy kam herein, die Morgenzeitung schlaff hinter sich herschleifend. Die Zeitung war nicht mehr in sehr gutem Zustand, da Murphy die Angewohnheit hatte, jeden sie interessierenden Artikel auszuschneiden und in ein Sammelalbum zu kleben.

Ethel besah sich die verstümmelte Zeitung. »Willett hat sie noch nicht gelesen. Er wird wütend werden.«

»Ich habe mich lediglich bemüht, eine Wiederholung von gestern abend zu vermeiden, gnädige Frau«, sagte Murphy streng. Mit ihrem kurzen, borstigen schwarzen Haar und ihrer kleinen Stupsnase erinnerte sie Ethel an einen aggressiven Terrier.

»In irgendwas mußte ich den Abfall schließlich einschlagen, oder?«

»Da Sie das Thema selbst angeschnitten haben, gnädige Frau, schlage ich vor, Sie lassen eine Müllbeseitigungsanlage installieren. Die Kosten sind minimal, so etwa zweihundert Dollar.«

»Ich glaube nicht, daß Willett das sehr minimal vorkommen wird.«

»Ich sage es nicht gern, gnädige Frau, aber Mr. Goodfield lebt offenbar noch in der Vergangenheit, als man Dienstboten wie Sklaven behandelte. Er hat keinerlei soziales und ökonomisches Bewußtsein entwickelt.«

Ethel seufzte. Es war nicht das einzige, was Willett nicht entwickelt hatte.

Nach dieser Unterbrechung fiel es Ethel schwer, sich wieder in ihre Rolle zu finden, aber sie gab sich alle Mühe. Als sie zur Hintertür hinaus- und über den Rasen ging, bewegten sich ihre Lippen in stummer Probe: Mr. Dalloway, wie kommen Sie dazu, sich in unserer Laube herumzudrücken?

Wie Mr. Dalloway dazu kam, sollte Ethel nie erfahren. Die Laube war leer bis auf Kisten mit Setzlingen auf dem Zementboden, Ableger von Pelargonien und Nelken in Töpfen auf dem langen Holztisch und Ortegas Gartengeräte, die, geschärft und von Öl glänzend, ordentlich in einer Ecke standen.

Ihr erster Gedanke war, daß die nervliche Belastung der

Situation Willett auf den Verstand geschlagen war und er sich die ganze Sache eingebildet hatte. Dann bemerkte sie neben dem Bambusrechen einen noch glimmenden Zigarrenstummel. Sie war sich völlig sicher, daß Ortega keine Zigarren rauchte, da sie ihn häufig mit einer Zigarette im Mundwinkel im Garten hatte arbeiten sehen.

»Ortega!« rief sie mit scharfer Stimme.

Prompt kam er um die Ecke der Garage gebogen. Von der Plötzlichkeit seines Erscheinens überrascht, gab Ethel einen kleinen Schreckenslaut von sich. Sie hatte nicht mit einer so raschen Reaktion gerechnet; noch verstörender aber war die Tatsache, daß dies ihr erster direkter Kontakt mit ihm war. Bis zu diesem Zeitpunkt war Ortega bloß eine vage Gestalt gewesen, die, eine Zigarette lässig zwischen den Lippen, hinter dem Rasenmäher herging oder endlos an der Eugenienhecke herumschnippelte.

Jetzt wurde ihr mit einem merkwürdigen Gefühl der Erregung, das sie nicht näher bestimmen konnte oder wollte, bewußt, daß Ortega ein gutaussehender junger Mann war. Er hatte nicht seine normale Arbeitskleidung an; statt der Jeans trug er eine graue Flanellhose, und statt des T-Shirts ein farbenprächtiges, blaurot gemustertes Hawaiihemd. Auf Hochglanz gewienerte, spitze braune Halbschuhe waren an die Stelle seiner schweren Arbeitsstiefel getreten.

»Wollen Sie etwas, Ma'am?« Er trat langsam auf sie zu, und die dunklen, kecken Augen musterten sie mit einem Ausdruck wachsamen Argwohns.

»Ich – ja, mir war so, als hätte ich Mr. Dalloway hier draußen gesehen.«

»Ja, er war da. Ist schon wieder weg.«

»Was wollte er denn?«

»Gott, wenn ich das wüßte«, sagte Ortega mit einem plötzlichen, unbefangenen Grinsen. »Er hat lauter Fragen gestellt, aber ich habe ihm gesagt, ich wüßte nichts – überhaupt nichts.«

»Was denn für Fragen?«

»Er wollte wissen, wieso die tote Frau erst von mir gefunden worden ist. Er wollte wissen, ob Sie nie in den Patio gehen, ob nicht die Milch am hinteren Tor angeliefert wird und ob man nicht am Lilienteich vorbei muß, wenn man zur Garage will – lauter solche Fragen.«

»Er ist sehr neugierig.«

»Ja, Ma'am.«

»Hat er Ihnen Geld angeboten?«

»Gott, nein.« Ortega schüttelte nachdrücklich verneinend den Kopf.

Ethel war nicht überzeugt. Sie war auf ihre Weise eine recht gute Menschenkennerin, und sie hatte Dalloway, gleich als sie ihn auf Roses Beerdigung kennenlernte, für einen Mann gehalten, der es gewohnt war, sich den Zugang zu Orten und Menschen zu kaufen. Sie verachtete diesen Typus nicht, sie wollte ihn lediglich genau etikettieren, so wie sie die Nahrungsmittel im Gefrierschrank und die Marmelade und den Gelee im Obstkeller etikettierte: Quitte, Himbeere, Dalloway und – auf dem untersten Brett in der dunkelsten Ecke – Willett. Im Gegensatz zu Dalloway würde sich Willett nie etwas kaufen. Er wartete, bis es ihm gekauft wurde, und beschwerte sich dann über den Preis.

Der Gedanke an Willett hatte die gewohnte Wirkung auf Ethel. Sie sagte ziemlich barsch: »Eigentlich müssen Sie heute doch gar nicht hier arbeiten, oder?«

»Ich arbeite ja auch nicht.«

»Was machen Sie dann?«

Ortega bückte sich und wischte einen Staubfussel von seinem rechten Schuh, ehe er antwortete. »Ich warte auf jemanden, wenn es Ihnen recht ist, Ma'am.«

»Es gibt doch bestimmt tausend andere Orte zum Warten.«

»Ja, Ma'am.« Sein Ton war durchaus fügsam, aber seine Kinnmuskeln spannten sich, und seine Augen blickten böse. »Aber ich soll hier warten.«

»Sie sollen?«

»Ja. Ich habe eine Verabredung.«

»Du meine Güte, ich bin ja kein Unmensch, aber offenbar wird unser Garten von allen außer uns benutzt, und zwar zu den merkwürdigsten Dingen. Ich glaube nicht, daß –« Abrupt hielt Ethel mitten im Satz inne. »Haben Sie *Verabredung* gesagt?«

»Ja, Ma'am.«

»Mit wem?«

Wieder musterte Ortega seine Schuhspitzen. »Sie hat gesagt, das soll ich nicht sagen. Sie hat gesagt, Mr. Goodfield hat Vorurteile.«

Damit bestand kein Zweifel mehr, wer Ortegas Flamme war. »Mein Gott«, sagte Ethel voller Inbrunst. »Sie sprechen von Murphy.«

»Ja, Ma'am.«

Es war unglaublich – Murphy mit ihrer launischen Art und ihrem scharfen, arroganten Mundwerk verabredete sich mit einem Teilzeitgärtner, der mehrere Jahre jünger war als sie. Es konnte einfach nicht wahr sein, und doch wußte Ethel, daß es stimmte, und nach dem anfänglichen Schock erkannte sie, daß die Affäre gar nicht so unplausibel und seltsam war, wie man zunächst meinen könnte.

Für Ortega repräsentierte Murphy wohl gesellschaftliche Klasse, die Art von gebildeter, vornehm tuender Frau, an die er sich nie herangewagt hätte; und Murphy mit ihrer eigenartigen Ichbezogenheit würde auf jeden Mann ansprechen, der sie auch nur halb so sehr zu schätzen wußte, wie sie sich selbst zu schätzen wußte.

Ja, Murphys Attraktivität für Ortega und ihre bewußte Mißachtung der Konventionen, indem sie ihn in aller Öffentlichkeit traf, war ohne weiteres vorstellbar. Murphy machte sowohl im Haus als auch außerhalb, was sie wollte.

»Ich wollte es eigentlich nicht sagen«, meine Ortega mit einem unbehaglichen Blick zum Haus hinüber. »Sie wird bestimmt sauer. Die kann vielleicht wütend werden, mein lieber Mann.«

Das war Ethel neu; sie konnte nicht glauben, daß Murphy sich von irgendwem oder -was so aus der Fassung bringen ließ, daß sie in Wut geriet.

»Soso«, sagte sie ganz kalt. »Tja, das ist Ihr Problem. Mein Problem ist, hier ein bißchen Ruhe und Frieden zu finden. Ich schlage vor, Sie und Murphy treffen sich künftig anderswo.«

Ortega zuckte die Achseln. »Nichts dagegen, Ma'am. Nur hat Ada gesagt, ich soll heute hier auf sie warten, deswegen warte ich jetzt lieber hier, wenn's Ihnen recht ist.«

Es war Ethel gar nicht recht, aber zu streiten erschien ihr ebenso würde- wie sinnlos. Murphy hatte Ortega seine Befehle erteilt, und wie ein guter Soldat gedachte Ortega, sie ohne Rücksicht auf Verluste zu befolgen.

Von der Begegnung vage beunruhigt, kehrte Ethel ins Haus zurück; sie wünschte, sie hätte jemanden, dem sie sich anvertrauen konnte. Wenn sie es Willett erzählte, würde er fraglos so reagieren, daß er Murphy feuerte, und das wollte Ethel aus einer ganzen Reihe von Gründen nicht. Zunächst einmal fühlte sie sich innerlich oft so konfus und unsicher, daß sie sich mittlerweile völlig auf Murphys hartgesottene Distanziertheit verließ. Und außerdem diente Murpy nicht nur als Verbündete gegen Willett, sondern auch als Puffer gegen die alte Dame, und sie fing eine ganze Menge von den Pfeilen und Schleudern ab, die ansonsten auf Ethel zielen würden.

Ethel verbrachte den größten Teil des Nachmittages bei einer Partie Rommé in Mrs. Goodfields Schlafzimmer. Es war fast sechs, als sie nach unten in die Küche ging, um das Abendessen zuzubereiten. Zu ihrer großen Erleichterung war Murphy abwesend, so daß man es bei einer einfachen Mahlzeit belassen konnte.

Die Hitze hatte sich ein wenig gelegt, und ein leichter Dunsthauch in der Luft hatte die Berge violett gefärbt. Ethel liebte es, die Berge zu betrachten. Sie veränderten sich von Stunde zu Stunde. Morgens waren sie grau, mittags grün mit braunen Einsprengseln und jetzt, am Spätnachmittag, wirkten sie wie in Lagen von violettem Chiffon gehüllt.

Ihr Blick fiel auf die Laube. Sie stand leer, von der Sonne und den beiden Liebenden verlassen. Aber von irgendwo direkt dahinter wand sich wie das magische Seil eines indischen Zauberers eine dünne Rauchsäule in die Luft.

Ethels erster Gedanke war, daß Murphy und Ortega immer noch dort waren und daß Willett mit seiner perversen Gabe, stets das Falsche zu tun, hinausgehen und sie finden könnte. Mit einem halb verärgerten, halb neidischen Seufzer stellte sie die Kasserolle ab, die sie gerade aus dem Schrank genommen hatte, und ging zum zweitenmal an diesem Nachmittag Richtung Laube, um Murphy zu warnen.

Diesmal hatte sie sich keinen Text zurechtgelegt. Es war auch kein Text notwendig. Hinter der Laube lag Ortega auf dem Rücken im Gras, alle viere von sich gestreckt, die Augen geschlossen, den Mund leicht geöffnet. Um ihn herum lagen lauter Zigarettenstummel verstreut, einer davon rauchte noch.

Einen schrecklichen Moment lang dachte Ethel, er sei tot, und die Beine wurden ihr so schwach, daß sie taumelte und beinahe auf ihn gefallen wäre. Als sie ihr Gleichgewicht wiedergewonnen hatte, betrachtete sie ihn genauer und sah das leichte Heben und Senken der Brust unter dem grellen, rotblauen Hemd.

Ihre Stimme war hoch und unsicher. »Ortega? Schlafen Sie?«

Ortega regte sich und lächelte sanft.

»Wollen Sie nicht aufwachen? So wachen Sie doch auf!«

In einer plötzlichen, unerwarteten Bewegung langte sein linker Arm zur Seite, und seine Hand griff nach ihrem Knöchel und hielt ihn fest, aber nicht roh oder brutal, sondern in sanfter Liebkosung. Sie wollte schreien, aber sie fühlte sich wie erstickt, als läge seine Hand um ihren Hals und nicht um ihren Knöchel. Sie bekam keine Luft, hatte keine Kraft, keinen Willen mehr.

»Nein«, flüsterte sie. »Aufhören. Hilfe. Bitte.«

Ortega murmelte etwas, was sie nicht verstand.

»Was? Was haben Sie gesagt?«

Sie beugte sich vor, um ihn besser zu hören, und dabei sah sie, daß er immer noch schlief. Sein Griff, seine Worte galten nicht ihr.

»Stehen Sie auf«, sagte sie barsch. »Los, stehen Sie auf.«

Sie strampelte sich frei, und dabei traf ihre Fußspitze sein Handgelenk. Mit einem Schmerzensschrei warf sich Ortega herum. Wackelig, vom Schlaf noch benommen, kam er hoch, zuerst auf die Knie, dann auf die Füße. Seine Flanellhose war zerknittert und voller Grasflecken. Um die Augen hatte er Schmutzspuren, wie die Spuren im Gesicht eines Kindes, das sich mit ungewaschenen Händen Tränen abgewischt hat.

Er schaute zuerst nicht auf Ethel, sondern auf die Sonne, die langsam dem Meer entgegensank.

»Sie ist nicht gekommen«, sagte er. »Ada ist überhaupt nicht gekommen.«

Bis neun Uhr an diesem Abend, als Frank aus San Francisco nach Hause kam, wußten mindestens zwanzig Leute, daß Ada Murphy verschwunden war.

15

Um halb zehn befaßte sich Greer persönlich damit – müde, gereizt und geneigt, die ganze Geschichte als Hirngespinst abzutun. Das hätte er, wenigstens für die Nacht, auch getan, wenn nicht Ortegas Beharrlichkeit gewesen wäre.

Die Leuchtstoffröhren in Greers Büro hatten Ortegas Bräune scheinbar aufgelöst und ließen sein Gesicht kalkweiß wirken.

»Sie ist nicht gekommen«, sagte er. »Gestern abend, als ich sie nach Hause gefahren habe, hat sie gesagt, wir treffen uns heute nachmittag um halb zwei im Garten. Wir wollten zum Hafen gehen und ein Boot mieten. Sie ist ganz verrückt nach Booten, wollte ständig am Kai entlanggehen oder bis ans Ende der Buhne.«

Die Worte erinnerten Greer an irgend etwas, und er brauchte nur einen Moment, um darauf zu kommen. Rose French war nach Aussage von Mrs. Cushman einige Tage vor ihrem Tod auf der Buhne spazierengegangen. Das taten auch viele andere Leute, aber in Roses Fall war es ungewöhnlich, weil sie das Meer erklärtermaßen gehaßt und körperliche Bewegung mit Sicherheit nicht gemocht hatte. Mrs. Cushmans Annahme war logisch, und Greer stimmte ihr zu: Rose war nicht zur Buhne gegangen, um das Naturschauspiel zu bewundern oder um ein, zwei

Pfund abzutrainieren, sondern um sich dort mit jemandem zu treffen.

Greer betrachtete Ortega mit neu erwachtem Interesse. Es war durchaus möglich, daß Dalloway und Frank auf der falschen Spur gewesen waren und daß die Verbindung zwischen Rose und Goodfields nicht mit diesen selbst, sondern mit Murphy bestand. Er fragte: »Haben Sie Murphy je zur Buhne begleitet?«

»Ja, Sir, dreimal.«

»Hat sie sich dort mit jemandem getroffen?«

»Nein, Sir. Ada ist fremd hier in der Stadt. Sie kennt niemanden außer den Goodfields und mir.«

»Wo kommt sie denn her?«

»Aus Los Angeles. Sie hatte sehr gute Zeugnisse. Sie hat sie mir mal gezeigt.«

»Erinnern Sie sich noch an Namen von ihren Arbeitgebern?«

»Nein, Sir. Ich habe mir die Zeugnisse bloß Ada zuliebe kurz angeguckt.«

»Sie und Murphy sind miteinander gegangen – das stimmt doch?«

»Wir wollen heiraten, wenn – wenn sie wieder da ist.«

»Sie sind doch noch ein ganz junger Hüpfer.«

»Ich bin neunzehn«, sagte Ortega stur. »Ada ist – sie ist ein kleines bißchen älter.«

Ada war, wie Greer wußte, eine ganze Ecke älter. Er sagte: »Hören Sie, junger Freund, ich bin kein Fachmann für solche Geschichten, aber ich kenne Ada Murphy. Das ist kein gewöhnliches Dienstmädchen. Sie ist ziemlich helle, sie war auf dem College und wahrscheinlich noch an einer ganzen Menge anderer Orte, wo man keinen akademischen Grad kriegt. Die ist ein paar Nummern zu groß für Sie.«

»Ich habe solches Gerede mein ganzes Leben lang gehört. Ich habe es mir deswegen nie anders überlegt.«

»Ist Ihnen schon mal der Gedanke gekommen, daß Murphy es nicht fertiggebracht hat, persönlich mit Ihnen Schluß zu machen, und deshalb einfach abgehauen ist, um sich Ärger zu ersparen?«

»Das würde Ada nie tun.«

»Woher wollen Sie das wissen? Vielleicht hatte sie plötzlich genug von ihrem Job oder von Ihnen oder vom Leben im allgemeinen und hat beschlossen, den nächsten Bus nach L. A. zu nehmen.«

»Sie hat keinen Bus genommen«, sagte Ortega mit ruhigem Nachdruck. »Alle ihre Kleider sind noch in ihrem Zimmer.«

Das stimmte. Der kleine Schrank in Murphys Zimmer – es lag im rückwärtigen Teil des Hauses, hinter der Küche – war vollgestopft mit Kleidern, Dienstmädchenkluften und einem Sortiment Unterwäsche. Im Gegensatz zu ihrer gepflegten Erscheinung ging Murphy mit ihren persönlichen Sachen eher schlampig um. Der Schrank diente ihr offenbar als Sammelbehälter für alles mögliche; was sie nicht mehr sehen wollte, warf sie hinein. Sobald man die Türen geöffnet hatte, ließen sie sich nicht mehr schließen.

Anders als viele Dienstbotenquartiere war das Zimmer nicht mit überzähligen Stücken aus anderen Zimmern, sondern mit zueinander passenden Ahornmöbeln, Chintzbezügen im gleichen Muster wie die Tagesdecke und einem kleinen, kirschroten Sofa eingerichtet.

Auf dem Sofa saß Ethel, die vor dem leuchtenden Rot sehr blaß wirkte. Es war nicht zu übersehen, daß sie höchst beunruhigt war. Sie hatte ihre anmutig fließenden Bewegungen und ihr vages Gebaren abgelegt, wie eine Schlange ihre alte Haut abstreift. Auf ihre wesentlichen Eigenschaften reduziert, wirkte sie ganz anders auf Greer. Sie war weder schwachsinnig, wie er zunächst geglaubt hatte, noch träge.

Sie sprach Greer mit vor Besorgnis durchdringender Stimme an. »Und? Was halten Sie davon?«

»Ich weiß nicht.« Er wies mit einer kurzen Handbewegung auf den überquellenden Schrank. »Ich verstehe nicht, wie Sie bei diesem Durcheinander sicher sein können, daß nichts fehlt.«

»Willetts Mutter hat sie weggehen sehen. Sie ist aufgestanden, um ins Badezimmer zu gehen, und hat zufällig aus dem Fenster geschaut. Murphy ging gerade die vordere Einfahrt hinunter. Sie hatte keinen Koffer oder so etwas dabei, nicht einmal einen Mantel. Sie ist einfach – einfach *weggegangen*.«

»Was hatte sie an?«

»Eines ihrer gewöhnlichen Baumwollkleider, mit türkisfarbenem Muster.«

»Hat es zwischen Murphy und Ihnen oder zwischen Murphy und Mr. Goodfield irgendwelche Unstimmigkeiten gegeben?«

»Nein, eigentlich nicht. Murphy hat mir gegenüber irgend etwas von einer Abfallbeseitigungsanlage erwähnt, die wir einbauen lassen sollten, und ich habe ihr gesagt, daß ich nicht glaube, daß Willett damit einverstanden ist; schließlich ist das nicht unser Haus. Jedenfalls war sie nicht böse, wenn es das ist, was Sie meinen. Ortega sagt, sie gerät leicht in Wut, aber davon habe ich nie etwas gemerkt. Auch wenn Willetts Mutter sie angeraunzt hat, hat sie bloß auf ihre überlegene Art gelächelt, als ob nichts, was jemand anders sagt oder tut, den geringsten Eindruck auf sie macht.«

»Murphy ist der Typ von Frau, die auf sich selbst aufpassen kann«, meinte Greer. »Oder nicht?«

»Es sieht so aus. Sie verhält sich jedenfalls so. Aber mittlerweile – ich weiß es einfach nicht. Niemand kann das wissen. Sie wissen es doch auch nicht«, fügte sie hinzu, »sonst wären Sie nicht hier.«

Greer machte keinen Versuch, es abzustreiten. Er wußte ganz und gar nicht, was für eine Frau Murphy war, und noch viel weniger, ob er es je herausfinden würde. Wer war Murphy – die forsche, beherrschte junge Frau in der makellosen, schwarzweißen Kluft oder das ungezogene Kind, das seine Sachen in wildem Durcheinander in einen Schrank warf und die Tür zumachte; die naive, romantische Liebende, die Rendezvous im Garten plante, oder die nüchterne Realistin, die Greer bei ihrer ersten Begegnung erklärt hatte, sie sei nur Dienstmädchen geworden, weil sie bei diesem Job Aussichten hatte, den Boss zu heiraten?

Und nun gab es noch eine dritte Murphy, eine junge Frau in türkisfarbenem Baumwollkleid, die fortgegangen und nicht wiedergekommen war.

Greers Blick fiel auf Ethel, die zusammengekauert auf dem Sofa saß und nervös an ihrem rechten Daumennagel knabberte.

»Wir unternehmen alles menschenmögliche«, versicherte er ihr. »Ich lasse die Busbahnhöfe, Krankenhäuser, Taxistände und so weiter überprüfen. Ich persönlich glaube, daß Murphy irgendwann heute nacht wieder auftaucht und sich fragt, was das ganze Getue soll.«

»Willett denkt das auch. Ich nicht. Ich denke«, fügte sie

langsam hinzu, »Sie sollten anstelle von Busbahnhöfen und Taxiständen lieber Mr. Dalloway überprüfen.«

»Wieso?«

»Jedesmal, wenn er auftaucht, passiert irgend etwas, oder nicht? Dalloway kommt in die Stadt, und seine erste Frau wird ermor – stirbt. Dalloway schleicht in unserem Garten herum, und mein Dienstmädchen verschwindet.« Ethels Stimme hob sich wie eine Sirene. »Vielleicht ist sie auch schon tot. Während Sie hier stehen und Dalloway für einen charmanten Burschen halten, ist er vielleicht gerade irgendwo da draußen und schlitzt ihr die Kehle auf! Und Sie, Sie stehen einfach nur herum!«

»Beruhigen Sie sich, Mrs. Goodfield. Ich glaube nicht, daß Murphy die Kehle aufgeschlitzt bekommt, und ganz sicher nicht von Dalloway. Ich weiß nämlich zufällig, wo er im Moment gerade ist.«

Ethel funkelte ihn nur an, stumm und verbohrt, als ob nichts auf der Welt sie von dem Gedanken abbringen konnte, daß Dalloway in irgendeinem dunklen Gäßchen oder Gehölz damit beschäftigt war, Murphy den Garaus zu machen.

»Er ist drüben bei Frank Clyde«, fuhr Greer fort. »Er hat mich angerufen, bevor er losgefahren ist.«

»Ach wirklich? Hält jeder Hinz und Kunz in der Stadt Sie darüber auf dem laufenden, wo er hingeht, und wieso und wann?«

»Dalloway mußte mir nicht sagen, wieso. Das wußte ich bereits. Er hat Clyde angeheuert, damit der nach San Francisco fährt und die Goodfields überprüft.«

»Das ist ja nicht zu fassen. Der hat Nerven, dieser alte –«

»Ich habe Ihnen das nur gesagt, damit Sie wissen, daß Dalloway Ihnen ebenso mißtraut wie Sie ihm.«

»Wir haben jedenfalls niemanden angeheuert, der ihn überprüfen soll.«

»Das brauchen Sie auch nicht. Das mache ich bereits.«

»Sie? Wieso?«

»Och, sagen wir einfach, Mißtrauen ist ansteckend, und ich hole mir so was leicht.« Ethel wirkte ein wenig besänftigt, und Greer hielt den Zeitpunkt für günstig, um das Thema zu wechseln, ehe sie weitere Fragen stellte. »Sagen Sie, wie sind Sie eigentlich auf Ada Murphy gekommen?«

»Durch eine Anzeige in der Lokalzeitung.«

»Die Murphy aufgegeben hat?«

»Ja.«

»Sind Sie zu ihr ins Hotel, oder wo immer sie wohnte, gefahren, um mit ihr zu sprechen?«

»Nein, sie ist hierhergekommen. In der Anzeige war eine Telefonnummer angegeben. Ich habe sie angerufen, und sie war nicht da. Später hat sie dann zurückgerufen, und ich war – na ja, beeindruckt von ihrer Stimme und von ihren Zeugnissen.«

»Hat sie die Zeugnisse mitgebracht, als sie zu Ihnen kam?«

»Ja.«

»Wie viele waren es?«

»Drei.«

»Haben Sie sie behalten oder ihr zurückgegeben?«

Ethel runzelte die Stirn. »Da muß ich überlegen. Wir haben uns im Eßzimmer miteinander unterhalten – ach ja, jetzt weiß ich es wieder. Ich habe sie auf den Tisch gelegt, und später, als ich ein bißchen aufgeräumt habe, habe ich sie in die Schreibtischschublade getan; ich wollte sie ihr zurückgeben, wenn sie mit ihrem Gepäck wiederkam. Leider habe ich es vergessen, also müßten sie eigentlich noch in der Schublade sein.«

»Ich möchte sie mir gern ansehen.«

»Wieso?«

»Och, reine Neugier«, sagte Greer leichthin.

Die drei Zeugnisse steckten in Briefumschlägen, zwei davon große, weiße, nicht zugeklebte Geschäftskuverts, der dritte klein, quadratisch und blau, mit einem dunkleren blauen Monogramm auf der Rückseite. Das dritte Kuvert trug eine abgestempelte Drei-Cent-Marke und eine Adresse: Miss Ada Murphy, c/o The Pines Hotel, 343 Lasalle Street, Los Angeles.

Der Text auf dem dazu passenden blauen Briefpapier war mit lila Tinte in einer so winzigen und zierlichen Handschrift geschrieben, daß man ihn kaum lesen konnte:

> »Miss Ada Murphy war zwei Wochen lang als Dienstmädchen bei mir tätig. Sie ist in jeder Beziehung äußerst tüchtig und vertrauenswürdig. Ich verliere mit ihr eine sehr zuverlässige Hausangestellte, die ich vor allem wegen ihres ausgeglichenen Wesens schätzte.
>
> Hochachtungsvoll
> Luellen di Santi
> (Mrs. E. Charles di Santi)
> 3516 Lakeridge Terrace
> North Hollywood.«

Die anderen beiden Briefe waren maschinengeschrieben:

> »An alle, die es angeht:
> Die Überbringerin dieses Briefes, Miss Ada Murphy, ist eine junge Frau von feinem Charakter und ausgezeichnetem Ruf. Während ihrer Tätigkeit hier zeichnete sie sich durch gewissenhafte Erfüllung ihrer Pflich-

ten aus und legte stets ein über jeden Tadel erhabenes Verhalten an den Tag. Ihre herausragendsten Eigenschaften sind Loyalität und Integrität. Ich empfehle sie besonders als Pflegerin und Gesellschafterin für ältere Menschen.«

Der Brief war in kräftiger, maskuliner Handschrift mit »Richard Robertson III« unterschrieben.

Das letzte Zeugnis war noch überschwenglicher:

»Sehr geehrte Damen und Herren,
meine ehemalige Angestellte Miss Ada Murphy hat mich um eine Empfehlung gebeten. Ich komme dieser Bitte mit dem größten Vergnügen nach, da sich Miss Murphy in jeder Beziehung als ideale Hausangestellte erwiesen hat. Sie war fleißig, höflich und verantwortungsbewußt. Eine besondere Stütze war sie bei der Pflege meiner betagten Mutter, die bettlägerig und nicht leicht zufriedenzustellen ist. Miss Murphy zeigte beim Umgang mit ihr sowohl Geduld als auch Geschick. Sie ist eine junge Frau, die sich jeder Situation auf höchst kompetente Weise gewachsen zeigt.

Harrison L. Macomber.«

Mr. Macombers Unterschrift wies eine verblüffende Ähnlichkeit mit der von Mr. Robertson auf. Dasselbe galt für seinen Stil, seine Unbeholfenheit mit der Schreibmaschine, sein Briefpapier und sein uneingeschränktes Lob für Murphy.

Greer steckte Mrs. de Santis Brief wieder in den Umschlag. Er war so offenkundig echt, wie die beiden anderen gefälscht waren.

Er musterte Ethel, die ihn, immer noch am Daumennagel kauend, unsicher ansah. »Haben Sie diese beiden Zeugnisse nachgeprüft, Mrs. Goodfield?«

»Aber nein – wieso auch. Ich meine, sie waren so gut, daß ich mir nicht die Mühe gemacht habe.«

»Kein Wunder, daß sie gut sind. Sie hat sie selbst geschrieben.«

»Ach du meine Güte«, sagte Ethel und wiederholte: »Ach du meine Güte. Ich hoffe, Willett erfährt nichts davon.«

»Außerdem glaube ich, daß sie eigens für Sie geschrieben worden sind. Beachten Sie, daß beide Briefe ihr Geschick und ihre Geduld mit älteren Kranken wie Ihrer Schwiegermutter hervorheben. Sagen Sie, hat Murphy schon in ihrer Zeitungsanzeige diese angebliche Fähigkeit erwähnt?«

»Ja, aber wie konnte sie sicher sein, daß ich auf die Anzeige antworten würde?«

»Wenn ich das wüßte«, sagte Greer, »wüßte ich vielleicht auch, wo sie jetzt steckt, warum sie weggegangen ist und ob sie wiederkommt.«

Ethels Hand nestelte nervös an der Sofalehne und zupfte kleine Flusen aus dem groben roten Wollbezug. Einen Moment lang verspürte sie den fast nicht zu beherrschenden Drang, Greer alles zu erzählen, alles über sich und Willett und die alte Dame und die blöde Puppenfabrik, von der sie wünschte, sie hätte nie davon gehört.

Dann hob sie den Kopf und begegnete Greers Blick. Er war keineswegs freundlich. Es war ein geringschätziger, anklagender Blick ohne Mitgefühl und Nachsicht. Er würde es nicht verstehen, dachte sie; er hält mich für dumm.

Der Drang, sich zu offenbaren, verflüchtigte sich wie eine Gewitterwolke im Sommer, die keinen Regen und keine Linderung von der Hitze bringt. Sie wünschte, sie hätte wie Murphy den Mut, zur Haustür hinauszugehen und nie wiederzukommen.

Sie fragte leise: »Glauben Sie, daß Murphy noch lebt?«

»Ich habe keinen Grund zu der Annahme, daß sie tot ist«, erwiderte Greer.

Doch als er ein paar Minuten später ging, fegte eine kalte, feuchte Windbö um die Hausecke und traf ihn wie eine uneingestandene Angst. Schaudernd schlug er den Mantelkragen hoch und fragte sich, wo Murphy mit ihrem dünnen Baumwollkleid für einen Sommernachmittag wohl steckte.

Es war zehn Uhr.

In Mrs. Goodfields Schlafzimmer brannte das Nachtlicht, sein grüner Schimmer erweckte den Eindruck, das ganze Zimmer läge unter Wasser – die Kissen auf dem Bett waren Steine, und die dazwischen halb verborgene alte Dame ein ruhendes Meeresgeschöpf.

Aber ihre Ruhe war gestört. Als sie das Öffnen und Schließen der Haustür hörte, stand sie auf und bewegte sich auf bloßen Füßen geräuschlos durchs Zimmer.

Ich fühle mich schwach, dachte sie. *Sie haben mich zu lange das Bett hüten lassen. Ich muß mehr aufstehen und herumlaufen. Meine Beine sind die reinsten Streichhölzer. Früher waren sie mal recht hübsch.*

Sie hob einen der Jalousienstäbe an und sah Greer über die Auffahrt zu seinem Auto gehen. Das Fenster war offen, und sie wollte ihm etwas zurufen, ihn zu einem Plausch auf ihr Zimmer einladen, um ihre Einsamkeit und Angst zu lindern. Aber noch ehe sich die Worte in ihrer Kehle bilden konnten, war sein Auto schon die Auffahrt hinuntergerollt.

Murphy war weg, und nun war auch Greer weg. Sie war ganz allein.

Sie legte die Hand aufs Herz, um sein wildes Hämmern

zu stoppen. *»Ich muß für eine Weile verschwinden«*, hatte Murphy gesagt. *»Seien Sie schön brav, dann komme ich wieder.«*

So redete Murphy mit ihr, wenn sie miteinander allein waren, in einem halb spöttischen, halb liebevollen Ton, der der alten Dame gefiel. In Gegenwart von Willett und Ethel gab sich Murphy stets sehr respektvoll, obwohl sie hinter Willetts Rücken oft zwinkerte, Grimassen schnitt oder die Augen nach oben verdrehte.

»Ich muß für eine Weile verschwinden.«

Das war um halb zwei gewesen. Fünf Minuten später war sie die Auffahrt hinuntergegangen, und sie hatte sehr proper, energisch und ungeduldig gewirkt.

Schwer atmend schloß die alte Dame das Fenster und verriegelte es. Dann, nach einigem Zögern, ging sie zur Tür und verriegelte auch diese.

»Verriegeln Sie Tür und Fenster«, hatte Murphy gesagt.

Die Schlösser waren schwach, aber sie funktionierten. Die alte Dame ging wieder ins Bett; lange Zeit lag sie auf der rechten Seite und beobachtete den Sekundenzeiger der Uhr auf dem Sekretär. Seine Bewegung schien sie zu hypnotisieren, und sie döste halb ein.

Sie war sich nicht sicher, was sie aufgeweckt hatte – ein schlechter Traum, der Ruf einer Spottdrossel, das Flattern einer Markise im Wind –, aber sie war mit einemmal wieder hellwach.

Vor ihrer Tür war jemand. Der Knauf drehte sich, zweimal, dreimal.

»Bist du da?« fragte Willett. »Schläfst du?« Kurzes Schweigen. »Sie hat die Tür abgeschlossen, Ethel.«

»Dann müssen wir uns eben gedulden. Sie wird schon nicht weglaufen.«

»Ich traue ihr nicht, wenn sie eine ihrer Launen kriegt.«
»Das fällt dir ja genau zum richtigen Zeitpunkt ein.«
»Du glaubst doch nicht –«
»Ich bin zu müde, um irgend etwas zu glauben. Ich gehe schlafen.«
Hinter der Tür fixierte die alte Frau grimmig die Uhr; sie wünschte, es wäre Morgen und Murphy käme.
Der Morgen kam, nicht aber Murphy.

16

Greer stand früh auf, machte sich selbst Frühstück, gab seiner Frau einen Abschiedskuß und fuhr dann in die Stadt zu dem weiß verputzten Gebäude, das die Lokalzeitung beherbergte. In dem staubigen Archiv hinter der Redaktion fand er, was er suchte. Die fragliche Ausgabe war vor genau drei Wochen erschienen, und Murphys Anzeige war die erste unter »Stellengesuche, weiblich«:

»Kultivierte junge Frau, gewandtes Auftreten, weitgereist und gebildet, sucht Stellung in kinderlosem Haushalt, vorzugsweise als Gesellschafterin für ältere, bettlägerige Dame. Beste Referenzen. Tel. Miss Murphy 7475.«

Greer schrieb die Nummer in sein Notizbuch und verließ das Gebäude durch den Hinterausgang, um keinem Bekannten zu begegnen. Er mußte sich von seiten der Redaktion eine Menge Witze darüber anhören, daß er nur sein Bild in der Zeitung sehen wolle, und er war in dieser Beziehung ein bißchen empfindlich geworden.

In seinem Büro überprüfte er die Telefonnummer, die Murphy angegeben hatte. 7475 hatte mehrere Einträge: die Deluxe Paper Company, ohne Adresse, Acorn Products, ohne Adresse, Marshall Whitney, ohne Adresse, Factory Sample Shoes, ohne Adresse, und Personal Services, 103 East Puenta Street.

Er griff nach dem Telefon auf seinem Schreibtisch und wählte 7475.

Nach dem zweiten Klingeln meldete sich mit klarer, jugendlicher Stimme und geschäftsmäßigem Unterton eine Frau: »Hier ist 7475.«

»Ist Mr. Whitney da?«

»Er ist verreist. Ich erwarte ihn heute abend zurück. Möchten Sie eine Nachricht hinterlassen?«

»Nein, danke. Wie sieht's mit der Deluxe Paper Company aus?«

»Was soll das heißen, wie es damit aussieht?«

»Acorn Products – ich interessiere mich für die Eichelzucht.«

»Hören Sie zu, Sie Komiker, das hier ist ein Büro, und ich stehe so früh am Morgen nicht auf blöde Witze.«

»Das ist kein Witz. Ich versuche, eine Miss Ada Murphy zu erreichen, die diese Nummer angegeben hat.«

»Ich habe nie von ihr gehört«, sagte das Mädchen scharf. »Und selbst wenn, warum sollte ich es Ihnen dann sagen?«

»Hier spricht Captain Greer von der Polizei.«

»Das ist ja entzückend. Und hier spricht Ingrid Bergman. War nett, Sie kennenzulernen.«

Sie legte den Hörer so heftig auf, daß Greer die Ohren dröhnten. Er ärgerte sich ein bißchen – nicht über das Mädchen, sondern über sich selbst, weil er für das Gespräch den falschen Ton angeschlagen hatte.

Die Puenta Street war nach der kleinen Brücke benannt, die über einen schon seit zwölf Jahren ausgetrockneten Bach führte. Nummer 103 war ein zweistöckiges Holzhaus. Die im Hintergarten aufgehängte Wäsche deutete darauf hin, daß es nach wie vor als Wohnhaus diente, aber der vordere Teil war umgebaut und in ein kleines Büro mit Ziegelsteinfassade, Schaufenster und dem Neonschriftzug »Personal Services« umgewandelt worden.

Durch das Fenster war das gesamte Büro einzusehen: links eine Telefonanlage, rechts ein imposanter Schreibtisch aus Eichenholz. Dazwischen saß, mit dem Gesicht zur Telefonanlage und einem Kopfhörer auf den Ohren, eine junge Frau mit kürbisfarbenem Haar. Sie sprach in den Hörer und schrieb gleichzeitig mit einem Bleistift auf ein großes gelbes Blatt Papier. Ihr Gesicht zeigte den versunkenen Ausdruck eines Menschen, der mehrere Dinge gleichzeitig erledigt.

Als Greer eintrat, hob sie grüßend die Hand, ohne ihren Redefluß zu unterbrechen. »Tut mir leid, Mr. Siebold, aber dafür brauche ich bis morgen. Meine Mitarbeiterin liegt mit einer Erkältung im Bett. Morgen um zehn, vier Durchschläge. Auf Wiederhören.«

»Miss Bergman?« fragte Greer.

Das Mädchen errötete. »Raffin. Irene Raffin.«

»Ich bin Captain Greer.«

»Mittlerweile weiß ich das auch. Ich habe mich bei Frank Clyde erkundigt.«

»Wieso bei Frank?«

»Nun ja, er kennt alle Spinner in der Stadt, und ich dachte, Sie wären einer von der Sorte, die sich als Polizeicaptain ausgibt.«

»Und was hat Frank gesagt?«

»Er hat gesagt, es wäre höchstwahrscheinlich schon der echte Captain Greer gewesen, weil Sie tatsächlich versuchen, Ada Murphy zu finden.«

»Frank weiß offenbar besser über die Angelegenheiten anderer Leute Bescheid als die Leute selber.«

»Das ist nun mal sein Beruf«, sagte Miss Raffin achselzuckend. »Meiner übrigens auch, in gewisser Weise.«

»Über Ihren wüßte ich gern mehr, Miss Raffin.«

»Fragen Sie mich, was Sie wollen. Nein, warten Sie einen Moment. Da kommt Frank.«

Greer schaute aus dem Fenster und sah Frank, der in der Morgensonne blinzelte, die Straße überqueren. »Na, so ein Zufall.«

»Och, das ist kein Zufall, ich habe ihn hergebeten. Natürlich nur, damit er seinen Tippkram abholt.«

»Natürlich.«

»Im Ernst. Ich tippe viel für das Zentrum, wenn die in Zeitdruck sind.«

»Holt Frank das Zeug normalerweise um acht Uhr morgens ab?«

»Er holt es ab, wenn es fertig ist«, sagte Miss Raffin mit heiterem Lächeln. »Zu jeder Tages- und Nachtzeit.«

»Aha.«

Frank betrat das Büro, und die beiden Männer gaben sich, von Miss Raffin mit amüsiertem Gesicht beobachtet, die Hand.

»Die Welt ist klein«, sagte Greer. »Und Miss Raffin ist offenbar wild entschlossen, sie noch kleiner zu machen.«

Frank nickte ganz ernst. »Wenn Sie mich nicht hierhaben wollen, sagen Sie's, dann nehme ich meinen Tippkram und verschwinde wieder.«

»Die Masche mit der Tipperei geht mir allmählich auf den Wecker. Hören wir auf damit.«

»Das ist keine Ma –«

»Hören Sie auf damit.«

»Na gut.«

»Miss Raffin wollte mir gerade von ihrem Beruf erzählen«, sagte Greer. »Sie ist anscheinend eine sehr vielseitig begabte junge Dame. Sie ist die Deluxe Paper Company, Factory Sample Shoes, Acorn Products, Marshall Whitney – habe ich irgend etwas ausgelassen, Miss Raffin?«

»Aber ja«, sagte das Mädchen munter. »Miss Ada Murphy bin ich auch noch.«

»Das bedarf einer Erklärung.«

»Sollen Sie haben. Als erstes müssen Sie wissen, daß mein Geschäft genau das ist, was es zu sein behauptet, nämlich ein Unternehmen für Dienstleistungen aller Art. Wenn Sie einen Babysitter, zwei antike Kerzenleuchter oder ein halbes Rind suchen – oder wenn Sie in Urlaub fahren und Ihren Hibiskus gegossen haben wollen, während Sie weg sind, dann besorge ich jemanden, der das macht.«

»Das ist noch keine Erklärung für Ada Murphy.«

»Moment. Ich betreibe außerdem einen Telefonservice. Nehmen Sie zum Beispiel Acorn Products. Das ist eine Firma, die alle möglichen verrückten Naturkostprodukte vertreibt. Sie haben eine Niederlassung in San Diego, aber sie können es sich nicht leisten, auch hier eine zu unterhalten, dazu ist der hiesige Umsatz zu gering. Ein bißchen Umsatz machen sie allerdings schon, und genau da komme ich ins Spiel. Ich bin ihre Vertretung in La Mesa. Dasselbe gilt für Mr. Whitney – der ist literarischer Agent –, die Deluxe Paper Company und alle anderen.«

»Auch für Miss Murphy.«

»Nein, bei ihr liegt der Fall ein bißchen anders. Als Sie angerufen haben, konnte ich mit dem Namen zuerst nichts anfangen, aber nach dem Gespräch mit Frank habe ich in meinen Akten nachgesehen. Sie ist gestern vor drei Wochen hier hereingeschneit. In meiner Branche wird man furchtbar leicht in faule Geschichten verwickelt, wenn man nicht aufpaßt. Ich passe auf. Jedenfalls habe ich das immer geglaubt. Wenn sich herausstellt, daß diese Murphy-Sache –«

»Erzählen Sie mir einfach, was passiert ist.«

»Also gut. Tja, wie gesagt, angefangen hat es gestern vor drei Wochen. Als sie hereingekommen ist, bin ich zuerst nicht recht schlau aus ihr geworden. Sie war nicht unschlüssig oder nervös oder bemüht, es einem recht zu machen, so wie die meisten Mädchen, die einen Job suchen. Sie war sehr selbstsicher und hat ziemlich gestelzt dahergeredet, mit vielen Fremdwörtern. Wahrscheinlich wollte sie mich beeindrucken. Ich lasse mich nicht so leicht beeindrucken«, fügte Miss Raffin trocken hinzu. »Mir ist sie ziemlich gerissen vorgekommen – ist sie das denn?«

»So langsam glaube ich es.«

»Trickbetrügerin?«

»Kann sein.«

»Ich bete zu Gott, ich werde nicht in irgendwas Anrüchiges hineingezogen. Ihre Geschichte war schließlich durchaus plausibel: daß sie außerhalb der Stadt wohnt, daß sie eine Stellenanzeige aufgeben will und hier eine Telefonnummer braucht, weil viele Leute sich nicht die Mühe machen, an ein Postfach zu schreiben oder ein Ferngespräch zu führen. Für Sie hört sich das doch auch plausibel an, oder?«

»Klar. Trotzdem glaube ich nicht, daß es stimmt.«

»Man kann jedenfalls nicht von mir erwarten, daß ich das weiß«, sagte das Mädchen scharf. »Ich habe keine Röntgenaugen zum Gedankenlesen. Für mich hat es sich so angehört, als ob es stimmt. Ich habe sie natürlich gefragt, was das für eine Anzeige ist, weil mein Honorar sich danach bemessen würde, wie viele Anrufe sie bekommt und wieviel Arbeit ich damit habe. Sie hat mir einen handgeschriebenen Entwurf gezeigt. Ich war überrascht. Sie war überhaupt nicht der Typ für eine Hausangestellte. Dazu war sie viel zu – viel zu überlegen, ja, das ist das Wort. Ich konnte mir nicht vorstellen, daß irgendeine Frau den Mut hat, ihr Anweisungen zu geben, wenn Sie verstehen, was ich meine.«

»Ich verstehe sehr gut«, sagte Greer, der daran dachte, wie er Murphy kennengelernt hatte.

»Ich betreibe hier auch eine kleine Stellenvermittlung, also habe ich sie gefragt, ob sie auch noch eine andere Ausbildung hat. Na sicher, hat sie gesagt, aber sie will nun mal keine andere Stelle. Damit war das Thema erledigt. Ich habe ihr für meine Bemühungen zwei Dollar berechnet.«

»Welche Anweisungen hat sie Ihnen gegeben?«

»Ich sollte alle Antworten auf ihre Anzeige notieren und sie anrufen, wenn besonders interessante dabei waren.«

»Wo sollten Sie sie anrufen?«

»Wo, weiß ich nicht, aber sie hat mir eine Telefonnummer gegeben. Ich habe sie mir irgendwo aufgeschrieben – ah ja, da ist sie – 22881, Rose verlangen.«

Frank zuckte vor Überraschung leicht zusammen, doch für Greer war es die Bestätigung seiner Theorie, daß die Verbindung zwischen Rose und den Goodfields über Murphy lief.

»Haben Sie 22881 angerufen und Rose verlangt?«

»Na sicher. Ich habe ihr Namen und Adressen von drei Leuten gegeben, die wegen der Anzeige angerufen hatten, und sie hat gesagt, sie würde sie an Miss Murphy weitergeben. Das ist so ungefähr alles, was ich Ihnen erzählen kann.«

»Das reicht auch.« Er sah Frank an. »Bekommen Sie allmählich ein anderes Bild von Ihrer alten Freundin Rose?«

»Nein.«

»Tja, ich schon. Für mich riecht das Ganze nach einem Betrug, der schiefgelaufen ist.«

»Rose hätte sich nie an irgendeinem Betrug beteiligt. Sie machte sich nichts aus Geld.«

»Viele Leute machen sich nichts aus Geld, bis sie pleite sind. Und Rose war restlos pleite.«

Miss Raffin war wieder an der Telefonanlage beschäftigt; sie sprach in deutlich akzentuierten Silben, als hielte sie jeden, der ein Telefon benutzte, für taub oder schwachsinnig. Plötzlich wirbelte sie mit ihrem Drehstuhl herum und sagte zu Greer: »Ein Anruf für Sie, Captain. Sind Sie da oder nicht da?«

»Da.«

»Sie können ihn am Schreibtisch entgegennehmen.«

Greer nahm den Hörer ab. »Greer am Apparat.«

»Jim, hier ist Daley. Ich hab 'ne Frau an der Strippe, die unbedingt mit Ihnen reden will. Sie sagt, es ist sehr wichtig. Soll ich durchstellen?«

»Meinetwegen.«

»Okay, Miss, Sie können jetzt.«

Greer wartete einen Moment, dann wiederholte er: »Greer am Apparat.«

Eine Frau sagte mit gehetzter, atemloser Stimme: »Es tut mir schrecklich leid, daß ich Sie so früh anrufe, Captain, aber ich dachte, ich sage es Ihnen besser gleich, ehe Sie sich noch mehr Mühe machen.«

»Wer spricht denn da, bitte?«

»Ach Gott, da sieht man, wie durcheinander ich bin. Hier ist Mrs. Goodfield, Ethel Goodfield.« Sie stolperte über ihren eigenen Namen. »Sie brauchen nicht mehr nach Murphy zu suchen. Sie ist zu Hause.«

»Ach ja?«

»Ja, sie ist gestern nacht sehr spät nach Hause gekommen. Das alberne Geschöpf hat nicht im Traum daran gedacht, daß wir uns Sorgen machen würden. Sie wissen ja, wie Mädchen sind.«

»Ich weiß, wie manche Mädchen sind.«

»Sie hat einfach einen kleinen Rappel gekriegt, ganz spontan.«

»Aha.«

»Ja – und da habe ich mir gedacht, ich sage Ihnen, daß alles in bester Ordnung ist und Sie nicht weiter nach ihr zu suchen brauchen.«

»Ist sie in der Nähe?«

»Was meinen Sie mit ›in der Nähe‹?«

»Bei Ihnen im Zimmer. Ich möchte sie gern sprechen.«

»O nein, sie ist nicht in der Nähe. Sie äh – schläft. In ihrem Zimmer. Sie ist todmüde von – von ihrem Rappel.«

»Von diesem Rappel wüßte ich gerne mehr.«

»Mehr weiß ich nicht.« Ethels Stimme war so schrill, daß sowohl Frank als auch Miss Raffin jedes ihrer Worte so deutlich hören konnten wie Greers lakonische Kommentare.

»Und gestern nacht ist sie zurückgekommen, wie?«

»Ja. Es war sehr spät. Sonst hätte ich Sie schon früher informiert. Aber jetzt ist jedenfalls alles in bester Ordnung, und ich muß mich dafür entschuldigen, daß Murphy Ihnen soviel Ärger gemacht hat.«

»Aber ich bitte Sie«, sagte Greer mit ironischer Höflichkeit. »Ich bin ja froh, daß sie wieder da ist. Ich möchte irgendwann mit ihr reden.«

»Wo?«

»Spielt das eine Rolle?«

»Ich wollte damit nur sagen, daß ich es albern fände, wenn Sie wegen eines idiotischen Mädchens den ganzen Weg hier herauskommen und sich soviel Mühe machen würden. Meinen Sie nicht?«

»Vielleicht.«

»Tja, jetzt will ich Sie aber nicht länger aufhalten. Ich weiß doch, wie beschäftigt Sie sind. Ich – ich werde Murphy an Ihrer Stelle kräftig den Kopf waschen. Wie wäre das?«

»Oh, das wäre ausgezeichnet.«

»Schön, auf Wiedersehen.«

»Auf Wiedersehen, Mrs. Goodfield.« Greer legte den Hörer auf und wandte sich an Frank. »Haben Sie's gehört?«

Frank nickte. »Ja.«

»Murphy ist wieder da, alles ist wunderbar, und wir leben in der besten aller Welten. Eine ganz neue Wendung. Was halten Sie davon?«

»Ich fand, Mrs. Goodfield hat sich sehr nervös angehört. Vielleicht sollten Sie mal nach ihr sehen.«

»Klar. Klar, vielleicht sollte ich nach sämtlichen nervösen Frauen in der Stadt sehen. Vielleicht sollte ich ihnen das Händchen –«

»Es war bloß ein Vorschlag.«

»Danke.«

»Ich hätte noch einen«, sagte Frank. »Ich sehe mal nach Mrs. Goodfield.«

»Wieso?«

»Och, sagen wir einfach, nervöse Frauen sind meine Spezialität.«

»Sagen wir lieber, Sie sind der neugierigste Bursche in der Stadt.«

»Na gut, wenn Sie es unbedingt so formulieren wollen. Ich habe also Ihre Erlaubnis?«

»Sogar in dieser Stadt«, sagte Greer, »brauchen Sie keine Erlaubnis, wenn Sie eine Dame besuchen möchten.«

17

Über Nacht war es im Garten feucht geworden, und nun glänzte jedes Blatt und jede Blume und sah lebendig aus. Das Haus selbst aber wirkte wie ausgestorben; sämtliche Fenster waren geschlossen, die Jalousien heruntergelassen. Vor der Hintertür standen fünf Milchflaschen, wie Kegel, die auf einen Spieler warteten. Neben den Flaschen lag eine schwarze Gummimatte, auf der in großen roten Buchstaben »Willkommen« stand.

Auf Franks Klopfen erfolgte keinerlei Reaktion. Er wischte sich an der Fußmatte den Schmutz von den Schuhen und ging um die Ecke des Hauses herum zu der weiß verputzten Garage. Ein Blick durchs Fenster zeigte ihm, daß sie Platz für drei Autos bot. Es stand nur ein Auto darin, ein kastanienbraunes Buick-Kabrio mit auffälligen, braungelb gestreiften Sitzbezügen. Nicht die Sorte Auto, die Willett fahren würde, obwohl er vielleicht Lust dazu hätte.

»Suchen Sie jemand?«

Frank drehte sich um, und zwar langsam, um seine Überraschung zu verbergen. Er hatte niemanden gehört, mit niemandem gerechnet. Der Mann schien, leise wie ein Blatt, aus den Büschen gewachsen zu sein.

»Ich habe Mrs. Goodfield gesucht.«

»Die ist nicht da«, sagte Ortega.

»Ich kenne Sie doch von der gerichtlichen Voruntersuchung her. Sie sind Ortega.«

»Ja.«

»Ich bin Frank Clyde.«

»Ich weiß. Ich hab Sie gesehen.« Ortega klang zu müde, um interessiert zu sein. Seine Augen waren blutunterlaufen und verschwollen. Über eine Wange zog sich ein gezackter Schmutzstreifen, und auch an seinen Jeans und seinen schweren Arbeitsstiefeln klebte Schmutz.

»Sie ist nicht da«, wiederholte er. »Als ich zur Arbeit gekommen bin, hab ich die beiden im Lincoln wegfahren sehen, sie und ihren Mann.«

»Wann war das?«

»Vor vielleicht zehn, fünfzehn Minuten. Sie haben es eilig gehabt, haben mich nicht bemerkt.« Er beschattete sich mit einer Hand die Augen. »Hier geht irgendwas Übles vor sich, was sehr Übles. Ich weiß bloß nicht, was.«

»Ich weiß es auch nicht.«

»Gestern nacht hat es einen Riesenkrach gegeben, einen Mordskrach. Wenn das in der Mason Street passiert wäre, wo ich wohne, wären fünf Minuten später die Cops dagewesen. Aber hier draußen nicht. Reiche Leute können sich alles leisten, sogar einen Mord. Vielleicht haben sie sich ja einen geleistet.«

»Um welche Zeit waren Sie gestern nacht hier?«

»Nach Mitternacht.«

»Warum?«

»Ich dachte, Ada wäre vielleicht nach Hause gekommen.«

»Ist sie aber nicht?«

»Nein. Ich hab drei, vier Stunden an der Laube gewartet. Ada ist nicht nach Hause gekommen.«

»Vielleicht ist sie mittlerweile da.«

»Nein. Das da neben der Küche ist ihr Zimmer. Ich hab an ihr Fenster geklopft – wir haben ein spezielles Signal. Sie hat nicht reagiert.«

Frank verspürte ein eigenartiges, kribbelndes Unbehagen. *Sie brauchen nicht mehr nach Murphy zu suchen,* hatte Ethel gesagt.

Ortega steckte sich eine Zigarette in den Mundwinkel und zündete sie an. Die Zigarette wippte nervös, während er sprach. »Wir haben ein spezielles Signal, sie reagiert immer darauf. Haben Sie das Auto da drin gesehen, den Buick?«

»Ja.«

»Der Buick da kommt mitten in der Nacht, und ein Kerl mit Koffer steigt aus und geht ins Haus. Und kurz darauf fängt der Streit an.«

»Worum ging es bei dem Streit?«

»Um Geld.« Ortega lächelte ganz leicht. »Worum streiten reiche Leute? Um Geld, genau wie arme. Der Mann im Buick wollte Geld, und sie und er, sie wollten ihm keins geben. Die Fenster waren offen. Ich konnte jedes Wort hören.«

»Wer war der Mann?«

»Sie haben ihn Jack genannt. Mrs. Goodfield hat ständig gesagt: ›Mein Gott, wir haben schon genug Ärger.‹ Und Jack hat dauernd gemeint, sie wüßte gar nicht, was Ärger ist, aber sie würde es umgehend erfahren. Die beiden Männer sind wahrscheinlich deshalb aufeinander losgegangen, weil Mrs. Goodfield geschrien hat.«

»Welche Mrs. Goodfield?«

»Die junge. Die alte Frau rührt sich nie aus ihrem Zimmer, jedenfalls nicht daß ich wüßte.«

Daß Ethel schrie und Willett und Jack mit Fäusten aufeinander losgingen – für Frank ergab das einfach keinen Sinn. Laut Greer hatten Ethel und Jack schreckliche Angst vor der alten Dame, und Willett war der Inbegriff des liebevollen Sohnes. Daß sie eine Schlägerei anfingen, während die alte Dame oben schlief, war undenkbar.

Ortega redete weiter, und die Asche seiner Zigarette rieselte ihm aufs Hemd. Er wischte sie mit dem Handrücken weg. »Und dann muß einer von ihnen gemerkt haben, daß die Fenster offen sind und nicht jeder taub ist. Mr. Goodfield hat sie zugemacht und die Jalousien heruntergezogen, und seither sind sie zu.«

»War Jack mit ihnen in dem Lincoln, als sie heute morgen weggefahren sind?«

»Nein, außer er hat sich auf dem Rücksitz versteckt. Ich habe nur die beiden gesehen. Sie ist gefahren. Komisch hat sie ausgesehen, den Kopf an der Scheibe und die Augen auf der Straße, als würde sie einen Rennwagen fahren.« Er hielt inne und kratzte sich im Nacken. »Die benutzen das Auto nicht viel. Die meiste Zeit bleiben sie daheim, gehen eigentlich nie weg, jedenfalls soviel ich weiß. Ada hat gesagt, sie würde mir mal das Haus zeigen, wenn die beiden weg sind, aber sie sind nie weggegangen, außer zu der gerichtlichen Voruntersuchung und zur Beerdigung. Wenn sie was brauchen, lassen sie es sich liefern, oder sie schicken Ada. Wahrscheinlich haben sie Angst, die alte Dame allein zu lassen, falls es ihr plötzlich schlechter geht.«

»Wahrscheinlich.«

»Tja, jetzt mache ich mich wohl besser an die Arbeit; ich werde nach Stunden bezahlt.« Aber er blieb noch stehen, drückte mit der Schuhspitze das Gras nieder und sah zu, wie sich die Halme, als wären sie aus Gummi, wieder aufrichteten. »Ich muß eine Bougainvillea umsetzen. Die kriegen einen Schock vom Umsetzen, und manchmal sterben sie sogar daran. Man muß ihnen Vitamin B geben. Aber das wissen Sie wahrscheinlich schon.«

»Nein, das habe ich noch nicht gewußt.«

»Es ist sowieso nicht wichtig. Ada sagt, ich muß mich weiterbilden, viel lesen und wichtige Sachen lernen. Das Problem ist, rauszufinden, was wichtig ist, damit man mit dem Lernen loslegen kann.«

»Das Problem hat jeder.«

»Ada nicht. Die ist gescheit.«

Frank fragte sich, wie gescheit. Während er zusah, wie Ortega müde über den Rasen schlurfte, kam ihm der Gedanke, daß es für das Wohlergehen des Jungen besser wäre, wenn Murphy auf Dauer wegbliebe.

Er ging um die Hausecke herum wieder Richtung Straße, wo er sein Auto hatte stehen lassen. Die Hintertür war nach wie vor zu, die Jalousienstäbe waren dicht geschlossen, aber auf der Veranda standen nur noch vier Flaschen Milch. Wo die fünfte gestanden hatte, funkelte ein kleiner runder Wasserfleck in der Sonne.

Frank ging langsam an der Veranda vorbei; bei dem Gittertor angelangt, das zur Straße führte, machte er kehrt und ging zurück. Er hatte keinerlei offizielle Autorität; und inoffiziell ging es ihn nichts an, daß jemand im Haus war, der zwar frühstücken, nicht aber die Tür aufmachen oder gesehen werden wollte. Es bestand die Möglichkeit, daß die alte Mrs. Goodfield nicht so bettlägerig war, wie sie behauptete, oder daß Murphy Ortegas spezielles Signal gehört und ignoriert hatte. Die plausibelste Möglichkeit aber war Jack.

Frank stieg die Verandastufen hinauf und versuchte

dabei, nicht so verstohlen zu wirken, wie er sich vorkam. Er hatte schon die Hand gehoben, um erneut zu klopfen, als er das plötzliche, laute Scheppern eines hastig und unbeholfen hochgehobenen Garagenkipptors hörte. Er erreichte die Garage, als Jack Goodfield sich gerade hinter das Steuer des Buick klemmte.

»Moment mal! He, Goodfield!«

»Gehen Sie mir aus dem Weg, Sie.« Jack drehte den Zündschlüssel und drückte den Startknopf. Aber das Glück – und die Tatsache, daß der erste Gang eingelegt war – war gegen ihn. Anstatt gleichmäßig brummend anzuspringen, hustete der Motor zweimal, der Buick machte drei verspielte Sprünge nach vorn und kam mit dem splitternden Krachen von Metall auf Holz zum Stehen. Mit der Beschädigung der Garagenwand nahm auch Jacks Moral Schaden. Er sackte auf dem Sitz nach vorn und ließ in der Pose eines Geschlagenen und Erschöpften die Stirn auf das Lenkrad sinken.

»Also gut, ich gebe auf. Ich gebe auf.«

»Sind Sie okay, Goodfield?«

»Na klar doch, mir geht's prima, einfach prima. Also gut, dann mal raus damit. Wieviel wollen Sie?« Er stieg aus dem Wagen, knallte heftig die Tür zu und trat aus der Garage; dabei bewegte er den Kopf hin und her, als wollte er das stechende Gleißen der Sonne abschütteln. »Sie können mir auch gleich das Hemd hier ausziehen, es ist nämlich mein letztes. Mehr habe ich nicht. Dabei ist es noch nicht mal ein gutes Hemd, es ist noch nicht mal sauber. Nur zu, nehmen Sie's.«

»Tut mit leid, es ist nicht meine Größe. Außerdem möchte meine Frau nicht, daß ich weiße Hemden trage, die sind nämlich so schwer sauber zu kriegen.«

»Herrgott nochmal, nun reden Sie nicht drumherum. Sie arbeiten für Evangelines Mann.«

»Mit Ihren Weibergeschichten habe ich nichts zu tun, Goodfield. Ich arbeite für die Gesellschaft für Psychohygiene.«

»Für faule Witze ist es noch zu früh am Morgen.«

»Das ist kein Witz.«

Jack wurde leicht blaß. »Wollen Sie damit sagen, daß hier jemand übergeschnappt ist? Na, bei Gott, überraschen tut's mich nicht. Welcher von beiden ist es?«

»Ich weiß nicht. Eigentlich –«

»Vielleicht sogar beide, wie?«

»Das ist nicht sehr wahrscheinlich.«

»Wahrscheinlich oder nicht, das ist jedenfalls meine Meinung.«

»Und worauf stützt sich die?«

»Darauf, wie die beiden sich verhalten, wie sie mich behandelt haben. Klar, ich bin spät gekommen, und ich habe sie geweckt. Außerdem wollte ich einen kleinen Kredit, und mit so was macht man sich nicht beliebt. Ich gebe sogar zu, daß ich nicht der liebenswerteste Mensch der Welt bin. Aber ich bin nicht absolut widerwärtig, ich bin nicht durch und durch verabscheuenswert, ich habe auch *ein paar* gute Seiten.«

»Ganz bestimmt«, pflichtete Frank vorsichtig bei.

»Das würde man aber nicht glauben, so wie die mich behandelt haben. Man würde glauben, ich hätte die Pest. Sie haben mir sofort die Tür gewiesen, sie wollten mich nicht mal für den Rest der Nacht dableiben lassen, sie haben behauptet, sie hätten keinen Platz. Phantastisch, was? Das eigene Fleisch und Blut, und so ein riesiges Haus. Würden Sie das nicht auch phantastisch nennen?«

»Vielleicht.«

»Sie haben sich einfach nicht normal verhalten, wenn man bedenkt, daß ich bloß ein Bett für die Nacht und einen kleinen Kredit und eine Chance wollte, mit Mutter über ein paar Aktien zu reden, die ich eventuell verkaufen will.«

»Goodfield-Aktien?«

»Ja. Sie gehören mir, ich habe sie geschenkt bekommen. Juristisch gesehen, kann ich damit machen, was ich will. Ich kann sie verkaufen oder ich kann sie in einem Faß über die Niagara-Fälle schwimmen lassen. Ich kann –« Er brach mit einem verlegenen kleinen Lachen ab. »Ich weiß gar nicht, warum ich das alles einem Fremden erzähle. Das interessiert Sie doch gar nicht.«

»O doch, ich glaube schon.«

»Eigentlich interessiert es mich selber auch nicht. Dieser ganze kaufmännische Kram langweilt mich. Ich bin dafür einfach nicht geschaffen.«

Frank führte ihn wieder zum Thema zurück. »Haben Sie denn mit Ihrer Mutter über den Verkauf der Aktien gesprochen?«

»Noch nicht. Gestern nacht war es natürlich zu spät, und heute morgen, als ich bei ihr anklopfte, hat sie noch geschlafen. Übrigens ist mir im Flur vor ihrem Zimmer ein komischer Geruch aufgefallen.«

»Was für ein Geruch?«

»Tja, er hat mich sehr an Klinik und Krankheit und solche Sachen erinnert. Ich frage mich, ob sie viel kränker ist, als die beiden zugeben. Haben Sie meine Mutter in letzter Zeit mal gesehen?«

»Ich habe sie überhaupt noch nie gesehen. Aber Captain Greer hat sie gesehen – das ist ein Freund von mir –, und er fand, sie sah prima aus. Er war sogar ziemlich hingerissen.«

»Jaja, sie kann durchaus hinreißend sein, nur ihre Kinder läßt sie nichts davon spüren. Behandelt uns wie Halbidioten.« Er hielt inne und strich sich mit den Fingerspitzen über das Kinn. »Apropos Halbidioten, woran erkennen Sie eigentlich, ob jemand übergeschnappt ist? Jemand wie Ethel, zum Beispiel. Könnten Sie es erkennen, wenn sie – also wenn sie ganz plötzlich – na ja, Sie wissen schon –«

»Vielleicht.«

»Es geht ja nicht nur darum, wie sie sich gestern nacht angestellt hat, bloß weil ich hierherkomme. Ich bin nicht so blöd zu glauben, daß jeder, der mich nicht mag, verrückt ist. Manche Leute haben gute Gründe, mich nicht zu mögen. Aber Ethel nicht. Wir sind immer gut miteinander ausgekommen. Ich habe an ihre Geburtstage gedacht, ich habe sie zum Beispiel in die Oper ausgeführt, wo Willett sich hinzugehen weigert, und jedesmal, wenn welche von ihrer Verwandtschaft aus Wisconsin aufgetaucht sind, habe ich den Fremdenführer gespielt, ihnen Chinatown gezeigt und solche Sachen. Manchmal war das ziemlich hart. Ethel hat eine Menge merkwürdiger Verwandter.«

Frank hatte den Verdacht, daß Jacks Maßstäbe von Merkwürdigkeit selbst merkwürdig waren. Vielleicht hatten Ethels Cousins die falschen Hüte aufgehabt oder lieber Bier als Martini getrunken.

Wie ein dyspeptischer Stier käute Jack weiter seine Kümmernisse wieder, um sie leichter verdauen zu können. »Ja, man könnte sogar sagen, daß Ethel und ich Freunde waren. Es kam fürchterlich überraschend, daß sie sich gestern nacht so auf mich gestürzt hat, die reinste Wildkatze – wie ich sehe, glauben Sie mir nicht.«

»Es ist nicht ganz einfach. Mrs. Goodfield kommt mir

sehr« – *unbedarft* war das Wort, das Frank einfiel, aber er besann sich –, »sehr milde vor.«

»Bis gestern nacht dachte ich das auch immer. Die Veränderung bei ihr war geradezu erschreckend. Jetzt würde ich nicht mal mehr hierbleiben, wenn sie mich auf Knien darum anflehen würden. Ich bin zwar todmüde, aber ich fahre.«

»Haben Sie wenig Schlaf bekommen?«

»Ein, zwei Stunden. Sie haben mich in irgendein vollgestopftes kleines Kabuff gesteckt, in dem sonst das Dienstmädchen wohnt – die ist auf Urlaub –, und dann haben in aller Herrgottsfrühe die Vögel angefangen herumzuhüpfen und zu -piepsen. Einer hat ständig gegen mein Fenster geklopft – tap, tap, tap. Verdammt lästig, Vögel am Morgen, besonders die klopfende Sorte. So gegen halb neun bin ich dann aufgestanden und nach oben gegangen, um nachzusehen, ob Mutter schon wach ist. Ich habe an ihre Tür geklopft und auch die Klinke probiert, aber es war abgeschlossen. Eigentlich auch sonderbar, daß eine Kranke bei abgeschlossener Tür schläft, so daß niemand hineinkann, um ihr zu helfen, wenn es ihr plötzlich schlechter geht. Irgendwie war das nicht in Ordnung, es hat mir Sorgen gemacht. Man schließt sich doch nicht in seinem Schlafzimmer ein, es sei denn, man hat Angst, Angst vor der eigenen Familie. Und dieser Geruch im Flur hat mich beunruhigt.

Ich habe es dann noch an ein paar anderen Türen probiert, aber die waren auch alle abgeschlossen. Dann habe ich aus dem Flurfenster geschaut und Sie kommen sehen. Da habe ich beschlossen zu fahren. Mir ist kein einziger Grund eingefallen, warum ich noch bleiben sollte, außer meine Mutter, und Mutter hat offen gesagt schon immer selbst auf sich aufpassen können.« Wieder strich er sich übers Kinn, als bestätige ihm das Kratzen der Barthaare an den Fingerspitzen seine Männlichkeit. »Ich entziehe mich nicht meiner Pflicht. Es ist nur so – ich habe selbst Probleme, ich kann es mir nicht leisten, mich mit Frauen abzugeben, bei denen eine Schraube locker ist.«

Frank machte sich so seine Gedanken über Evangeline, bei der die Schraube nie fest gewesen war, aber er sprach das Thema nicht an, weil er ein gewisses Mitgefühl für Jack empfand. Wie Willett wurde er von seiner Unentschiedenheit geplagt, weil er nie gezwungen gewesen war oder das Privileg gehabt hatte, eigene Entscheidungen zu treffen.

»Ärger vermeiden«, sagte Jack, »das ist mein Motto. Wenn du ihn kommen siehst, geh weg.«

»Wenn es nicht schon zu spät ist.«

»Warum sagen Sie das?«

»Da kommt Ethel.«

Der schwere schwarze Lincoln kam gewichtig wie ein Leichenwagen die Einfahrt entlanggerollt und blieb neben dem Kabrio stehen. Hinter dem Steuer saß Ethel, neben ihr saß zusammengesunken Willett, die Augen geschlossen, die Haut gräulich-gelb verfärbt. Er stieg aus und ging sofort Richtung Haus, die Schultern von stummem Würgen bebend.

Auch Ethel stieg aus und schloß sorgfältig beide Wagentüren, ehe sie etwas sagte. »Was machen Sie hier, Mr. Clyde?«

»Es gibt kein Gesetz gegen einen Höflichkeitsbesuch, Mrs. Goodfield.«

»Ich muß Sie bitten zu gehen. Mir ist heute morgen zufällig nicht sehr nach Höflichkeiten zumute.«

»Anderen Leuten schon. Mr. Goodfield hier war sehr höflich.«

Ethel wirbelte zu ihrem Schwager herum. »Was hast du ihm erzählt?«

»Nichts«, sagte Jack. »Rein gar nichts.«

»Ich glaube dir nicht.«

»Nun schnapp bloß nicht – nun reg dich bloß nicht auf, Ethel, altes Mädchen.«

»*Was hast du ihm erzählt?*«

»Nichts als die reine Wahrheit, altes Mädchen: daß ihr nicht sehr gastfreundlich wart und daß ich vorhatte, wieder zu fahren.«

»Wann?«

»Jetzt gleich.«

»Gut. Je eher, desto besser. Ich hole dein Gepäck.«

»Ich habe mein Gepäck schon«, sagte Jack mit gezwungener Würde. »Aber bevor ich gehe, muß ich sagen –«

»Sag gar nichts, Jack. Es ist schon zuviel gesagt worden. Das führt zu nichts.«

»Tja, dann gehe ich eben noch rasch hinein und verabschiede mich von Willett.«

»Nicht nötig«, sagte Ethel scharf. »Ich werde ihn von dir grüßen. Willett fühlt sich nicht besonders wohl. Er möchte nicht gestört werden.«

»Aha. Tja, dann –« Er öffnete die Tür des Buick und schob sich hinters Steuer – etwas linkisch, weil Ethel ihn nach wie vor anstarrte, die fahlen Augen kalt und argwöhnisch. »Ehrlich, altes Mädchen, wenn ich du wäre, würde ich mal zum Arzt gehen. So ein Verhalten sieht dir einfach nicht ähnlich.«

»Wenn ich mich so verhalten würde, wie es mir ähnlich sieht, würde ich den nächsten Dampfer nach Schweden nehmen und vergessen, daß ich je den Namen Goodfield gehört habe.«

»Siehst du, Ethel? Genau das meine ich. Du solltest wirklich zum Ar –«

»Herrgott noch mal, fährst du jetzt endlich?«

»Schon gut, schon gut.« Er ließ den Motor an. »Auf Wiedersehen, Ethel.«

Ethel sagte nicht auf Wiedersehen. Sie sah bloß hinter dem Kabrio her, bis es um eine Kurve glitt und verschwand.

Frank war bestürzt darüber, wie sehr sich ihre Erscheinung binnen weniger Tage verändert hatte. Er hatte sie bisher zweimal gesehen: bei der gerichtlichen Voruntersuchung, wo sie ein dünnes grünes Seidenkleid und einen Ausdruck vollkommener Uninteressiertheit getragen hatte; und bei Roses Beerdigung, in einem dunklen Kostüm, in dem sie sehr schön und zart ausgesehen hatte. Die Schönheit war durchaus echt, aber die Zerbrechlichkeit, die Gleichgültigkeit und sanftmütige Fadheit waren Illusion. Vielleicht war Ethel sogar selbst der Illusion aufgesessen und hatte das Ausmaß ihrer Leidenschaften und ihrer Kraft gar nicht bemerkt, gar nicht bemerken wollen.

»Mrs. Goodfield.«

»Bitte gehen Sie. Ich muß mich um meinen Mann kümmern, er ist krank.«

»Das tut mir leid.«

»Warum sollte Ihnen das leid tun? Sie kennen uns doch gar nicht.«

»Ein bißchen besser, als Sie glauben, kenne ich Sie schon.«

»Aha. Jack hat also doch getratscht, wie?«

»Ein wenig.«

»Dieser Eierkopf, dieser blöde, aufdringliche Eierkopf. Er weiß überhaupt nicht, er merkt überhaupt nicht, welchen Schaden er –« Sie zog scharf den Atem ein, was ein leises, pfeifendes Geräusch hervorrief. »Jack ist ein fürchterlicher Lügner«, fügte sie abschließend hinzu.

»Um einen Lügner zu ertappen, braucht es einen Lügner.«

»Dann ertappen Sie besser keinen, Mr. Clyde. Ihr Ruf könnte darunter leiden.«

»Wir können den ganzen Tag herumstehen und schöne Gedanken austauschen, aber damit kommen wir nicht weit.«

»Das macht mir nicht viel aus, da ich nicht versuche, irgendwohin zu kommen.«

»Ich glaube, Sie versuchen es sogar mit Vollgas.«

»Ach ja?«

»Aber irgendwer hat Zucker in den Tank gekippt.«

Ein Ausdruck der Verständnislosigkeit huschte über ihr Gesicht. »Allmählich kann ich Ihnen nicht mehr folgen.«

»Ich glaube, Sie können mir sehr gut folgen. Ich glaube, Sie sind in Schwierigkeiten, vielleicht in sehr ernsten Schwierigkeiten. Ich möchte Ihnen gern helfen.«

Es war offenkundig, daß dieses Angebot völlig unerwartet für sie kam, daß Mitgefühl das allerletzte war, womit sie rechnete; und als es angeboten wurde, verunsicherte es sie, besänftigte sie und ließ sie in ihrer starren Haltung wankend werden. »Sie kennen uns doch gar nicht«, wiederholte sie. »Warum sollten Sie uns helfen wollen? Nein. Nein, ich glaube es nicht. Dieser Polizist hat Sie geschickt.«

»Greer hat mich nicht geschickt.«

»Polizisten können so dumm sein, so entsetzlich dumm. Sie müssen jetzt gehen, Mr. Clyde. Sie müssen einfach. Das ist meine letzte Warnung. Im Haus ist eine Pistole. Wir haben das Recht, unser Eigentum zu schützen.«

»Wo ist Murphy, Mrs. Goodfield?«
»Wir haben das Recht, unser –«
»Wo ist Murphy?«
»In ihrem Zimmer. Sie schläft.«
»Jack hat mir gesagt, er hätte heute nacht in ihrem Zimmer geschlafen.«
»Er lügt.«
»Nein, Sie lügen. Wo ist sie?«
»Ich weiß es nicht«, sagte sie flüsternd. »Ich weiß es einfach nicht. Wenn ich es wüßte, würde ich sie umbringen.«
»Warum haben Sie Greer gesagt, sie wäre wieder da?«
»Ich mußte ihm etwas Überzeugendes sagen, um ihn von hier fernzuhalten.«
»Wieso müssen Sie ihn von hier fernhalten?«
»Ich bin gewarnt worden.«
»Von Murphy?«
»Jemand hat mich angerufen. Ich glaube, es war Murphy, die versucht hat, ihre Stimme zu verstellen.«
»Und wie lautete die Warnung?«
»Ich sollte die Polizei fernhalten.«
»Sonst würde was passieren?«
»Sonst würden sie – das darf ich nicht sagen. Das gehörte zu der – ich darf es nicht sagen, sonst wird ihr etwas Schreckliches zustoßen.«
»Murphy?«
»Nein, nicht Murphy. *Ihr.* Willetts Mutter.«
»Sie rufen am besten sofort Greer an und bitten um Polizeischutz.«
»Polizeischutz? Wozu soll das gut sein?«
»Die Polizei kann rund ums Haus Wachen aufstellen.«
»Wachen ums Haus. Wie komisch.« Sie begann leise in sich hineinzulachen, mit gesenktem Kopf und über die

Augen gewölbten Händen, als betrachtete sie ein lustiges Bild.

Frank berührte sie an der Schulter. »Hören Sie auf.«

»Das ist komisch.«

»Nein.«

»Sie haben ja keine Ahnung. Wachen ums Haus. Die könnten eine Million Wachen aufstellen. Man kann nicht etwas bewachen, was nicht da ist.«

»Was wollen Sie damit sagen?«

»Willetts Mutter ist entführt worden«, sagte Ethel. »Gestern nacht. Betäubt und aus dem Bett heraus verschleppt. Ich weiß nicht, was ich machen soll. Ich weiß einfach nicht, was ich machen soll.«

»Rufen Sie die Polizei.«

»Das kann ich nicht. Die bringen sie nie und nimmer lebend zurück.«

Frank sagte nicht, was er dachte – daß sie womöglich schon jetzt nicht mehr lebte. »Ist schon Lösegeld gefordert worden?«

»Gefordert?« wiederholte Ethel mit schriller Stimme. »Wir haben es bereits bezahlt. Heute morgen. Wir waren an der Stelle, die sie uns genannt haben, und haben das Geld deponiert. Es ist alles so schnell gegangen. So schnell und trotzdem so überlegt und durchdacht. Sogar der Geldbetrag, den sie gefordert haben – es war genau der Betrag, den wir im Haus hatten. Verstehen Sie denn nicht? Es muß jemand sein, der uns kennt, der weiß, wie nahe Willett seiner Mutter steht – jemand, der mich vielleicht in diesem Moment beobachtet. *Ich weiß nicht, was ich machen soll.*«

Diesmal sagte Frank ihr nicht, was sie machen sollte. Er machte es selbst. Er ging ins Haus und rief Greer an.

18

Greer kam so unauffällig wie möglich, nämlich über die hintere Straße und in einer alten grauen Limousine, die einem seiner Sergeants gehörte. Aber trotz aller Geheimhaltung sickerte durch, daß Polizisten in dem großen Haus waren; und wo Polizisten waren, gab es Ärger; und wo es Ärger gab, mußte man dabeisein.

Dienstmädchen ließen ihre Bügelbretter im Stich. Gärtner warfen ihre Grabegabeln hin. Hausfrauen zogen ihre Schürzen aus, legten etwas Lippenstift auf und ließen Junior im Laufstall zurück. Der Briefträger unterbrach seine Runde, und das Spieldosengedudel des Good-Humor-Lastwagens verstummte mitten in einem Walzer. Aus den unwahrscheinlichsten Verstecken tauchten kleine Jungen mit Zündplättchenpistolen, Modellflugzeugen, dicken feuchten Schnecken und verdutzten Grashüpfern auf.

Zum zweitenmal binnen einer Woche wimmelte es im Garten der Goodfields von Menschen. Sie standen in ruhigen Grüppchen beieinander und tauschten im überzeugendsten Ton die wildesten Gerüchte aus. Der Hausherr war Amok gelaufen, hatte Frau und Kinder erwürgt und sich dann erschossen. (Mehrere Leute hatten den Schuß gehört, obwohl es gewisse Diskrepanzen hinsichtlich des Zeitpunktes gab, der zwischen dem Nachmittag des Vortages und sieben Uhr an diesem Morgen schwankte.) Es war zu einer Vergewaltigung, einem Raubüberfall, einem Selbstmord, einer Explosion gekommen. Mr. Goodfield war ein berüchtigter Gangster (man brauchte sich bloß das Gesicht anzusehen) oder ein Bankier (dieselbe Begründung). Seine Frau war ein ehemaliger Varietéstar (diese gebleichten Haare und der aufreizende Gang), eine Prominente (der Briefträger hatte ihr Bild in der Zeitung gesehen) oder eine Strumpfwarenverkäuferin (eine der Hausfrauen hatte eine Frau mit sehr hellem Haar in der Strumpfwarenabteilung von Magnin's arbeiten sehen, und dabei handelte es sich wahrscheinlich um Ethel, die einen Job hatte annehmen müssen, um die Schulden ihres Mannes abzuzahlen, der ein bekannter Spieler war – man brauchte sich bloß das Gesicht anzusehen).

Keines der Gerüchte kam der Geschichte nahe, die Willett Greer erzählte. Sie befanden sich im Schlafzimmer der alten Mrs. Goodfield; Greer ging auf und ab, und Willett stand in der Tür, die Augen unverwandt auf das leere Bett gerichtet. Von der aufgebrochenen Terrassentür her strich ein kühler, frischer Wind durch das Zimmer, aber in den Ecken hing noch der Äthergeruch, fein und zäh wie ein Spinnennetz. An einem gezackten Splitter der Glastür wehte ein Fetzen blauer Seide wie eine Fahne in der Brise. Greer hatte das Stück Seide zwar bemerkt, aber wie alles andere im Zimmer unberührt gelassen. Aus Los Angeles war eine Spezialeinheit des FBI im Anmarsch, und Greer hatte Erfahrung genug, um sich darüber im klaren zu sein, daß diese Einheit mit der Spurensicherung viel besser zurechtkam als er. Mit dem psychologischen Sachverhalt war es etwas anderes. Der Seidefetzen war etwas für die Spezialisten; die Wirkung des Seidefetzens auf Willett war Greers Sache.

»Es ist – es ist wohl ein Stück von ihrem Nachthemd.« Willett zog ein Taschentuch hervor und wischte sich damit das Gesicht, aber es war gleich wieder feucht. »Wie ist es – wie kann es da hingekommen sein?«

»Vermutlich hat man ihr den Äther im Schlaf verabreicht – es deutet wenig auf einen Kampf hin –, und dann wurde sie auf die Terrasse hinausgetragen. Ihr Nachthemd ist an einem Splitter der eingeschlagenen Glasscheibe hängengeblieben, durch die die Tür entriegelt wurde.«

»Sie wäre doch bestimmt aufgewacht, als die Scheibe eingeschlagen wurde.«

»Vielleicht.«

»Sie hätte um Hilfe geschrien.«

»Nicht unbedingt.«

»Was soll – was wollen Sie damit andeuten?«

»Ihre Mutter und Murphy«, sagte Greer, »verstehen sich sehr gut, nicht wahr?«

»Mutter kann Murphy nicht ausstehen.«

»Ihre Frau ist da anderer Meinung.«

»Dann wird es schon stimmen. Ich verstehe nicht, wieso Sie mich mit diesen Einzelheiten behelligen, wenn Ethel Ihnen schon alles erzählt hat.«

»Ich möchte gern Ihre Version hören.«

»Version«, blökte Willett. »Mein Gott, Mann, von solchen Sachen gibt es doch keine *Versionen.* Ich kann Ihnen die *Fakten* geben.«

»Na schön.«

Willetts Fakten waren – mit wenigen Ausnahmen – dieselben wie Ethels.

Er habe seine Mutter zuletzt am gestrigen Abend zwischen neun und zehn Uhr gesehen. Sie sei etwas deprimiert gewesen und habe allein sein wollen. (»Sie hatte eine Stinklaune«, hatte Ethel gesagt, »und gemeint, wir sollten beide verschwinden und uns nicht blicken lassen.«) Um Mitternacht, als er und Ethel nach oben gegangen seien, um sich zur Ruhe zu begeben, hätten sie an Mrs. Goodfields Tür geklopft, um gute Nacht zu sagen. Die Tür sei verschlossen gewesen, und sie hätten angenommen, daß Mrs. Goodfield schon schlief. Zu diesem Zeitpunkt sei auf dem Flur kein ungewöhnlicher Geruch wahrzunehmen gewesen.

Im Laufe der Nacht sei dann Jack gekommen.

»Wir haben etwas getrunken und ein bißchen geplaudert, und dann sind wir alle schlafen gegangen.«

»Das hat Ihre Frau aber etwas anders –«

»Ethel übertreibt«, sagte Willett.

»Ach so.«

»Außerdem hat Jack nichts mit dieser Angelegenheit, dieser Entführung zu tun.«

»Vielleicht.«

»Daß er gekommen ist, war reiner Zufall.«

»Vielleicht.«

»Sie kennen Jack natürlich nicht.«

»Natürlich. Aber ich kenne Murphy, und ich fresse meine Dienstmarke, wenn Murphy genug Kraft hat, um eine betäubte Frau durch die Tür da und die Leiter hinunterzuschleppen. Wenn Murphy hinter der ganzen Sache steckt, dann hat sie einen Komplizen.«

»Aber nicht Jack. Ich meine – Herrgott noch mal, die Leute laufen doch nicht herum und kidnappen ihre eigenen Mütter. Ein Mord, ja, das ergäbe vielleicht einen Sinn. Ich habe selbst schon daran geda – aber das führt jetzt zu weit.«

»Na schön«, meinte Greer, »Sie sind also zu Bett gegangen. Und dann?«

»Haben wir den Anruf bekommen. Das heißt, Ethel hat ihn bekommen; der obere Apparat steht in ihrem Zimmer. Aber von dem Klingeln bin ich aufgewacht; das war so gegen sieben, glaube ich. Ich habe Ethel reden hören, sie hat sich mit jemandem gestritten. Streitereien stören mich. Ich bin aufgestanden, um der Sache ein Ende zu machen. Ethel stand hier in der Tür, und von irgendwoher kam ein fürchterlicher Äthergeruch. ›Wir müssen es bezahlen‹, hat Ethel gesagt. Ich hatte keine Ahnung, wovon sie redete. Ich bin in Mutters Zimmer gegangen. Es sah genauso aus wie jetzt, und M – Mutter war fort.«

Tränen stiegen Willett in die Augen und vergrößerten die Pupillen, so daß es aussah, als würden sie gleich aus den Höhlen springen. Greer wußte nicht recht, ob die Tränen auf bloße Verärgerung oder auf echten Kummer über das Verschwinden seiner Mutter zurückzuführen waren: der zurückgewiesene Junge, der nach seiner Mama schreit, die gestorben ist, sich hat scheiden lassen oder lediglich eine Matinee im Bijou besucht. Greer fragte sich ernsthaft, ob es für Mrs. Goodfield jemals wieder eine Matinee geben würde. Obwohl er sich Ethel, Frank und Willett gegenüber optimistisch geäußert hatte, war er insgeheim der Überzeugung, daß die alte Dame tot war; daß, wer schon einen derart drastischen Plan faßte, auch drastische Maßnahmen ergreifen würde, um nicht geschnappt zu werden. Eine tote Frau loszuwerden war einfacher, als eine lebendige zu verstecken, die sich sträubte und wehrte.

»Es kam alles so plötzlich«, sagte Willett. »So furchtbar plötzlich. Die Lösegeldforderung kam, ehe wir überhaupt wußten, daß sie entführt worden ist. Sie haben dreitausend Dollar verlangt.«

»Sie?«

»Murphy. Ethel sagt, es hätte sich wie Murphy angehört, nicht sosehr die Stimme, als vielmehr die Worte. Murphy hat eine ganz bestimmte Ausdrucksweise.«

»Wie lauteten ihre Anweisungen?«

»Sie hat gesagt, meine Mutter wäre in sicheren Händen und wir bekämen sie wieder, vorausgesetzt, wir würden umgehend zahlen und weder die Polizei noch sonst jemand von ihrem Verschwinden unterrichten. Ethel hat sich damit einverstanden erklärt. Das mußte sie. Sie hat *richtig* gehandelt – es ist mir ganz egal, auf welchem Standpunkt Sie stehen – Ethel hat *richtig* gehandelt.«

Greer widersprach nicht. »Ich hoffe es. Das Geld sollte bar bezahlt werden?«

»Ja.«

»Sie hatten soviel Bargeld im Haus?«

»Ja, genau soviel. Ich bin gestern nachmittag auf der Bank gewesen und habe es abgehoben, um es Jack zu leihen. Er hatte mich morgens aus San Francisco angerufen und um ein Darlehen gebeten.«

»Hat sonst noch jemand davon gewußt?«

»Ethel natürlich. Und meine Mutter. Ach ja, und Shirley wahrscheinlich auch. Das ist meine jüngere Schwester.«

»Und Murphy?«

»Ich habe mit Murphy nicht über Vertrauliches gesprochen«, sagte Willett. »Ethel hat das manchmal getan, aber nicht über wichtige Dinge wie Geld. Nur über Dinge wie mich«, fügte er versonnen hinzu.

»War Murphy im Haus, als der Anruf aus San Francisco kam?«

»Ja, ich glaube, sie war unten.«

»Gibt es im Erdgeschoß ein Telefon?«

»Ja.«

»Dann können wir wohl davon ausgehen, daß Murphy mitgehört hat.«

»Ich – ja. Wenn Sie meinen.«

»Ist Ihnen nicht gut, Mr. Goodfield?«

»Ich – es ist dieser verdammte Geruch, mir wird ganz schlecht davon.«

»Wir sind gleich fertig. Zuerst möchte ich noch wissen, ob Ihre Mutter je den Schreibtisch da in der Ecke benutzt hat.«

Der Schreibtisch war sehr klein, fast wie für ein Kind. Auf ihm befanden sich eine Vase mit welken Schwertlilien, ein Füllfederhalter mit abgeschraubter Kappe und ein Blatt Papier, das zerknüllt und wieder glattgestrichen worden war. Auf dem Blatt standen die mit fahriger, stockender Hand geschriebenen Worte: »Ich bekomme allmählich Angst. Ich habe eine Vorahnung.« Die Buchstaben waren ungelenk geschrieben, als hätte der Schreiber vergessen, wie man richtig schreibt, oder es niemals gelernt.

»Sie hat den Schreibtisch benutzt«, sagte Willett. »Manchmal hat sie Briefe geschrieben, aber nicht oft.«

»Ist das ihre Handschrift? Bitte berühren Sie das Papier nicht.«

»Das kann ich nicht sagen. Ihre Handschrift hat sich im Laufe ihrer Krankheit stark verändert. Ich – ich denke schon, daß sie das geschrieben hat, obwohl ich nicht begreife, warum.«

»Hatte sie es denn mit Vorahnungen?«

»Mit Vorahnungen, Astrologie, Modediäten, mit allem, womit sich die Zeit totschlagen läßt. Das ständige Im-Bett-Liegen hat sie gelangweilt.«

»Wovor könnte sie denn Angst bekommen haben?«

»Vor n-nichts.«

»Waren Sie, Ihre Frau und Murphy die einzigen Kontakte Ihrer Mutter zur Außenwelt?«

»Es gefällt mir nicht, wie Sie das formulieren. Sie deuten an, daß Ethel und mich eine Schuld trifft. Das ist nicht der Fall. Aber ich weiß, wen eine Schuld trifft. Ich weiß, wer dafür verantwortlich ist, wenn meine Mutter nicht mehr lebend zurückkommt. Sie sind verantwortlich, Captain Greer. Sie allein.«

»Da bin ich anderer Meinung.«

»Sie glauben, es war falsch, daß Ethel und ich bezahlt haben«, sagte Willett hitzig. »Tja, und ich glaube, es war falsch, daß Sie sich eingemischt haben, daß Sie unsere Chancen zunichte machen.«

»Mit Verbrechern zusammenzuarbeiten ist immer falsch. Ich hoffe, Sie lernen das nicht auf die harte Art, Mr. Goodfield.«

Greer schloß das Zimmer ab. Dann gingen sie zusammen die breite Treppe hinunter, im Gleichschritt, aber so weit wie möglich auseinander, als wollten sie die Gemeinsamkeit ihrer Absichten und die Unterschiedlichkeit ihrer Auffassungen hervorheben.

»Haben Sie das Lösegeld zur genannten Zeit und am genannten Ort bezahlt?« fragte Greer.

»Ja. Unsere Anweisungen waren ganz eindeutig. Wir haben das Geld in eine Papiertüte gesteckt, sind zur Buhne hinuntergefahren und haben sie etwa zu einem Drittel abgeschritten. An dieser Stelle befindet sich zur Kanalseite hin ein großer, mit Muscheln bedeckter Felsen. Ich habe die Tüte genau um Viertel vor acht auf den Felsen gelegt. Die Flut kam gerade.«

»Die Zeitvorgabe war aber sehr knapp.«

»Ja, sehr. Wir hätten es fast nicht geschafft. Von dem

Telefonanruf bis zur Geldübergabe sind nicht mehr als fünfundvierzig Minuten vergangen.« Willett lehnte sich ans Treppengeländer, als fände er seinen Körper mit einemmal unerträglich schwer. »Selbst wenn wir gewollt hätten – wir hatten gar nicht die Zeit, das müssen Sie doch einsehen. Es ging alles zu schnell, verstehen Sie das denn nicht?«

Greer verstand durchaus. Das Tempo und die bescheidene Geldforderung waren die Elemente, durch die diese Entführung aus dem Rahmen fiel und – möglicherweise – Erfolg hatte. Es war nicht zu den in solchen Fällen üblichen Verzögerungen gekommen: Willett und Ethel hatten nicht auf einen Erpresserbrief warten, eine große Summe auftreiben und dann erneut auf Anweisungen zur Geldübergabe warten müssen. Solche Verzögerungen hätten Willett Gelegenheit gegeben, die Sache vernünftig zu durchdenken. So aber war das Lösegeld bereits bezahlt, ehe er sich von seinem Schockzustand erholt hatte, und die Flut hatte sämtliche Spuren der Kidnapper verwischt, ehe man die Suche nach ihnen überhaupt aufgenommen hatte.

Eine hübsche simple Geldübergabe. Morgens um Viertel vor acht war die Buhne normalerweise schon gut gefüllt, zumeist mit Anglern, Männern, Frauen und Kindern, die sich in Papiertüten ihre Köder oder ihr Mittagessen mitbrachten. Eine Papiertüte mehr, ein Angler mehr würden wohl kaum Aufmerksamkeit erregen. War dieser Angler Murphy? Alles deutete auf sie hin – ihr Verschwinden, der geforderte Geldbetrag, die Stimme am Telefon, die Kenntnis von Willetts Psychologie, die Ausnutzung seiner Schwäche, die Tatsache, daß die alte Dame nicht geschrien hatte – alles deutete fast zu eindeutig auf Murphy hin. Murphy, dachte Greer, war zu schlau, um eine so auffällige

Spur zurückzulassen, und außerdem war sie nicht kräftig genug, als daß sie die eigentliche Entführung selbst hätte bewältigen können. Es gab zwei Möglichkeiten: entweder es hatte ihr jemand geholfen, oder es hatte sie jemand hereingelegt, der so vertraut mit ihr war, daß er ihre Kenntnisse über die Goodfields teilte. Aber Murphy ließ sich nicht so leicht hereinlegen, eher würde sie selbst jemanden hereinlegen; damit blieb Greer nur der beunruhigende Gedanke, daß sowohl Murphy als auch die alte Dame entführt worden waren. Doch das Bild von Murphy als Opfer war in seiner Vorstellung verzerrt, da es nicht zu seinem Eindruck von ihr paßte.

»Es ging alles zu schnell«, sagte Willett erneut in bekümmertem Ton, als wäre Geschwindigkeit etwas, das stets auf die eine oder andere Weise unfair gegen ihn eingesetzt wurde.

Er folgte Greer ins Eßzimmer, einen langen schmalen Raum mit Fenstern auf drei Seiten. Vor zweien der Fenster waren die Vorhänge immer noch dicht zugezogen. Das dritte war offen, und davor stand Ethel und starrte, das Gesicht weiß vor Zorn und Anspannung, auf die Leute im Garten hinaus. Es war, als wären ihre sämtlichen Ressentiments – gegen die Goodfields, die Puppenfabrik, die Polizei, die Kidnapper und, unvermeidlich, Willett – miteinander verschmolzen und richteten sich nun gegen die Schaulustigen auf dem Rasen.

Sie sprach mit barscher Stimme, eine Hand um den Hals gekrampft. »Sehen Sie nur. Sehen Sie nur, wie sie alles kaputtmachen in ihrer Ignoranz und Rücksichtslosigkeit. Was erwarten sie eigentlich, eine Varietévorstellung? Eine Hinrichtung?«

»Ich werde sie wegschicken«, sagte Greer.

»Sie werden nicht gehen.«

»Vielleicht doch. Ich werde ihnen irgendwas erzählen. Wenn mir doch bloß auch mal so hübsche Geschichten einfallen würden wie die, die ich tagtäglich zu hören bekomme«, fügte er trocken hinzu.

Als er gegangen war, sah Ethel Willett an. »Was hat er damit gemeint?«

»Woher soll ich das wissen?«

»Es hat sich so angehört, als ob er glaubt, daß wir gelogen haben.«

»Das haben wir doch auch, oder?«

»Ich habe ganz wenig gelogen.« Sie sah Greer nach, wie er den Rasen überquerte, dann stellte sie die Jalousienstäbe schräg, so daß Greer und die Gaffer ausgesperrt waren und nur die Sonne hereinkam. »Was glaubst du, was passieren wird, wenn er alles herauskriegt?«

»Das weißt du doch. Dann sind wir ruiniert.«

»Vielleicht wird es gar nicht so schlimm, wie du –«

»Mach dir nichts vor, Ethel.«

»Na gut, dann sind wir eben ruiniert. Wenn wir aber sowieso ruiniert sind, dann wollen wir doch wenigstens das Beste daraus machen. Ich kann jederzeit einen Job annehmen.« Nach einer Weile fügte sie sehnsüchtig hinzu: »Wäre es nicht auch schön, Willett, noch einmal ganz von vorn anzufangen, ohne die Fabrik und deine Mutter und Jack – bloß du und ich – wäre das nicht auch schön?«

Willett gab keine Antwort, und Ethel deutete sein Schweigen als Zustimmung.

»Du bist noch nicht alt, Willett. Du könntest sogar noch einen Beruf lernen, etwas Richtiges werden, zum Beispiel Zimmermann. Deine Mutter hat mir erzählt, du hättest immer gern überall Nägel eingeschlagen, also wäre das

Zimmermannshandwerk vielleicht genau das –« Sie sah ihm ins Gesicht und fügte hastig hinzu: »Du *mußt* natürlich nicht Zimmermann werden, Liebes. Es gibt massenhaft andere Berufe, zum Beispiel Mechaniker oder Maurer – deine Mutter hat gesagt, du hättest deine Bauklötzchen als Junge immer ganz ordentlich aufeinandergeschichtet, und Ziegelsteine zu schichten ist doch praktisch das gleiche, oder, mal abgesehen von dem Leim dazwischen.«

»Das ist kein Leim.«

»Oder Landwirt, Willett. Genau, wir könnten eine Milchfarm betreiben. Du hast immer gut mit Hunden umgehen können und kämst wahrscheinlich auch problemlos mit Kühen – diese Idee gefällt dir also auch nicht?«

»Sei nicht albern.«

»Albern. Ja, das bin ich wohl.« Sie starrte ihn ausdruckslos an, ihre ganze Sehnsucht war verschwunden, und nichts war an ihre Stelle getreten. »Willett.«

»Ich höre mir diesen Unsinn nicht länger an.«

»Mir ist da gerade ein Gedanke gekommen, Willett«, sagte sie ganz sanft. »Mir ist gerade eingefallen, daß sie dir ja vielleicht im Gefängnis ein Handwerk beibringen.«

Willetts dickliches Gesicht schien auseinanderzufallen wie ein zu lange gekochtes Huhn bei der Berührung der Gabel. »Die können mich nicht ins Gefängnis stecken. Die können mich nicht ins Gefängnis stecken. Außer –«

»Außer sie stecken mich auch hinein? Och, das werden sie schon, da bin ich sicher. Nur macht es mir nicht soviel aus wie dir. Ich bin seit Jahren im Gefängnis, mit einem giftigen alten Weib als Wärterin und einer gräßlichen kleinen Puppenfabrik als Strafe.«

»Die Türen waren nie abgeschlossen. Du hättest jederzeit gehen können.«

»Aber ja doch, ich hätte können. Aber ich bin nicht. Ich habe immer gehofft, daß du und ich irgendwann frei sein würden, daß sie –«

»Daß sie was?«

»Daß sie sterben würde.«

Willett starrte sie an. »Das hast du schon lange gewollt. Du hast es regelrecht herbeigewünscht.«

»Vielleicht.«

»Manchmal glaube ich, du bist durch und durch verdorben.«

»Manchmal glaube ich das auch«, sagte Ethel ganz milde. »Vielleicht ist das Gefängnis genau der richtige Ort für mich.«

»Hör mit diesem Gerede vom Gefängnis auf, hast du verstanden? Vielleicht werden wir finanziell und moralisch ruiniert, aber ins Gefängnis stecken können sie uns nicht. Wir haben immer noch den Brief, oder nicht?«

»Das vermute ich schon.«

»*Du vermutest!* Ich habe dir doch gesagt, du sollst ihn an einem sicheren Ort verwahren.«

»Habe ich doch auch. Hinter dem Früchtestilleben in meinem Zimmer.«

»Geh und hol ihn.«

»Wieso? Er ist dort sicher. Keiner käme auf die Idee, hinter einem Bild nachzusehen.«

»Das ist der erste Platz, an dem sie nachsehen.«

»Wer?«

»Das FBI«, sagte Willett.

»Aber warum sollten sie *mein Zimmer* durchsuchen? Ich habe doch gar nichts –«

»Geh und hol den Brief.«

»Na gut.« Sie ging zur Tür, zögerte und drehte sich dann

mit einem leisen Rascheln ihres Seidenkleides um. »Willett?«

»Ja.«

»Wenn die wirklich mein Zimmer durchsuchen, dann räume ich vielleicht vorher meine Kommode noch ein bißchen auf. Ich möchte nicht, daß die mich für schlampig halten.«

»Dazu ist keine Zeit.«

»Ach so. Na gut, dann erkläre ich ihnen einfach, daß meine Schwiegermutter krank und mein Dienstmädchen verschwunden ist und daß meine Kommode deshalb natürlich nicht so –«

»Ethel!«

»Ja, ja, schon gut«, sagte Ethel würdevoll. »Ich wollte gerade gehen.«

Der Brief befand sich noch dort, wo sie ihn vor zwei Wochen hingetan hatte: hinter einem Ölgemälde von Weintrauben und zwei verstaubt wirkenden Mandarinen. Quer auf der Vorderseite des nicht zugeklebten Umschlages standen in Mrs. Goodfields Handschrift die Worte *An alle, die es angeht.* Ethel wußte, daß es Mrs. Goodfields Handschrift war, denn sie war dabeigewesen, als der Brief im Schlafzimmer der alten Dame geschrieben wurde:

»Setz dich, Ethel. Und hör mit dem Gezappel auf.«

»Tut mir leid.«

»Dieser elende Füller. Haben wir denn keinen anständigen Füller im Haus?«

»Er funktioniert, wenn man ihn schräg hält.«

»Wenn man ihn schräg hält. Das ist typisch. Das ist absolut typisch für das, was passiert, wenn ich nicht auf den Beinen bin und mich um alles kümmere. Nichts funktioniert, es sei denn, man hält es schräg.«

»Tut mir leid.«

»An alle, die es angeht«, schrieb die alte Dame mit schräggehaltenem Füller. »Für den Fall, daß mein Sohn Willett Peter Goodfield in irgendeiner Weise mit meinem Tod in Verbindung gebracht wird, möchte ich zur Verdeutlichung des Sachverhalts die folgende Erklärung abgeben.«

Unten schlug mit durchdringender Schrille die Türglocke an – nicht wie eine Klingel, die das Eintreffen von Gästen ankündigt, sondern wie ein Einbrecheralarm, der das Haus vor Eindringlingen warnt.

Ethel faltete den Umschlag und steckte ihn vorn in ihr Kleid. Sie war ziemlich sicher, daß das der einzige Ort im Haus war, wo das FBI nicht suchen würde.

19

Die Nachricht von der Entführung verbreitete sich wie ein Lauffeuer in der Stadt; gegen Mittag war sie bis zur Ecke Fünfte und Anacapa und einem obskuren Drugstore-Besitzer namens Lopat vorgedrungen. Lopat vertraute das Geschäft der Obhut seiner Frau, seines Schwagers und zweier Vettern an und machte sich zu Fuß zum Polizeirevier auf, das vier Straßen weiter südlich lag. Er hatte das Revier schon mehrfach aufgesucht, meistens um gewisse Unregelmäßigkeiten in seinem Betäubungsmittelbuch zu erklären, aber diesmal war sein Gewissen rein und sein Schritt beschwingt.

Lopat ließ sich nichts vormachen; er wußte wohl, daß fast niemand mehr Äther zur chemischen Reinigung verwendete, schon gar nicht Leute mit Niveau wie Mrs. Willett Goodfield.

Er begrüßte Greer mit breitem, tugendhaftem Lächeln. »Tag, Captain.«

»Hallo, Lopat. Was haben Sie auf dem Herzen außer Ihren krummen Geschäften?«

»Ach Gott, ach Gott, was sind Sie doch für ein Spaßmacher, Captain. Ha, ha.«

»Ha, ha. Na los, raus damit. Haben Sie Ihre Lizenz schon zurückgekriegt, Lopat?«

»Natürlich.«

»Wenn Sie sie behalten wollen, dann achten Sie mal lieber auf Ihren Schwager.«

»Manny? Och, Manny hat sich geändert, der ist weg von dem Zeug, rührt's nicht mehr an.«

»Das habe ich aber anders gehört.«

»Ihr habt nur Vorurteile. Manny ist in Ordnung, vielleicht ein bißchen locker in seinem Lebenswandel, aber sonst in Ordnung.«

»Wenn er noch lockerer wird, fällt er auseinander.«

»Aber, aber, Captain. Da komme ich extra hierher, um Ihnen einen Gefallen zu tun, und Sie fangen sofort an, faule Witze zu reißen. Das verletzt mich.«

»Was für einen Gefallen?«

Lopat beugte sich vertraulich über den Schreibtisch. »Ich hab gehört, 'ne alte Dame wär entführt worden.«

»Ach ja?«

»Sie brauchen nichts zuzugeben, Captain. Lassen Sie mich einfach erzählen.«

»Nur zu.«

»Gestern abend, so ungefähr zur Essenszeit, kommt eine Frau zu mir in den Laden und verlangt Äther. Sie will ein paar Kleider reinigen, sagt sie. Tja, das ist legal. In diesem Staat dürfen sie keinen Äther kaufen, um 'ne kranke Katze einzuschläfern oder so, aber zum Kleiderreinigen schon. Sie müssen noch nicht mal dafür unterschreiben, so wie in manchen anderen Staaten. Also hab ich ihr das Zeug verkauft.«

»Wieviel?«

»So viel, wie sie verlangt hat: 150 Gramm.«

»Was war sie, eine Zwergin oder so was?«

»Das hab ich mich auch gefragt. Klein war sie schon, aber 'ne Zwergin war sie nicht. Außerdem war sie nicht der

Typ, der seine Kleider selber reinigt. Sie hatte Niveau, richtig Niveau.«

»Was stellen Sie sich denn unter Niveau vor, Lopat?«

»Mir gefällt das nicht, wie Sie das sagen, als wollten Sie andeuten, ich hätte keinen Frauengeschmack. Sie können meinen Frauengeschmack nicht nach meiner Frau beurteilen. Ich habe einen sehr guten Frauengeschmack – den besten –, ich habe bloß nie die Chance gehabt, ihm zu frönen, das ist alles.«

»Und?«

»Und ich sage Ihnen, das Mädchen hatte Niveau. Der Name und die Adresse auch.«

»Woher wissen Sie denn ihren Namen und ihre Adresse, wenn sie nicht für das Zeug unterschreiben mußte?«

»Sie hat's mir gesagt, gleich als allererstes. Sie wissen doch, wie diese prominenten Weiber manchmal sind – die kommen in einen Laden und müssen sich ankündigen, auch wenn sie nur zwei Nudeln kaufen. Tja, und das hat sie gemacht. Ich bin Mrs. Willett Goodfield, sagt sie, und wohne 2201 Ventura Boulevard.«

Greer versuchte, seine Überraschung zu verbergen, aber er war nicht schnell genug, um Lopat zu täuschen.

Lopat grinste verschlagen. »'ne Bekannte von Ihnen, Captain?«

»Ich habe den Namen schon mal gehört.«

»Und? Hat sie nun Niveau, wie ich gesagt habe, oder hat sie keins?«

»Massenhaft.«

»Na bitte. Vielleicht hab ich doch keinen so schlechten Frauengeschmack, was?«

»Legen Sie mal eine andere Platte auf, Lopat, ja?«

»Ich hab nicht damit angefangen. Das waren Sie. Sie haben angedeutet, daß mein Frauenge –«

»Jetzt hören Sie endlich von den Frauen auf, sonst kann es passieren, daß Sie nächstes Jahr noch nicht mal eine Hundehalterlizenz kriegen.«

»Sie brauchen nicht gleich so grob zu werden. Schließlich bin ich freiwillig hergekommen. Daß mein Schwager Manny ab und zu 'n bißchen Ärger mit der Polizei hat, dafür kann ich schließlich nichts. Ist es okay, wenn ich hier drin rauche, Captain?«

»Solange Sie nicht dieselbe Marke wie Manny rauchen.«

»Ach, zum Teufel mit Manny. Dann ist er eben ein Scheißkerl. Und? Deswegen bin ich noch lange keiner, oder?«

»Nein.«

»Na also. Ich mag's nun mal nicht, wenn man mir was unterstellt.« Lopat zündete sich mit einem am Daumennagel angerissenen Streichholz eine Zigarette an. »Ich hab immer das Ohr am Boden, und auf die Art kriege ich eine Menge Dreck mit. Zum Beispiel die Sache mit der Entführung. So wie ich's gehört habe, sind die Namen ein bißchen durcheinandergeraten – Goodyear statt Goodfield –, aber ich habe zwei und zwei zusammengezählt, und hier bin ich.«

»Meinen Sie, Sie können diese Mrs. Willett Goodfield identifizieren?«

»Na klar.«

»Gut.« Greer betätigte den Schalter der Sprechanlage auf seinem Schreibtisch. »Daley? Bringen Sie mir einen Abzug von dem Foto, das gerade zur Fahndung rausgeht.«

»Zur Fahndung«, wiederholte Lopat. »Sie hat sich also wirklich aus dem Staub gemacht, was?«

»Das können Sie sich selber ausrechnen.«

»Ich versuch's ja.«

»Überanstrengen Sie sich nicht. In Ihrem Alter macht sich das bemerkbar.«

Das Foto wurde gebracht, ein kleiner Schnappschuß von einer jungen Frau im Profil, die in ein Schaufenster sah.

Lopat betrachtete das Bild ausgiebig und mit Kennermiene. »Sie ist nicht so aufgedonnert wie gestern abend, aber es ist ganz sicher Mrs. Goodfield. Allerdings nicht besonders gut getroffen.«

Greer mußte ihm beipflichten. Das Foto war von Ortega gemacht worden, und zwar ohne Wissen der Porträtierten; und Ethel Goodfield war deshalb nicht gut getroffen, weil die junge Frau, die in das Schaufenster sah, Ada Murphy war. Ortega hatte Greer das Bild vor einigen Stunden überlassen; er hatte sich nur schweren Herzens davon getrennt, als wüßte er genau, daß alles, was er je von Murphy haben würde, ein zerknitterter Schnappschuß und ein paar verblassende Erinnerungen waren.

Lopat reichte das Foto über den Schreibtisch zurück, und Greer betrachtete es erneut, zum zwanzigsten Mal an diesem Tag. Es war eindeutig Murphys Gesicht, Körperhaltung und arrogante Neigung des Kopfes waren unverkennbar.

»Sieht nett aus, das Mädchen«, sagte Lopat. »Komisch, daß die so was macht.«

»Ja.«

»Manchmal frag ich mich, was in solche Weiber gefahren ist. Die haben alles – prima Aussehen, Niveau, Geld – und können den Hals trotzdem nicht voll genug kriegen.« Lopat unterbrach sich mit einem verlegenen kleinen

Lachen. »Hätten Sie nicht gedacht, daß ich's mit der Philosophie hab, was, Captain?«

»Nein. Das haut mich ziemlich um.«

»Tja, so isses aber. Ich bin so 'ne Art echter Philosoph, jemand, der sich überlegt, was mit der Welt nicht stimmt, und dann nicht das geringste dagegen unternimmt.«

»Was stimmt denn nicht mit der Welt, Lopat?«

»Die Leute, Captain. Einfach nur die Leute.«

Greer erhob sich schwerfällig. An manchen Tagen spürte er sein Gewicht, an anderen nicht. An diesem Nachmittag kam er sich massig und träge vor, wie ein in Schlamm eingebetteter Stein auf dem Grunde eines Flusses. »Daley nimmt nebenan Ihre Aussage zu Protokoll, Sie können sie dann unterschreiben.«

»In Ordnung.«

»Danke, daß Sie gekommen sind, Lopat.«

»Nicht der Rede wert, Captain. Aber vergessen sollen Sie's andererseits auch nicht. Wenn Sie das nächste Mal ein paar von Ihren Jungs schicken, um Manny abzuholen, dann sorgen Sie doch dafür, daß er 'ne kleine Abreibung kriegt. Nicht so, daß man was sieht – sonst krieg ich Ärger mit meiner Frau, krieg ich sowieso andauernd. Sorgen Sie einfach dafür, daß der Junge 'ne Lektion kriegt, Sie verstehen doch?«

»Ich denke schon.«

»Und wenn's für die alte Dame, die verschütt gegangen ist, 'ne Belohnung gibt – na ja, Sie wissen ja, wie schwer es heutzutage ist, so'n kleines Geschäft wie meins zu betreiben.«

»Sehen Sie zu, daß es klein bleibt, Lopat. Wenn Sie zu üppig hinlangen, klopft Ihnen irgendwer auf die Finger.«

»Ich lange nicht hin. Aber 'ne kleine Belohnung, das ist was anderes. Leicht verdientes Geld ist leicht verdientes

Geld. Denken Sie einfach an mich, mehr will ich ja gar nicht.«

»Keine Sorge.«

»Tja, bis dann, Captain. War doch 'ne nette kleine Plauderei, sehen Sie das nicht auch so?«

»Ich gebe mir Mühe.« Er betätigte erneut den Schalter der Sprechanlage. »Daley? Vince Lopat möchte eine Aussage machen. Vier Durchschläge, und einen davon schicken Sie gleich zu Barrett raus. Ich glaube, er ist immer noch bei den Goodfields.«

»Ja, er ist noch da«, sagte Daley. »Er hat vor ein paar Minuten angerufen. Einer von seinen Jungs hat neue Hinweise gefunden, die Sie sich mal ansehen sollen.«

»Okay. Tippen Sie Lopats Aussage, ich nehme dann gleich einen Durchschlag mit.«

»Krieg ich keinen Lunch?«

»Kauen Sie ein paar Büroklammern.«

»Ach du –«

»Und lassen Sie den Kopf nicht hängen, Daley. Noch neunzehn Jahre, dann haben Sie Ihre Pension sicher und können zu jeder Stunde Mittagspause machen.«

»Bis dahin werd ich wahrscheinlich mit der Sonde ernährt. Malzmilch und rohe Eier.«

»Bis dahin kann sich sowieso keiner mehr Steaks leisten.«

»Captain –«

»Sie haben Ihre Anweisungen.«

»Jawohl, Sir.«

Greer griff nach seinem Hut.

Bei den Goodfields machte ihm Barrett die Tür auf. »Sie haben es aber schnell geschafft, Captain.«

»Es ist ja auch nicht weit. Was gibt's denn nun Neues?«

»Von der alten Dame nichts. Keine Spur von ihr. Aber es sind da ein paar andere Sachen aufgetaucht. Ein paar Karten.«

»Was für Karten?«

»Ganz normale Karten, wie man sie an der Tankstelle kriegt. Straßenkarten. Kommen Sie mit nach oben, dann zeig ich's Ihnen.«

Barrett ging ihm voran, die breite Treppe hinauf und den Flur zu Mrs. Goodfields Zimmer entlang. Er war ein kleiner Mann mit übergroßem Kopf, was ihm eine schwache Ähnlichkeit mit einem Cartoon von einem Marsmenschen verlieh. Er hatte als Arzt angefangen, war zur Gerichtsmedizin übergewechselt und schließlich als Experte für Papier beim FBI gelandet – Papier jeder Art, von seinen Ursprüngen in den Wäldern von Quebec, North Carolina und Oregon bis zu seiner Endform als Dollarnote, Zeitung, Kinderspielzeug, Testament, zerknüllter Klumpen in einer Mülltonne oder Ascheflöckchen in einem Verbrennungsofen.

Diesmal hatte er es mit Papier in Form zweier Karten zu tun. Die eine zeigte alle achtundvierzig Staaten und einen schmalen Streifen von Kanada und Mexiko; die andere war eine detailliertere Karte von Kalifornien mit vier integrierten Stadtplänen von Los Angeles, San Diego, Sacramento und San Francisco.

»Carbonaro hat sie gefunden, sie waren zwischen dem Kopfgestell des Bettes und der Matratze eingeklemmt«, sagte Barrett. »Ich wüßte zwar nicht, was sie mit der Entführung zu tun haben könnten, aber ich dachte, es interessiert Sie vielleicht.«

»Tut es auch.«

»Offenbar ist die Familie ziemlich ausgiebig gereist. Auffällig ist, daß die Routen und Zwischenstationen allesamt mit Tinte markiert sind.«

Greer fiel noch mehr auf. Auf dem linken Rand der Kalifornien-Karte standen zwei mit Bleistift geschriebene Listen: American League – New York Yankees, Washington Senators, Chicago White Sox, Cleveland Indians, Detroit Tigers, Philadelphia Athletics, St. Louis Browns, Boston Red Sox. Die zweite Spalte hatte die Überschrift National League, und darunter waren aufgeführt die Brooklyn Dodgers, Pittsburgh Pirates, Cincinnati Reds, Chicago Cubs, Boston Braves, Philadelphia Phils, St. Louis Cardinals, New York Giants.

Auch die Ränder der anderen Karte waren dicht beschrieben. Sie enthielten eine Vielzahl von Namen, Daten und Kommentaren: Phil, 27. Sept., Cleve, 8. Okt., Gary, 14. Okt., Paul und Minnie, 29. Okt., Pierre, 13. Nov., Billings, 20. Nov. (kalt), S.L.C., 30. Nov., Vegas, 5. Dez., Tucson, 10. Dez. (Palace Hotel, Redlands Hospital), Col Sprs, 19. Feb. (Westcott Clinic, Dr. George Sampson, Diät, Beschw.), L.A., 2. Mai, Town House.

Greer faltete die Karten zusammen und steckte sie in die Tasche. Es gab nicht den geringsten Zweifel, daß es sich um Roses Karten handelte, dieselben, die Mrs. Cushman in Roses Zimmer gesehen hatte und die nach deren Tod verschwunden waren. Eine Geburtstagsliste hatte Mrs. Cushman die Notizen auf dem Kartenrand genannt. Eine Liste war es schon, aber nicht von Geburtstagen, sondern von Städten. Greer wußte immer noch nicht, was die Liste zu bedeuten hatte, ja nicht einmal, ob sie von Rose selbst stammte. Eines allerdings stand für ihn fest: er hatte nun einen schlüssigen Beweis dafür in der Hand, daß Rose mit den Goodfields zu tun gehabt und sich wahrscheinlich sogar in diesem Raum aufgehalten hatte.

Vielleicht ist sie hier gestorben, dachte Greer. *Vielleicht sind sie beide hier gestorben, Rose und die alte Mrs. Goodfield.*

Andererseits hatte Mrs. Goodfield selbst vehement jede Bekanntschaft mit Rose bestritten, und sie hatte auch bestritten, daß Willett sie kannte. »Ich hätte nie erlaubt, daß sich Willett mit einer Schauspielerin einläßt«, hatte sie Greer gesagt. »Über Schauspielerinnen habe ich ihn aufgeklärt, als er achtzehn war.«

Vielleicht, dachte Greer grimmig, hatte die Aufklärung Willett nicht gereicht, und er hatte sich selbst überzeugen wollen.

»Irgendwelche zündenden Ideen zu den Karten?« fragte Barrett.

»Eine ganze Menge. Ich überprüfe das zuerst und erzähl's Ihnen später.«

20

Greer ging wieder ins Erdgeschoß hinunter. Von den Goodfields war in keinem der vorderen Zimmer etwas zu sehen, aber aus dem rückwärtigen Teil des Hauses kam ein Geräusch, das er nicht identifizieren konnte – ein lautes, von kurzen Unterbrechungen akzentuiertes Surren. Er folgte dem Geräusch den Flur entlang und durch eine Schwingtür in die Küche.

Ethel saß an einem kleinen, fest eingebauten Tisch, der sich zwischen zwei Fenstern von der Wand klappen ließ. Auf dem Tisch stand eine tragbare elektrische Nähmaschine, und Ethel war äußerst konzentriert darüber gebeugt.

Das Geräusch der Maschine hatte Greers Eintreten übertönt, und so betrachtete er sie einen Moment lang, überrascht von ihrem Tempo und ihrer Geschicklichkeit. Sie hatte das lange blonde Haar im Nacken festgesteckt, damit es ihr nicht im Weg war, und anstelle des nachschleifenden Hausmantels aus Seide, den sie am Morgen angehabt hatte, trug sie ein schlichtes Baumwollkleid mit aufgekrempelten Ärmeln. Greer hatte den Eindruck, daß er Ethel zum ersten Mal ohne Kostüm oder Verkleidung und ohne die Maske der Schwachsinnigkeit sah, die sie zum eigenen Schutz aufsetzte.

»Mrs. Goodfield.«

Sie wandte ihm mit der wachsamen Neugierde eines

Vogels den Kopf zu. »Ach, Sie sind es. Sind die anderen Männer schon fort?«

»Nein.«

»Wenn sie bloß gingen. Willett wird schon ganz nervös. Aber das wird er ja von allem, nicht wahr?«

»Keine Ahnung.«

Sie seufzte. »Sie müssen mich wohl unterbrechen?«

»Ja.«

»Ich bin beim Nähen. Das heißt, ich nähe eigentlich nichts Bestimmtes, sondern ich übe nur, falls – nun ja, man weiß nie, was passiert, nicht wahr. Ich finde, jede Hausfrau sollte in der Lage sein, einen Job anzunehmen.«

»Wollen Sie denn einen Job annehmen, Mrs. Goodfield?«

»Nein, aber es ist schön, wenn man dazu in der Lage ist, falls es zum Schlimmsten kommt. Deshalb habe ich gedacht, ich übe mal wieder ein bißchen. Zu Hause habe ich immer viel genäht. Ich habe sogar sämtliche Hemden meiner Brüder genäht. Deshalb habe ich gedacht, falls es zum Schlimmsten kommt –«

»Glauben Sie denn, daß es dazu kommt?«

Sie sah ihn, nun wieder mit aufgesetzter Maske, ausdruckslos an. »Das weiß man nie.«

»Aber man hat manchmal eine ungefähre Vorstellung.«

»Ich kann Ihnen nicht folgen. Für Spitzfindigkeiten fehlt mir der Sinn. Fragen Sie Willett.«

»Ich habe vor, Willett eine ganze Menge zu fragen. Und Sie auch.«

»Ich habe heute schon tausend Fragen beantwortet. Was glauben Sie eigentlich alle, wer ich bin – Einstein?«

»Wollen Sie wissen, was ich glaube?« meinte Greer. »Ich glaube, Sie sind eine ausgekochte Lügnerin.«

»Das betrachte ich als Beleidigung.«

»Sie betrachten es ganz richtig. Es ist eine Beleidigung.«

»Aber wenn ich so eine Lügnerin bin, warum stellen Sie mir dann unentwegt Fragen?«

»Ich hoffe eben, daß Sie Ihre Haltung ändern und kooperieren.« Greer zog die Straßenkarten aus der Tasche und entfaltete sie. »Haben Sie die schon mal gesehen?«

Ethel zögerte leicht, ehe sie antwortete. »Natürlich. Sie gehören meiner Schwiegermutter.«

»Ist das ihre Schrift, da auf den Rändern?«

»Wessen Schrift soll es denn sonst sein? Es sind ihre Karten. Wahrscheinlich hat sie sie als Andenken an die Reise aufgehoben.«

»An welche Reise?«

»Ich habe Ihnen doch gesagt, daß wir die vergangenen sechs Monate herumgereist sind, Mutter, Willett und ich.«

»Warum?«

»Warum reisen Leute? Um etwas von der Welt zu sehen.«

»Also zum Vergnügen, mit anderen Worten.«

»Ich – ja, so könnte man sagen.«

»War es denn vergnüglich, mit einer Bettlägerigen zu reisen?«

»Es war grauenhaft«, sagte Ethel entschieden. »Schlicht und einfach grauenhaft. Aber sie wollte reisen, also mußten wir.«

»Für sie kann es aber auch nicht sehr angenehm gewesen sein. Wieso lag ihr soviel daran?«

»Das weiß ich nicht.«

»Hatte sie möglicherweise einen guten Grund dafür, all diese verschiedenen Städte wie Philadelphia, Cleveland, Minneapolis und so weiter zu besuchen?«

»Sie hat noch nie einen Grund für irgend etwas gebraucht. Wenn sie etwas machen wollte, war das Grund genug.«

»Warum hat sie es für wichtig gehalten, diese Daten und Orte festzuhalten? Zum Beispiel diese Eintragung hier: Tucson, 10. Dez., Palace Hotel, Redlands Hospital. Hat sie in Tucson etwas Besonderes erlebt? Hat sie dort jemanden besucht – Freunde, Verwandte?«

»Sie ist für eine Woche ins Redlands Hospital gegangen, um sich auszuruhen und gründlich untersuchen zu lassen. Die Ergebnisse der Untersuchung waren alles andere als gut. Ich wollte nach Hause fahren, aber Mutter hat sich geweigert. Wir sind nach Colorado Springs weitergefahren, und sie hat sich auch dort in eine Klinik begeben.«

»Warum ist sie nicht in dem Krankenhaus in Tucson geblieben?«

Ethels Miene blieb ausdruckslos, aber um ihren Mund zeichnete sich eine dünne weiße Zornesfalte ab. »Ich habe Ihnen doch gesagt, wenn sie etwas machen wollte, war das Grund genug. Sie hat nie Gründe genannt. Das mußte sie auch nicht; sie bestimmte alles.«

»Diese Untersuchung, die sie in Tucson hat machen lassen – die hat also ergeben, daß sie schwer krank war?«

»Ja.«

»Und trotzdem hat sie sich geweigert, nach Hause zu fahren?«

»Ja, sie hat sich geweigert.«

»Ist es möglich, daß sie jemanden gesucht hat?« fragte Greer.

Ethel wandte sich ab und sah aus dem Fenster. »Möglich ist praktisch alles, aber es ist nicht sehr plausibel, daß sie in ihrem Zustand im ganzen Land nach jemandem gesucht hat. Wer sollte das überhaupt sein?«

»Irgendein Verwandter, vielleicht. Sie war sich darüber im klaren, daß sie nicht mehr lange zu leben hat – sie hat mit mir darüber gesprochen. Vielleicht wollte sie ein neues Testament machen und darin irgendwelche Verwandte berücksichtigen, die sie aus den Augen verloren hatte.«

»Sie hat keine. Wir sind ihre Verwandten, Willett, Jack, Shirley und ich. Und ein neues Testament zu machen wäre ihr nie in den Sinn gekommen.«

»Sind Sie da ganz sicher?«

»Selbstverständlich. Sie hatte nichts zu vererben, nicht das geringste.«

»Wie ich höre, ist sie ziemlich wohlhabend.«

»Das war sie einmal. Sie hat schon vor einer ganzen Weile alles ihren Kindern überschrieben.«

»Warum?«

»Warum?« wiederholte Ethel mit humorlosem Lächeln. »Wahrscheinlich wollte sie nicht, daß wir herumsitzen und auf ihren Tod warten.«

Das hörte sich durchaus logisch an; dennoch hatte Greer das Gefühl, daß es nicht die eigentliche Erklärung war. Nach dem, was er von Mrs. Goodfield wußte und gehört hatte, gehörte Sensibilität nicht zu ihren Charaktereigenschaften. Sie war eine harte Frau mit einem eisernen Willen, den sie anderen mittels moralischem und finanziellem Druck aufzwang. War sie sich ihrer moralischen Stärke so sicher, daß sie es sich leisten konnte, den Vorteil des finanziellen Drucks aus der Hand zu geben? Und welche Art von moralischem Zwang konnte unabhängige Erwachsene wie Willett und Ethel veranlassen, auf ihre eigenen Wünsche zu verzichten und eine schwerkranke Frau auf einer landesweiten Reise zu begleiten?

Sie sind nicht zum Vergnügen gereist, dachte Greer, *sondern in einer bestimmten Absicht.*

Er war sich sicher, daß Ethel diese Absicht kannte und

teilte; und er war sich ebenso sicher, daß sie sie niemals verraten würde. Die Karten hatten irgend etwas damit zu tun. Sie waren das Verbindungsglied zwischen Rose und den Goodfields, und das legte für Greer die Möglichkeit nahe, daß Rose die Person war, die Mrs. Goodfield auf ihren Reisen gesucht hatte. Aber er hatte nichts in der Hand, was diese Theorie stützen könnte; es sprach sogar einiges dagegen. Rose hatte sich nicht versteckt. Wer sie ernsthaft hätte ausfindig machen wollen, hätte das ohne weiteres gekonnt, entweder über ihr früheres Studio oder, wie Dalloway, über einen Zeitungsartikel. Warum also hätte Mrs. Goodfield in Philadelphia oder Minneapolis nach Rose suchen sollen? Und eine weitere Frage war noch schwerer zu beantworten: Wenn Mrs. Goodfield jemanden hatte finden wollen, warum hatte sie dann keinen Detektiv engagiert, sondern diese schwierige Aufgabe selbst übernommen?

Er sagte schließlich: »Sonst gibt es nichts mehr, was Sie mir erzählen möchten?«

»Aber ja doch, ich möchte Ihnen eine Menge erzählen. Ich möchte Ihnen die ganze Geschichte meines verkorksten Lebens erzählen.« Sie lachte grell, als täte es weh. »Aber ich tu's nicht. Es ist so sinnlos, verstehen Sie das nicht? Es gibt jetzt nichts mehr, was ich für meine Schwiegermutter oder sonstwen tun könnte. Ich bin nutzlos, vollkommen nutzlos. Meine einzige Aufgabe ist, den Mund zu halten und mich dumm zu stellen, und nicht einmal das kann ich besonders gut.«

»So schlecht nun auch wieder nicht. Mich haben Sie eine ganze Weile getäuscht.«

»Ich verderbe alles, weil ich zuviel rede, nicht wahr? Ich kann es nicht ändern, ich bin einsam, ich rede nun mal gern mit Leuten. Mit normalen Leuten, nicht mit Goodfields.

Seit Jahren rede ich nur mit Goodfields, und alles, was die je interessiert hat, ist ihr stinkendes Geld und ihre eigene stinkende Haut. Tja, und mittlerweile ist beides erheblich knapper geworden.«

»Was ist mit dem Geld passiert?«

»Nichts Dramatisches. Es wird nur einfach immer weniger und weniger. Die Fabrik geht den Bach hinunter, und keiner scheint etwas dagegen tun zu können. Weder Jack noch Willett könnten eine Popcorn-Bude betreiben, ohne ihr letztes Hemd zu verlieren.«

»Danke, Ethel«, sagte Willett von der Tür her.

Sie zuckte nicht zusammen. Sie drehte sich nicht einmal zu ihm um. »Keine Ursache.«

»Was hast du diesem Polizeibeamten erzählt?«

»Die Geschichte meines Lebens.«

»Ist sie so langweilig, wie du mir immer eingeredet hast?«

»Noch langweiliger. Noch viel, viel langweiliger. Besonders die letzten zehn Jahre. Die letzten zehn Jahre meines Lebens würde ich keinem Hund wünschen.«

»Wenn du in Gegenwart von Fremden deine Gefühle nicht beherrschen kannst, schlage ich vor, du gehst auf dein Zimmer.«

»So, du schlägst vor. Und ich schlage vor, du springst in den See. Zu Hause in der Nähe der Farm gibt es einen See, nur einen kleinen zwar, aber der Grund ist Treibsand. Wenn du da untergehst, bleibst du unten. Deshalb schlage *ich* vor –«

»Ethel, bist du betrunken, oder was fehlt dir?«

»Mir fehlt einiges, aber betrunken bin ich nicht. Ich wollte mir etwas zu trinken holen, aber es ist nichts da.«

»Das ist ja lächerlich. Ich habe eine ganze Kiste Scotch gekauft, als wir eingezogen sind. Was ist damit passiert?«

»Ich schlage vor, du fragst deine alte Dame.«

»Du sollst nicht so reden.« Er kam auf sie zu, die zu Fäusten geballten, pummeligen Hände fest an die Rippen gedrückt. »Sie kann unmöglich – sie hat nie ihr Zimmer verlassen.«

»Das brauchte sie auch nicht. Sie hat sich das Zeug von Murphy bringen lassen.«

»Wann denn?«

»Woher soll ich das wissen? Ich weiß nur, daß der Whisky weg ist.«

»Vielleicht hat Ortega –«

»Der war nie im Haus.«

»Murphy hat ihn für sich selber genommen, nicht für –«

»Machen wir uns doch nichts vor.«

»Aber sie hat es versprochen.«

»Ihre Versprechungen sind den Sauerstoff nicht wert, den sie verbrauchen.«

»Ethel, ich muß unter vier Augen mit dir reden.« Er machte zögernd einen Schritt auf Greer zu. »Würden Sie uns bitte entschuldigen, Captain. Wir – es handelt sich um eine Privatangelegenheit, die nichts mit Ihrer Untersuchung zu tun hat. Hätten Sie etwas dagegen, wenn wir für einen Moment nach draußen gingen?«

»Nur zu. Ich warte hier. Ich muß sowieso mal telefonieren.«

»Das Telefon steht gleich da am –«

»Ich habe es schon gesehen.«

»Ich – nun komm schon, Ethel.«

Sie rührte sich nicht.

»Ethel, bitte.«

Er streckte die Hand aus, um sie an der Schulter zu berühren. Mit einer flinken, eleganten Bewegung wich sie ihm aus und schritt vor ihm her durch die Schwingtür. Die Tür schwang ihm vor der Nase zu. Er stieß sie wieder auf, langsam, als drücke von außen Ethels Gewicht dagegen.

Greer ging zum Telefon hinüber und wählte eine Nummer.

Nach dem fünften Klingeln meldete sich eine Männerstimme. »Hallo?«

»Dr. Severn?«

»Ja.«

»Jim Greer. Sind Sie beschäftigt?«

»Ich bin nicht mitten in einer Autopsie, falls Sie das meinen. Beschäftigt bin ich immer.«

»Haben Sie Ihre Aufzeichnungen zum Fall Rose French bei der Hand?«

»Wieso?«

»Ich prüfe da bloß einiges nach.«

»Woher kommt auf einmal wieder dieses starke Interesse an Rose?«

»Wieso starkes Interesse?«

»Ich habe heute morgen schon mehrere Anrufe deswegen gekriegt, einen von der Lokalzeitung, die anderen beiden anonym. Und im Moment sitzt gerade Frank Clyde bei mir im Büro. Sie kennen doch Clyde, das ist einer von den Psychofritzen.«

»Der Name kommt mir bekannt vor«, sagte Greer.

»Eine Menge Leute scheinen auf einmal wieder zu glauben, Rose wäre ermordet worden. Sie etwa auch?«

»Ich sage Ihnen doch, ich überprüfe einiges.«

»Tja, Sie haben meine Aussage bei der gerichtlichen Voruntersuchung gehört. Die ändere ich nicht.«

»Das verlangt auch kein Mensch.«

»Sie wissen, wie ich arbeite, Greer. Ich verlasse mich

nicht auf mein Gedächtnis. Alles wird an Ort und Stelle aufgeschrieben. Ich habe über zweitausend Autopsien gemacht, wenn man die in der Armee mitrechnet.«

»Das ist mir alles klar. Und?«

»Und ich wiederhole, daß Rose meiner Überzeugung nach eines natürlichen Todes gestorben ist, der, um es mal ganz offen zu sagen, überfällig war. Bei einem Herzen in dem Zustand hat sie wahrscheinlich nur die Tatsache am Leben erhalten, daß sie schlank war und kein Übergewicht mit sich herumschleppen mußte. Früher mußte sie das allerdings mal – es lagen unverkennbare Anzeichen von Fettleibigkeit vor. Höchstwahrscheinlich hat ihr Arzt die Herzschwäche festgestellt und ihr eine strenge Diät verordnet. Apropos Diät, Greer, es wäre keine schlechte Idee, wenn Sie auch mal –«

»Jaja, schon gut, ich fange morgen an.«

»Kein Grund, pampig zu werden. Moment noch, Clyde möchte mit Ihnen reden.«

»Geben Sie ihn her.« Während Greer wartete, klopfte er mit dem Stiel seiner Pfeife gegen das Telefon. Das Geräusch klang wie das Klappern von Knochen. »Clyde? Ich habe gedacht, Sie müßten Ihre Brötchen verdienen.«

»Ich habe heute morgen gearbeitet«, sagte Frank. »Im Moment mache ich gerade meine Mittagspausen.«

»Pausen?«

»Ich habe mir ein bißchen Sonderurlaub genommen.«

»Ich habe den Eindruck, Sie nehmen sich in letzter Zeit eine ganze Menge Sonderurlaub. Seien Sie lieber vorsichtig, sonst werden Sie noch rausgeschmissen.«

»Die können mich erst rausschmeißen, wenn sie jemand zum Reinschmeißen haben.«

»Sie sind also unersetzlich, wie?«

»Nein. Bloß nützlich.«

»Für mich sind Sie aber gar nicht so nützlich, Clyde. Sie können genausogut mit Ihrer Arbeit weitermachen und mich meine tun lassen.«

»Vielleicht bedauern Sie noch, was Sie gerade gesagt haben«, meinte Frank. »Heute morgen habe ich nämlich etwas sehr Interessantes über einen Freund von Ihnen rausgekriegt.«

»Über wen?«

»Mr. Dalloway.«

»Raus damit.«

»Nicht am Telefon. Wie wär's, wenn Sie mich abholen und wir Dalloway einen Besuch abstatten?«

»Ist es denn so interessant?«

»Ich denke schon.«

»Ich bin in zwanzig Minuten da«, sagte Greer.

21

Es dauerte nicht zwanzig, sondern fünfzehn Minuten, und Greer mußte warten. Er stellte sich ins Halteverbot und drückte lange und kräftig auf die Hupe.

Frank kam aus dem Seiteneingang herausgeeilt und setzte sich neben Greer auf den Vordersitz. »Was soll der Krach, Greer? Das hier ist eine Klinik; die Leute da drin sind krank.«

Greer gab einen angewiderten Laut von sich. »Hier draußen sind auch Leute krank.«

»Warum so gereizt?«

»Lügner machen mich krank. Ich habe sie alle erlebt – dicke Lügner, dünne Lügner, blonde Lügner, schielende Lügner, die ganze Sippschaft.«

»Wie steht's mit einarmigen Lügnern?«

»Die auch.« Er fuhr vorsichtig an, ohne sich von seiner Verärgerung in seinem Fahrstil beeinflussen zu lassen. Was Menschen für Frank waren, waren Autos für Greer: jedes war anders und jedes verlangte Achtung. »Was ist denn nun mit Dalloway?«

»Soll ich es auf meine oder auf Ihre Art erzählen?«

»Erzählen Sie es einfach so, wie's Ihnen paßt.«

»Na schön. Heute morgen bin ich meine Akten durchgegangen. Ich muß nächste Woche vor dem Aufsichtsamt einen Bericht über die Entwicklung des Zentrums im vergangenen Jahr abgeben – wie viele Patienten wir behandelt haben, wie viele Heilungen, wie viele Einweisungen et cetera. Dabei bin ich unter anderem auf die Akte eines Mannes namens Rudolph Fenton gestoßen, der vor etwa sechs Monaten als geheilt entlassen wurde.«

»Nur daß er nicht geheilt ist und in Wirklichkeit gar nicht Fenton heißt, sondern Dalloway, und –«

»Aber woher denn.« Frank lächelte. »Der Mann ist geheilt, er heißt Fenton, und er kommt aus einer Kleinstadt in Arkansas namens Boulder Junction. Klingelt da was bei Ihnen?«

»Nicht sehr laut.«

»Rose ist in Boulder Junction geboren, genau wie Fenton. Ich habe die Stadt in dem Atlas nachgeschlagen, den ich in meinem Büro habe. Die Einwohnerzahl liegt nach dem Stand von vor drei Jahren bei dreitausend.«

»Und?«

»Ich habe mir überlegt, daß bei einer Gemeinde dieser Größe jeder über jeden Bescheid weiß, also habe ich Fenton heute morgen in der Glasfabrik besucht, wo er arbeitet. Er ist schon ziemlich alt, aber er hat ein gutes Gedächtnis.«

»Er hat Rose gekannt?«

»Beide, Rose und Dalloway. Fenton behauptet sogar, er wäre an dem Abend, als Dalloway angeschossen wurde, als erster zur Stelle gewesen. So hat Dalloway nämlich seinen Arm verloren. Er ist damit nicht in eine Kreissäge geraten, wie er mir erzählt hat. Der Arm wurde amputiert, weil die Kugel das Ellbogengelenk zerschmettert hat.«

»Wer hat geschossen?«

»Ich fürchte, das war Rose«, sagte Frank mit einem gewissen Bedauern.

»Irgendwelche Einzelheiten?«

»Ein paar. Weder Rose noch Dalloway haben ein Geheimnis daraus gemacht, daß Rose sich einem Zirkus angeschlossen hat. Laut Fenton war an diesem Abend tatsächlich ein Zirkus in Boulder Junction. Nicht von der Kategorie Barnum und Bailey, wie Rose später gern behauptete, sondern ein kleiner Zirkus mit einer Trapeznummer, einem Elefanten, zwei mottenzerfressenen Löwen und einem halben Dutzend Jongleuren. Rose ist allein in die Vorstellung gegangen. Fenton behauptet, es sei nach der Geburt des Kindes das erste Mal gewesen, daß sie allein ausging. Das macht ihr späteres Verhalten verständlicher. Nach dem ersten Kind fühlen sich sehr viele Frauen wie Gefangene, besonders begabte und ehrgeizige Frauen wie Rose. Die meisten passen sich irgendwann auf die eine odere andere Weise an. Rose nicht. Sie hat die Umstände angepaßt. Keiner weiß genau, was während Roses kurzem Besuch im Zirkus passiert ist, wen sie dort getroffen oder welchen Köder sie dort geschluckt hat. Aber der Besuch hatte ziemlich drastische Folgen. Sie ist nach Hause gekommen und hat Dalloway gesagt, sie würde ihn verlassen, sie hätte bei dem Zirkus einen Job als Tänzerin angenommen. Dalloway machte ihr Vorhaltungen. Es kam zu einem Streit – vermutlich einer von vielen –, nur daß diesmal Dalloways 32er Smith & Wesson in Erscheinung trat. Es gab ein Handgemenge um die Waffe, und Dalloway bekam eine Kugel in den Ellbogen. Rose hat noch nicht einmal gewartet, bis der Sheriff da war. Am nächsten Tag fand dann eine Untersuchung statt, Dalloway hat die Schuld auf sich genommen, und die Sache wurde unter den Teppich gekehrt – und zwar laut Fenton so gründlich, daß auch später, als Rose berühmt und praktisch jedes Detail ihrer Vergangenheit in Zeitungen und Zeitschriften breitgetreten wurde, nie mehr von dem Schuß auf Dalloway die Rede war. Kurz nach dem Vorfall ist Dalloway dann mit der kleinen Lora aus der Stadt weggezogen.«

Greer zuckte die Achseln. »Das ist ja alles recht interessant, aber es belastet Dalloway in keiner Weise.«

»Es liefert ihm einen Grund dafür, sich Roses Tod zu wünschen.«

»Normalerweise wartet man nicht zweiunddreißig Jahre, bis man sich rächt, es sei denn, man hat Schwierigkeiten, sein Opfer zu finden. Dalloway kann diese Schwierigkeiten nicht gehabt haben. Rose war jahrelang eine Berühmtheit. Fast jeder im Lande hat gewußt, wo sie sich aufhielt, auch Dalloway. Er hätte sich damals problemlos rächen können.«

»Vielleicht hat er es damals nicht gewollt. Vielleicht ist ihm der Gedanke an Rache erst vor zwei Monaten gekommen, als Lora verschwand. Seine Theorie war, daß Lora in den Westen gefahren ist, um ihre Mutter ausfindig zu machen; vielleicht war der Gedanke, daß Rose und Lora wieder zusammenfinden, nachdem sie das Kind jahrelang völlig vernachlässigt hat, für Dalloway der Tropfen, der das Faß zum Überlaufen brachte. Er ist also in einer bestimmten Absicht hierhergekommen, nämlich um die beiden Frauen wiederzufinden, die ihn verlassen haben.«

»Und er hat sie gefunden?«

»Vielleicht«, meinte Frank, »vielleicht hat er das.«

Der Empfangschef war ein properer, schmallippiger Mann mit großen, fahlen Augen, die durch eine dicke, randlose Bifokalbrille noch vergrößert wurden. Die Augen waren ständig in Bewegung, als versuchten sie verzweifelt, über die Brillengläser hinweg- oder an ihnen vorbeizusehen. Mit Mühe konzentrierten sie sich eine Sekunde lang auf

Greer, glitten weiter zu Frank, hielten kurz still und verdrehten sich dann nach oben und zur Seite, um sich wieder auf Greer zu richten.

»Ja, bitte?«

»Wohnt bei Ihnen ein Haley Dalloway?«

»Ja, aber –«

»Ich möchte ihn sprechen.«

»Mr. Dalloway empfängt heute niemanden. Er hat Bescheid gegeben, daß er nicht gestört werden möchte.«

»Aha.« Greer zog seine Dienstmarke aus der Tasche, zeigte sie und ließ sie wieder zurückgleiten, alles in einer einzigen raschen, geübten Bewegung. »Dann stören Sie ihn mal.«

»Das – das geht nicht.«

»Seien Sie brav und versuchen Sie's.«

»Er ist nicht da. Er ist vor einer Stunde abgereist.« Die Augen rollten wild in den Höhlen. »Ich hätte es auch gleich gesagt, aber ich wußte nicht, daß Sie Bu – mir war nicht klar, daß Sie Polizeibeamte sind. Mr. Dalloway war ein besonders geschätzter Gast, sehr großzügig. Als er mich gebeten hat, ein bißchen für ihn zu flunkern, konnte ich schließlich nicht ahnen, daß er Ärger mit den Bu – daß er Schwierigkeiten mit der Polizei hat.«

»Wie heißen Sie?«

»Ryan. Billy Ryan. Es gibt schließlich kein Gesetz gegen das Flunkern. Wenn es ein Gesetz gegen das Flu –«

»Hat sich Dalloway ganz plötzlich entschlossen?«

»Heute morgen. Ich habe ihm telefonisch Flugtickets reserviert – zwei Plätze nach New York.«

»Zwei?«

»Ja, er hat zwei verlangt, und ich habe ihm zwei besorgt.«

»Für welchen Flug?«

»Siebenunddreißig. Wenn es was dringendes ist, müßten Sie ihn eigentlich noch erwischen. Der Wagen, der unsere Gäste zum Flughafen bringt, ist erst vor ein paar Minuten gefahren.«

»Mit Dalloway?«

»Nein. Mr. Dalloway hat ein Taxi genommen.«

Der Flughafen lag fünfzehn Kilometer nördlich der Stadt an der Hauptausfallstraße. Weil dichter Verkehr herrschte, fuhr Greer mit eingeschalteter Sirene. Ein Gespräch war nicht möglich, und so versuchte es auch keiner von den beiden, bis der Flughafen in Sicht kam und die Sirene wimmernd verstummte.

Greer sprach als erster. »Ein ziemlich dummes Verhalten für einen so hellen Burschen wie Dalloway. Wegzulaufen ist die sicherste Methode, gejagt zu werden, das weiß jede Katze.«

»Vielleicht hat er nicht damit gerechnet, daß er gejagt wird.«

»In dem Fall werden wir ihn überraschen.« Er parkte den Wagen, und die beiden Männer gingen auf das kleine, ovale Gebäude zu, das der Fluggesellschaft als Abfertigungshalle, Restaurant und Wartesaal diente. Es war kein größeres Passagierflugzeug zu sehen, obwohl an dem geschlossenen Flugsteig schon eine Gruppe Leute darauf wartete, an Bord gehen zu können. Unter ihnen war auch Dalloway. Er trug eine dunkle Brille und einen tief in die Stirn gezogenen Hut, und er hatte eine Aktentasche in der Hand.

Greer kniff die Augen zusammen. »Sehen Sie ihn?«

»Ja.«

»Ich nicht. Wo ist er denn?«

»Hinter der Dicken in dem grünen Kleid. Ich glaube, er hat uns auch bemerkt.«

Von oben war das ferne Dröhnen von Flugzeugmotoren zu hören, während Greer und Frank sich durch die Menschenschlange drängelten.

»He, schubsen Sie gefälligst nicht so«, murrte die Dicke. »Mein Gott, genau wie im letzten Krieg, alles steht Schlange, alles schubst, alles –«

»Verzeihung, Madam.« Greer schob sich an ihr vorbei und stellte sich vor Dalloway. »Wollen Sie verreisen?«

»Ja.«

»Ich möchte zuerst mit Ihnen reden.«

»Tut mir leid«, sagte Dalloway ruhig. »Mein Flugzeug geht gleich.«

»Es gibt noch andere Flugzeuge.«

»Aber ich habe zufällig für das hier reserviert.«

»Machen Sie's rückgängig. Ihre Pläne haben sich gerade geändert.«

»So?«

»Nun machen Sie schon, Dalloway.«

Bis auf ein kleines schwarzes Kätzchen, das schnurrend auf einer Fensterbank in der Sonne lag, war niemand mehr im Warteraum.

Die Aktentasche auf den Knien, setzte sich Dalloway auf eine der langen Holzbänke. Er wirkte immer noch ganz ruhig und gleichgültig. Zu ruhig, fand Frank, wenn man das aufbrausende Temperament bedachte, das er schon einmal gezeigt hatte.

»Ihr Entschluß abzureisen kam ziemlich plötzlich, nicht wahr?« meinte Greer.

»Ich bin es gewohnt, schnelle Entschlüsse zu fassen und entsprechend zu handeln.«

»Sagen Sie, Dalloway, für wen ist das zweite Flugticket?«

»Wenn ich eine lange Reise mache, nehme ich immer zwei Tickets. Das garantiert mir Ungestörtheit.«

»Ziemlich teuer, wie?«

»Ich bin bereit, für gewisse kleine Bequemlichkeiten zu bezahlen.«

»Na schön. Und jetzt will ich die Wahrheit wissen.«

Dalloway lächelte. »Um ehrlich zu sein, die Wahrheit klingt auch nicht viel besser.«

»Versuchen Sie's trotzdem mal.«

»Schön. Ich habe gestern abend eine Frau kennengelernt. In einer Bar. Es war eine dieser Geschichten, beiderseitige Zuneigung, gemeinsame Interessen und so fort. Als sie heute morgen wieder nüchtern wurde, war die Zuneigung leider nicht mehr beiderseitig, und sie hatte keine Lust mehr, mit in den Osten zu gehen, weil es dort im Winter zu kalt wird.«

»Und wie heißt die Dame?«

»Ich möchte ihren Ruf nicht schädigen, Captain.«

»Sie sind immer noch am Wurf, Dalloway, aber es wird allmählich eng. Zwei haben Sie schon vergeigt. So langsam muß was kommen, wenn Sie noch punkten wollen.«

»Ich kenne mich in der Baseball-Sprache nicht besonders gut aus, aber ich vermute, Sie glauben mir nicht.«

»Sie vermuten richtig. Und jetzt versuchen wir's noch mal. Für wen ist das zweite Flugticket?«

»Es wurde für eine Dame gekauft, die es sich anders überlegt hat«, sagte Dalloway.

»Haben Sie sich das Geld dafür wiedergeben lassen?«

»Nein, ich habe beschlossen, es zu behalten. Aus sentimentalen Gründen.«

»Ich möchte es sehen.«

»Tut mir leid.« Dalloway lächelte immer noch, aber die Hand an der Aktentasche auf seinem Schoß packte fester zu. »Tut mir leid, Captain, aber ich weiß nicht mehr, wo ich es hingetan habe.«

»Haben Sie was dagegen, wenn ich mal in Ihrer Aktentasche nachsehe?«

»Und ob ich etwas dagegen habe. Dazu haben Sie ohne Durchsuchungsbefehl gar kein Recht.«

»Den kann ich bekommen. Das wäre dann aber die harte Tour, Dalloway, hart für Sie.«

»Ich verstehe nicht, was Sie meinen.«

»Während ich auf den Durchsuchungsbefehl warte, möchte ich wissen, wo Sie sind, und damit ich weiß, wo Sie sind, muß ich Sie festnehmen. Wissen Sie, mit welcher Begründung?«

»Nein.«

»Mordverdacht.«

»Sie sind verrückt. Ich – ich habe niemanden ermordet. Ich wußte nicht einmal, daß es einen Mord gegeben hat.«

»Im Fall Rose French ist neues Belastungsmaterial aufgetaucht.« Das war eine Lüge, aber Greer erzählte sie voller Überzeugung, als glaubte er sie selbst.

»Belastungsmaterial gegen wen?«

»Unter anderem gegen Sie.«

»Und wen noch?«

»Um sich selbst scheinen Sie ja nicht sehr besorgt zu sein, Dalloway. Um wen dann?«

»Um niemanden.« Auf Dalloways Wangen und Nasenrücken breiteten sich purpurrote Flecken aus. »Ich habe mit dieser unerfreulichen Angelegenheit nicht das geringste zu tun. Eine Zeitlang haben mich die Umstände von

Roses Tod interessiert, und ich hatte den Verdacht, daß die Goodfields darin verwickelt sind. Wie Clyde hier Ihnen bestätigen kann, habe ich ihn engagiert, damit er in San Francisco ein paar Nachforschungen anstellt. Es ist nicht viel dabei herausgekommen. Ich fand, daß meine Bemühungen sinnlos sind und daß ich genausogut wieder nach Hause fahren könnte, da ich hier ohnehin nichts mehr machen kann.«

»Ihre Rolle bei der ganzen Geschichte nimmt sich sehr edel und unschuldig aus – was mich überrascht, weil ich Sie nicht für sonderlich edel oder unschuldig halte, Dalloway.«

»Kleine Geister erleben normalerweise eine ganze Menge Überraschungen in ihrem Leben.«

»Okay, Dalloway.« Greers Stimme klang vor Wut belegt. »Dann überraschen Sie mich noch mal. Geben Sie mir die Aktentasche.«

»Nein, ich gebe sie Ihnen nicht. Wenn Sie sie haben wollen, müssen Sie sie mir gewaltsam abnehmen. Clyde hier ist Zeuge.«

»Bitte halten Sie mich da heraus«, sagte Frank beklommen.

»Sie wollten doch unbedingt bei allem dabeisein«, blaffte Greer. »Jetzt sind Sie dabei. Also jammern Sie nicht.«

»Ich möchte nicht Zeuge von etwas Ungesetzlichem sein.«

»Sie sind kein Zeuge, Clyde. Nehmen Sie Dalloway die Aktentasche ab und machen Sie sie auf.«

»Herrgott noch –«

»Los.«

Frank nahm Dalloway die Aktentasche ganz vorsichtig vom Schoß, als wäre sie voller Schlangen.

Das große Flugzeug schwebte wie ein Riesenvogel mit müden Flügeln zur Landung ein. Dalloway drehte sich um und sah ihm finster nach, als wollte es ohne ihn wieder abfliegen, ihn im Stich lassen wie Rose und Lora. Er sagte: »Machen Sie sie auf, Clyde. Sie ist nicht verschlossen. Der Captain hier will unbedingt eine Überraschung, und ich glaube, die wird er auch erleben. Sagen Sie, Captain, was erwarten Sie eigentlich, eine Ladung Falschgeld, ein Heroinversteck, geschmuggelte Diamanten?«

»Ich erwarte gar nichts«, erwiderte Greer ausdruckslos.

»Dann erleben Sie ganz bestimmt eine Überraschung.«

»Abwarten.«

Frank öffnete die Aktentasche und nahm Stück für Stück den Inhalt heraus; jeden Gegenstand legte er behutsam neben sich auf die Bank: zwei aktuelle Zeitschriften, eine *Los Angeles Times*, eine Zahnbürste nebst Zahnpasta im speziellen Reiseetui, ein sauberes weißes Hemd, eine noch nicht angebrochene Flasche Bourbon und eine braune Papiertüte, die oben umgeschlagen und mit Klebeband verschlossen war. Die Tüte war ziemlich schwer, und man hörte ein helles, metallisches Klirren, als Frank sie auf der Bank abstellte.

»Bitte nehmen Sie die Tüte, Captain«, sagte Dalloway, »mit meinen besten Empfehlungen.«

»Was ist da drin, eine selbstgebastelte Bombe?«

»Eine selbstgebastelte Bombe. Ja. Doch, genau das ist es in gewisser Weise. Ich habe sie allerdings nicht gebastelt. Sie ist mir nur zur Aufbewahrung übergeben worden. Es war natürlich ganz falsch von mir, diese Verantwortung zu übernehmen, das ist mir jetzt klar. Aber ich dachte eben, ich könnte das Geld vielleicht nehmen und den rechtmäßigen Besitzern zurückerstatten, ohne mich oder sonst jemanden zu belasten.«

»Was für Geld, und wem gehört es?«

»Ich weiß nicht, wem es gehört, aber der Betrag beläuft sich auf dreitausend Dollar und etwas Silbergeld.« Dalloway rieb sich einen Wangenknochen, wo die Äderchen geplatzt waren, so daß ein Muster aus winzigen, purpurnen Kreuzchen auf der Haut zurückblieb. »Mehr möchte ich zum jetzigen Zeitpunkt nicht sagen.«

»Sie wissen also nicht, wem das Geld gehört?«

»Nein. Wie ich schon sagte, hatte ich die Absicht, es herauszufinden. Ich habe angenommen – ich habe den Verdacht gehabt, daß es – nun ja, daß es aus einer leicht anrüchigen Quelle kommt.«

»Wie *leicht*?« Greer betonte das Wort ironisch.

»Das weiß ich nicht.«

»Dann werde ich es Ihnen sagen, Mr. Dalloway. Für diese dreitausend Dollar wurde eine kranke alte Frau entführt.«

»Nein. Mein Gott, nein, das glaube ich nicht – das kann doch nicht –«

»Betäubt, aus ihrem Bett heraus verschleppt und zwecks Erpressung von Lösegeld festgehalten. Das Lösegeld wurde heute früh bezahlt, aber die Frau wird immer noch vermißt.«

»Das ist schrecklich, ganz schrecklich.« Dalloway hielt sich ein Taschentuch an die zitternden Lippen. »Wer – wer war die Frau?«

»Für einen, der versucht hat, mit dem Lösegeld aus der Stadt abzuhauen, machen Sie ganz schön auf unschuldig.«

»Ich bin unschuldig.«

»Sie wußten nichts von der Entführung, Sie wissen nicht, wer das Opfer ist. Ich wette, Sie wissen noch nicht mal, wie Sie zu dem Lösegeld gekommen sind. Vielleicht hat es

Ihnen ein großer, dunkler Unbekannter auf der Straße zugesteckt. Oder haben Sie es vielleicht von der Dame bekommen, die Sie gestern abend in der Bar kennengelernt haben?«

Dalloway hatte seine Fassung einigermaßen wiedergewonnen. Er sagte leise: »Ich ziehe es vor, weitere Fragen nur in Anwesenheit eines Anwalts zu beantworten.«

»Was Sie vorziehen, ist mir ziemlich egal. Wo ist Mrs. Goodfield?«

»Das weiß ich nicht.«

»Wo ist Ada Murphy?«

»Ich habe keine Ahnung. Ich kenne diesen Namen nicht.«

»Aber das Gesicht kennen Sie?«

»Ich – na ja, es kann sein, daß ich sie mal in der Stadt gesehen habe, aber nicht mit Namen kenne.«

»Ich glaube, Sie kennen sie«, meinte Greer, »und zwar sehr gut. Ich glaube, Sie haben ihr bei ihrem verrückten Plan geholfen, das Lösegeld an sich genommen und zwei Plätze für Flug siebenunddreißig nach Osten besorgt. Das zweite Ticket ist für Murphy.«

»Das ist eine Behauptung, keine Frage.«

»Ich frage deshalb nicht, weil die Antwort auf der Hand liegt.«

»Für mich nicht. Ich kann mich nicht erinnern, daß ich eine Bekannte namens Ada Murphy hätte.«

»Dann wollen wir mal Ihr Gedächtnis auffrischen.« Aus seiner Brieftasche nahm Greer das Foto von Murphy, wie sie das Schaufenster betrachtete. Auf dem ungestellten Schnappschuß kamen Murphys charakteristische Eigenschaften deutlich heraus. Ihre Haltung war arrogant, ihr Gesicht entschlossen, als hätte sie in dem Schaufenster etwas entdeckt, was sie wollte und sich um jeden Preis zu verschaffen gedachte. »Erkennen Sie sie, Dalloway?«

»Nein«, flüsterte Dalloway; dann wurde ihm bewußt, daß seine Stimme kaum zu hören war, er räusperte sich und sagte noch einmal: »Nein.«

»Es ist nicht zufällig die Dame, die Sie gestern abend in einer Bar aufgegabelt haben? Und sie hat Ihnen nicht die dreitausend Dollar gegeben, damit Sie sie für sie aufbewahren oder mit ihr teilen?«

»Nein.«

»Sie sind ein Lügner, was, Dalloway?«

»Nein. Ich möchte einen Anwalt.«

»Sie sind noch nicht mal ein guter Lügner. Ein guter Lügner wäre wenigstens so schlau, Fakten zuzugeben, die sich beweisen lassen. Die Identität dieser Frau kann ich beweisen.«

»Nicht durch mich.«

»Nein, ganz im Gegenteil.«

»Ich möchte einen Anwalt.«

»Ihre Platte leiert allmählich«, sagte Greer. »Außerdem trage ich keinen Vorrat an Anwälten als Lebensretter mit mir herum. Na los, Dalloway, schauen Sie sich das Bild noch mal an. Hier, nehmen Sie's in die Hand und sehen Sie genau hin. Hat sie sich sehr verändert, seit Sie sie das letzte Mal gesehen haben? Vielleicht ein bißchen zugenommen? Oder sieht man das Alter ein bißchen mehr? Wie alt ist sie jetzt, Dalloway? Wie viele Jahre ist es her, daß Sie aus Boulder Junction weggezogen sind?«

Langsam und wortlos zerknüllte Dalloway das Bild und warf es über seine Schulter. Es prallte heftig gegen die Glasscheibe und fiel wie ein benommenes Insekt auf den Boden.

»Wie viele Jahre ist es her, seit Sie aus Boulder Junction weggezogen sind, Dalloway?«

Es kam keine Antwort.

»Es war bestimmt hart für Sie, einem Mädchen wie Lora sowohl Mutter als auch Vater zu sein. Sie haben mein Mitgefühl.«

»Ihr Mitgefühl können Sie sich sonstwohin stecken«, sagte Dalloway. »Sie –«

»Beherrschen Sie sich, Mister, sonst müssen Sie sich noch auf Ihr Alter verlassen, damit Sie heil hier herauskommen.«

Dalloway wiederholte seine Worte mit deutlichem Nachdruck.

»Ich warne Sie, Dalloway.«

»Mit der Klappe sind Sie ganz groß.«

Frank trat zwischen die beiden. »Immer mit der Ruhe. Da kommt eine Dame.«

Die Dame, eine Platinblonde mit einer riesigen, mit Schmucksteinen besetzten Sonnenbrille, kam auf zehn Zentimeter hohen Absätzen in den Warteraum gestöckelt. Sie hatte es sichtlich eilig, aber die hohen Absätze und die Sonnenbrille behinderten sie: Sie konnte sich nicht richtig im Gleichgewicht halten, und sie konnte nach dem strahlenden Sonnenschein draußen im Dämmerlicht des Warteraums nicht allzu gut sehen. Sie zögerte, spähte mit nervöser Unsicherheit zu den Männern hinüber und strebte dann mit kurzen, hastigen Schritten dem Ausgang zu.

Greer war vor ihr an der Tür. »Einen Moment, bitte.«

»Was soll denn das? Gehen Sie mir aus dem Weg. Das da ist mein Flugzeug. Ich bin ohnehin schon spät dran.«

»Sie sind noch viel später dran, als Sie glauben, Murphy.«

»Ich heiße Johnston.«

»Die Perücke steht Ihnen gut, ist aber ein bißchen theatralisch. Wo haben Sie sie her – von Rose?«

»Lassen Sie mich hier raus.«

»Sie kommen schon raus, aber nicht durch diese Tür.«

»Sie können mich nicht daran hindern.«

»Probieren Sie's ruhig aus.«

Aber sie probierte es nicht aus. Statt dessen griff sie langsam nach der mit Schmucksteinen besetzten Sonnenbrille und nahm sie ab. Sie sah zuerst Greer, dann Frank und schließlich Dalloway an.

Ihre Worte galten ihm. »Du mieser Spitzel.«

Dalloway stand auf und ging in lockerem Schlenderschritt auf sie zu, wie um einen alten Freund zu begrüßen. »Wie hast du mich gerade genannt, meine Liebe?«

»Wahrscheinlich hast du alles ausgeplaudert.«

»Wie du mich genannt hast, will ich wissen.«

»Das hast du doch gehört. Oder bist du etwa auch noch taub und nicht bloß verkrüp –«

Der Satz wurde nicht vollendet, weil Dalloways flache Hand sie an der Wange traf. Die Kraft des Schlages brachte sie ins Stolpern, aber sie fiel nicht hin, und sie schrie auch nicht auf. Daß überhaupt etwas passiert war, sah man nur am langsamen Rotwerden ihrer Wange.

»Möchtest du diese Bezeichnung wiederholen, Lora?«

»Meinetwegen«, sagte sie mit einem leichten Achselzucken. »Du bist ein mieser Spitzel.«

Dalloway schlug sie erneut. Diesmal versuchte Greer, ihn daran zu hindern, aber er war nicht schnell genug. Lora fiel gegen die Tür. Auch diesmal schrie sie nicht auf, zeigte keinerlei Reaktion. Es war, als hätte er seine Macht, ihr weh zu tun, verloren und als bereite es ihr ein gewisses Vergnügen, daß er es dennoch versuchte und sich dabei nur selbst weh tat.

Sie rappelte sich auf. Ihre Perücke war leicht verrutscht, und so nahm sie sie ganz ab, riß sie sich unter Haarnadelgeriesel vom Kopf und schleuderte sie auf den Boden.

Dalloway betrachtete sie. Sein Gesicht war aschfahl geworden, und er schwankte leicht, wie kurz vor dem Zusammenbruch.

»Überleg mal, wie brutal du werden könntest, wenn du zwei Arme hättest«, sagte Lora. »So langweilst du mich bloß.«

Dalloway bedeckte sich mit seiner einen Hand die Augen. »Was habe ich nur getan, womit habe ich dich nur verdient?«

»Du hast mich nicht bloß verdient, du hast mich gemacht. Ich bin dein kleines Mädchen, ganz und gar dein Produkt. Vielleicht sollte ich mir das auf den Rücken tätowieren lassen: Hergestellt von Haley Dalloway.«

»Ich kann nicht – Lora –«

»Wir wollen nicht rührselig werden. Es ist so schon schlimm genug.« Sie wandte sich an Greer. »Ich nehme an, Sie werden mich festnehmen.«

Greer nickte.

»Ihn auch?«

»Ja.«

»Unter welcher Beschuldigung? Mich, meine ich.«

»Entführung. Erpressung. Körperverletzung. Einbruch. Und vielleicht Mord.«

»Ich habe nichts davon getan, jedenfalls nicht wirklich.«

»Mir ist es wirklich genug«, meinte Greer. »Gehen wir?«

»Im Moment habe ich offenbar keine Wahl. Aber Sorgen mache ich mir nicht. Keine dieser Beschuldigungen läßt sich aufrechterhalten.«

»Wir werden sehen.«

»Wenn ich einen Mord begangen habe, wo ist dann die Leiche? Wenn ich jemanden entführt habe, wo ist dann das Opfer? Wenn ich Geld erpreßt habe, wo ist es dann?«

»In der Aktentasche Ihres Vaters.«

»Das ist seine Aktentasche, nicht meine. Also wirklich, Sergeant –«

»Captain.«

»Sergeant, Captain, was macht das schon für einen Unterschied? Sie sind einfach ein Cop.«

»Irgendwann versuche ich mal, Ihnen den Unterschied zu erklären.«

»Lora, um Himmels willen«, unterbrach Dalloway. »Hör doch auf, ihn zu reizen.«

Lora schien die Vorstellung, sie könnte jemanden reizen, sehr zu überraschen. »Das tu ich doch gar nicht.«

»Arbeite mit ihm zusammen. Ganz gleich, was du getan hast, gib es zu. Sag ihm, was er wissen will.«

»Zum Beispiel?«

»Zum Beispiel, wo ist Mrs. Goodfield?« fragte Greer.

Sie antwortete ohne zu zögern. »Das weiß ich nicht. Ich habe sie schon seit einiger Zeit nicht mehr gesehen.«

»Seit wann?«

»Och, seit gestern mittag ungefähr.«

»Was ist passiert?«

»Nichts ist passiert. Sie hatte miese Laune und wollte nicht mit mir reden.«

»Haben Sie irgendwie zu ihrer miesen Laune beigetragen?«

»Wie meinen Sie das?«

»Ethel Goodfield behauptet, es fehlt eine ganze Menge Whisky.«

»Ach so, das«, meinte Lora lässig. »Klar, ich habe ihr eine Flasche gebracht, wenn sie mich darum gebeten hat. Von der ewigen Rumsitzerei in ihrem Zimmer kriegte sie manchmal den Moralischen.«

»Und mit einer Kiste Scotch läßt sich der sehr wirkungsvoll bekämpfen.«

»Manchmal habe ich mit ihr getrunken, wenn sie mich darum gebeten hat. Wir haben viel gelacht zusammen.«

»Wo ist sie jetzt?«

»Ich habe Ihnen doch gesagt, das weiß ich nicht.«

»Wo waren Sie gestern abend um sechs?«

»Um sechs? Da habe ich vermutlich gegessen.«

»Sie waren im Drugstore Ecke Anacapa und Fünfte und haben unter falschem Namen 150 Gramm Äther gekauft.«

»Wenn Sie das schon wissen, warum fragen Sie dann?«

»Wo waren Sie heute früh, sagen wir zwischen drei und sechs?«

»Sagen Sie's mir.«

»Sie waren in Mrs. Goodfields Schlafzimmer. Warum?«

»Ich saß in der Klemme«, sagte Lora. »Ich hatte die ganze Geschichte satt. Deswegen habe ich auch den Äther gekauft – ich habe mir überlegt, mich umzubringen. Aber dann ist mir eingefallen, daß die alte Dame mir vielleicht Geld leiht, so daß ich aus der Stadt verschwinden und woanders ganz von vorn anfangen kann.«

»Wie sind Sie ins Haus gekommen?«

»Ich bin einfach hineingegangen. Ich hatte einen Schlüssel zur Hintertür.«

»Und wie sind Sie in das Schlafzimmer gekommen?«

»Genauso. Einfach hineingegangen. Es war nicht abgeschlossen.«

»Und Mrs. Goodfield hat geschlafen?«

»Mrs. Goodfield«, sagte Lora trocken, »war weg.«

Das große Flugzeug hob vom Boden ab und stieg langsam in die Luft, wie eine Möwe, die aufs Meer hinausfliegt.

»Das glauben Sie wohl nicht, was, Captain?«

»Nein.«

»Das wußte ich. Aber zufällig stimmt es trotzdem. Sie war weg, als ich hinkam.«

»Wie hat das Zimmer ausgesehen?«

»Wie es ausgesehen hat?«

»Ja. Die Fenster, zum Beispiel.«

»Die waren zu, sogar verriegelt.«

»Ihre Geschichte ist voller Löcher«, sagte Greer.

»Die kann ich stopfen.«

»Womit?«

»Einfach mit Papier.« Sie zog einen gefalteten Briefbogen aus ihrer Handtasche und gab ihn ihm. »Als ich in ihr Schlafzimmer kam, war die alte Dame weg, und das hier lag auf ihrem Schreibtisch. Da war noch ein anderes Blatt, ganz zerknüllt, als hätte sie geübt, was sie schreiben soll. Ich habe es glattgestrichen und gelesen, aber ich habe es dort gelassen und statt dessen das hier mitgenommen.«

Greer entfaltete das Blatt und las Mrs. Goodfields letzte Nachricht an ihren Sohn: *Willett, ich kann dieses Leben nicht mehr ertragen, deswegen gehe ich fort. Mach Dir keine Sorgen, es wird alles gut. Du kannst mir vertrauen. Werde Dir später mitteilen, wo ich bin, aber such nicht nach mir, es ist mir Ernst damit.*

22

Niemand glaubte ihr, aber Lora Dalloway blieb für den Rest des Nachmittags bei ihrer Geschichte. Um halb sechs bekam sie in der an Greers Büro angrenzenden Zelle, die für besondere Häftlinge reserviert war, ein leichtes Abendessen. Greer ließ sich eine Kanne Kaffee und einen Segeltuchstuhl bringen. Er hatte Lora auf dem Flughafen, im Auto und in seinem Büro verhört, und er glaubte, daß dieser recht drastische Umgebungswechsel sich günstig auf ihr Verhältnis zur Wahrheit auswirken würde.

Das war nicht der Fall. Sie schien sich in der Zelle recht wohl zu fühlen, aß mit gutem Appetit und wiederholte ihre Version des Hergangs.

Nein, sie wisse nicht, wo Mrs. Goodfield sich befinde und warum und wie sie fortgegangen sei. Sie habe den Äther in einem Anfall von Verzweiflung gekauft, es sich dann aber anders überlegt, als ihr der Gedanke gekommen sei, sich von der alten Mrs. Goodfield Geld zu leihen, um aus der Stadt weggehen zu können.

»Was war das für eine Klemme, in der Sie sich befanden?« fragte Greer.

»Och, Sie wissen schon, persönliche Probleme.«

»Nein, ich weiß nicht. Erzählen Sie's mir.«

»Na ja, da war zunächst mal Ortega, der mir im Nacken saß und heiraten und Kinder großziehen wollte. *Kinder*, auch das noch. Mir wird schon schlecht, wenn ich bloß dran denke. Ortega ist in Ordnung, er sieht gut aus, aber er ist bloß ein Junge. Jedenfalls wurde es langsam schwierig, mit ihm fertigzuwerden. Ich habe gedacht, es ist der geeignete Moment, um zu verschwinden. Diesen Mexikanern ist nicht immer zu trauen – die messen dem Leben keinen so großen Wert bei wie wir.«

Obwohl er Lora allmählich zu verstehen glaubte, war Greer dennoch verblüfft über ihr widersprüchliches Denken. Offenbar hielt sie es für logisch, vor Ortegas möglicher Gewalttätigkeit davonzulaufen und gleichzeitig eine Gewalttat gegen sich selbst zu planen; vom Wert eines Menschenlebens zu sprechen und diesen zugleich zu ignorieren. Ihre Worte und ihre Empfindungen standen kaum in Zusammenhang. Sie liefen getrennt voneinander und in entgegengesetzte Richtungen; nur manchmal, wie etwa bei der Begegnung mit ihrem Vater im Warteraum des Flughafens, berührten sie sich.

Er sagte: »Ortega ist ein netter Junge. Ich glaube schon, daß Sie mit ihm fertiggeworden wären. Er liebt Sie sehr.«

»Er betet mich an«, sagte Lora scharf. »Na und? Ich mag nicht angebetet werden. Ich mag dieses Verantwortungsgefühl nicht. Da könnte ich jedesmal auf alle draufschlagen.«

Und auf dich selber auch, dachte Greer. Aber er sagte es nicht. Statt dessen nippte er an seinem Kaffee und wartete darauf, daß sie fortfuhr.

»Der zweite Grund war mein Vater. Ich habe natürlich gewußt, daß er sich in der Stadt aufhielt, aber ich hatte bis gestern keine Ahnung, daß er mir so dicht auf den Fersen war. Ich habe aus dem Fenster geschaut, und da steht er im Garten und redet mit Ortega. Ich war stinkwütend. Mein ganzes Leben lang hat er das gemacht.«

»Was gemacht?«

»Mich bevormundet, mich behandelt wie eine Vierjährige, mich dazu zu bringen versucht, daß ich zu Hause bleibe und so lebe, wie er sich das vorstellt. Ich kann nicht so leben. Ich brauche Spannung, Abwechslung, Spaß.«

»Entspricht es Ihrer Vorstellung von Spaß und Spannung, als gewöhnliches Dienstmädchen zu arbeiten?«

»Ich war kein gewöhnliches Dienstmädchen. Und in gewisser Weise hat es tatsächlich Spaß gemacht mitanzusehen, wie Ethel diesen Gnädige-Frau-Schmus geschluckt und Willett sich wie ein Ballon aufgeblasen hat, wenn ich ihn Sir genannt habe. Wenn es einen Preis für Schwachsinn gäbe, die beiden hätten ihn wirklich verdient.«

Greer sah angelegentlich zu dem vergitterten Fenster hinüber. »Und Ihre überragende Intelligenz hat Sie ins Gefängnis gebracht.«

»Sie bringt mich auch wieder raus.«

»Sie sind ja sehr zuversichtlich.«

»Warten Sie ab, bis Willett kommt. Er wird alles erklären und für die notwendige Kaution sorgen. Er kommt doch? Sie haben ihm meine Nachricht doch bestellt?«

»Ja.«

Sie beugte sich gespannt vor, wie ein Kind, das gleich seine Lieblingsgeschichte erzählt bekommt. »Was haben Sie ihm gesagt?«

»Das, worum Sie mich gebeten haben – daß Sie ihn sprechen wollen und daß Sie in Wirklichkeit Lora Dalloway heißen und Roses Tochter sind.«

»Und wie hat er reagiert?«

»Er wirkte verblüfft, aufrichtig verblüfft.«

»Na und ob«, sagte sie mit selbstzufriedenem Lächeln.

»Er hatte keine Ahnung, wer ich bin. Ich habe meine Rolle voll ausgespielt.«

»Mehr als voll.«

»Ich halte Sie nicht gerade für eine Autorität auf dem Gebiet der Schauspielkunst.«

»Um Schmalz zu erkennen, braucht man keine Autorität zu sein«, sagte Greer. »In der Beziehung sind Sie wie Ihre Mutter. Letzte Woche habe ich im Fernsehen einen von ihren alten Filmen gesehen – sie konnte nicht mal nach der Uhrzeit fragen, ohne sich über die ganze Leinwand auszubreiten.«

»Das stimmt nicht. Meine Mutter war eine wunderbare Schauspielerin. Ich hätte auch eine werden können, wenn ich die Chance gehabt hätte.«

»Das ist Ihre Lebensgeschichte, was? Sie hatten nie eine Chance.«

»Keine richtige. Dalloway hat mich eingeengt.«

»Also haben Sie beschlossen, in den Westen zu gehen und Ihre Mutter zu suchen. Wo sind Sie zuerst gewesen?«

»Ich bin in L. A. gelandet. Ich war pleite, also habe ich für zwei Wochen einen Job angenommen, um ein bißchen Geld für Kleider zu verdienen. Ich hatte kaum Kleider mitgenommen, und ich wollte meiner Mutter nicht wie eine Landstreicherin gegenübertreten. Ich dachte – ich hatte die Vorstellung, sie wäre ziemlich reich.«

»Es muß ein ziemlicher Schock für Sie gewesen sein.«

»Ja. Diese schreckliche Pension – diese schmuddelige Mrs. Cushman – ich konnte es kaum glauben. Und Mutter hat fürchterlich ausgesehen, alt und abgehärmt und halb verhungert.«

»Hat sie sich darüber gefreut, Sie zu sehen?«

»Einigermaßen. Ich habe nicht erwartet, daß sie vor

Freude an die Decke springt. Wir haben uns ganz gut verstanden, nicht als Mutter und Tochter, sondern als zwei Leute, die etwas gemeinsam hatten – wir brauchten beide Geld.«

»Sie haben die Pension nur einmal aufgesucht?«

»Ja, nur einmal. Danach haben wir uns anderswo getroffen, in Cafés oder auf der Buhne.«

»Warum?«

»Rose war nicht scharf darauf, mich als ihre lang verlorene Tochter zu präsentieren; das hätte ein allzu schlechtes Licht auf sie geworfen. Und ich war offen gesagt auch nicht sonderlich scharf darauf, präsentiert zu werden. Ich habe weiterhin den Namen Ada Murphy geführt. Das ist ein so gewöhnlicher und häßlicher Name, daß kein Mensch je auf den Gedanken käme, er wäre nicht echt.«

»Worüber haben Sie und Ihre Mutter geredet, wenn Sie sich getroffen haben?«

»Och, über dies und das«, sagte sie mit einer unbestimmten Handbewegung.

»Über nichts Spezielles?«

»Nein.«

»Sie hat Ihnen nicht von dem Job erzählt, den man ihr angeboten hat?«

»Nein.«

»Sie stand offenbar gerade im Begriff, diesen Job anzutreten, als sie starb. Vielleicht hat sie ja beschlossen, bei den Goodfields vorbeizuschauen und Ihnen auf Wiedersehen zu sagen.«

Lora blinzelte. »Ja, daran habe ich auch schon gedacht. Das kann durchaus sein. Sie hat gewußt, wo ich arbeite.«

»Hat sie auch gewußt, warum Sie dort arbeiten?«

»Warum? Warum arbeitet man denn wohl? Um seine Brötchen zu verdienen.«

»Sie haben sich ganz gezielt bei den Goodfields eingeschleust. Leugnen Sie es nicht. Wir haben die Aussagen von Ethel Goodfield und von Miss Raffin von Personal Services. Wozu der Heidenaufwand, um sich einen mittelmäßigen Job zu angeln?«

»Ich habe gehört, daß die Goodfields jemanden suchen, der ihnen bei der Pflege der alten Dame hilft.«

»Von wem haben Sie das gehört?«

»Von Ortega. Ich habe ihn eines Tages am Strand kennengelernt, beim Brandungsfischen. Wir sind auf die neue Familie zu sprechen gekommen, die gerade das Pearcesche Anwesen gemietet hatte, wo er arbeitete.«

»Und Ortega hat Ihnen in aller Ausführlichkeit von den Goodfields erzählt und daß sie eine Gesellschafterin für Mrs. Goodfield brauchen.«

»Stimmt genau.«

»Nein, es stimmt ganz und gar nicht genau«, sagte Greer. »Es stimmt nicht einmal annähernd. Weder Willett noch Ethel Goodfield hatten vor Roses Tod näher mit Ortega zu tun. Er ist an bestimmten Wochentagen gekommen und hat seine Arbeit gemacht. Sein Lohn war in der Miete enthalten, die die Goodfields bezahlt haben; sie hatten weder einen persönlichen Kontakt mit ihm noch ein Interesse an ihm.«

»Er hat trotzdem über sie Bescheid gewußt.«

»Und bei der Geschichte wollen Sie bleiben?«

»Eisern.« Sie war mit dem Essen fertig, stellte das Blechtablett auf den Fußboden und wischte sich mit einem Taschentuch den Mund ab. »Wo ist übrigens mein Vater?«

»Der wird noch verhört.«

»Das ist ja lächerlich. Nicht daß mir was an ihm liegt, aber er hat nichts mit dem Geld zu tun. Das habe ich doch alles erklärt.«

»Erklären Sie's noch mal.«

»Na schön, wenn Sie unbedingt wollen. Ich bin so gegen drei Uhr morgens zu den Goodfields gegangen. Was die Uhrzeit angeht, bin ich mir nicht ganz sicher – ich hatte mich die ganze Nacht in der Stadt rumgetrieben, war im Kino gewesen, spazierengegangen und hatte ein bißchen was getrunken. Die Drinks haben mich wieder aufgemöbelt, mir Hoffnung gemacht. Ich war nicht mehr so scharf darauf, mich umzubringen. Ich bin eigentlich nicht der Typ für Selbstmord. Ich kriege zwar meine Depressionen, aber ich komme auch schnell wieder auf die Beine.«

»Und Ihre Beine haben Sie geradewegs zu den Goodfields getragen.«

»Ja, ich wollte mir von Olive Goodfield Geld leihen. Ich wußte, sie hatte nicht viel, wenn überhaupt etwas, aber ich war mir sicher, daß irgendwo im Haus Bargeld war. Ich hatte Willett am Telefon mit Jack über das Darlehen reden hören, das Jack wollte, und nach dem Telefongespräch ist Willett zur Bank gegangen. Ich habe zwei und zwei zusammengezählt und bin auf dreitausend Dollar gekommen.«

»Und das wollten Sie sich alles leihen?«

»Ich dachte, ich versuche es wenigstens. Schließlich haben sie und ich uns gut verstanden, besser, als mancher denkt. Das Problem war nur, daß sie weg war, als ich hinkam. Ich war mitten in der Nacht für nichts und wieder nichts fünf Kilometer gelaufen. Mir taten die Füße und der Kopf weh, mir war kalt, und ich hatte Hunger. Komisch, wie brillant der Verstand manchmal funktionieren kann, wenn der Körper völlig am Ende ist.«

»Umgekehrt ist es noch viel komischer«, sagte Greer.

»Meine Idee war hervorragend. Sie wollen das bloß nicht anerkennen, weil die Sache nicht hundertprozentig legal war.«

»Sie war nicht mal entfernt legal. Sie haben eine Entführung vorgetäuscht.«

»Was sollte ich denn machen?«

Greer begriff, daß es sinnlos war, ihr zu antworten. Wie ihre Mutter hatte Lora einen psychopathischen Zug, der moralische Selbsturteile unmöglich machte. Was sie dachte, war brillant, was sie tat, richtig. Später, wenn die Brillanz verblaßte und das Richtige sich als falsch erwies, konnte sie ihre Fehler zugeben. Aber bis dahin war ihr Kurs offenbar stets vorgegeben; sie steuerte geradewegs auf ihr Ziel zu, ob es sich nun um einen Hafen oder eine Treibmine handelte.

»Ich hatte immer noch die Ätherflasche in meiner Handtasche«, fuhr Lora fort. »Ich habe nicht lange gebraucht, um das Zimmer entsprechend herzurichten: die Fenster und das Stück Seide von ihrem Morgenmantel an dem Glassplitter. Ganz zum Schluß habe ich die Flasche aufgemacht und den Äther auf dem Bett versprengt. Dann bin ich nach unten und durch die Hintertür hinaus zur Garage gegangen. Von dort habe ich die ausziehbare Leiter zu der Sonnenterrasse von Mrs. Goodfields Schlafzimmerfenster getragen.«

Sie warf Greer einen strahlenden, Anerkennung für ihre Schlauheit heischenden Blick zu. Greer wandte sich ab, spürte kalten Widerwillen wie Eiswasser durch seine Adern strömen. »Haben Sie sich keine Gedanken um Mrs. Goodfield gemacht – was ihr passiert sein könnte?«

»Wieso denn? Wenn sie abhauen wollte, dann war das

ihre Sache, nicht meine. Ich habe mir das bloß zunutze gemacht.«

»Ach so.«

»Ich bin in die Stadt zurück und in irgendein mieses Hotel gegangen, um ein paar Stunden zu schlafen. Ich habe dem Nachtportier weisgemacht, ich hätte mich mit meinem Mann gestritten und ihn verlassen, und er hat keinen Verdacht geschöpft. Kurz vor sieben bin ich aufgestanden und habe Ethel von einem Münztelefon in einem Restaurant aus angerufen. Es ging alles glatt, wie geplant. Nervös bin ich erst geworden, als ich das Lösegeld abgeholt hatte. Mir wurde klar, daß Ethel ihren Mund nicht halten konnte und daß jeder Cop in der Stadt nach mir suchen würde. Sobald die Geschäfte aufmachten, habe ich mir eine Sonnenbrille gekauft. Dann habe ich bei einer Schaufensterpuppe in einem Schönheitssalon die blonde Perücke gesehen. Ich habe dem Besitzer erzählt, ich wollte sie mir ausleihen, um meinem Mann einen Streich zu spielen. Er hat die Geschichte geschluckt. Es ist erstaunlich, wie leichtgläubig die Leute sind, wenn man so tut, als würde man sie ins Vertrauen ziehen.

Mit der Perücke und der Sonnenbrille habe ich mich erheblich sicherer gefühlt, aber nicht sicher genug. Ich hatte immer noch das Geld bei mir, und ich hatte immer noch keine Möglichkeit, weit genug von der Stadt wegzukommen. Die Polizei würde bestimmt sämtliche Fahrkartenschalter überwachen, und zum Trampen bin ich nicht der Typ. Und da habe ich meinen großen Fehler gemacht. Ich bin zu meinem Vater gegangen.« Sie lachte, ein kehliges Lachen, das durch die Zelle schwappte und giftig von der Wand troff. »Gott, was war das für ein glückliches Wiedersehen. Der alte Knabe hat sich aufgeführt wie eine Kreuzung zwischen Jesus Christus und Simon Legree.«

»Immerhin hat er sich bereit erklärt, Ihnen zu helfen.«

»Na klar. Ich hab die Szene mit Tränen, Schwulst und Versprechungen aufgemotzt. Auf so was fällt der arme Dalloway immer wieder rein, besonders auf die Versprechungen. Er war damit einverstanden, das Geld für mich aufzubewahren – ich habe ihm gesagt, ich hätte es beim Pferderennen gewonnen – und zwei Flugtickets nach New York zu kaufen. Ich sollte zum Flughafen kommen. Das habe ich getan. Den Rest kennen Sie.«

»Sind Sie bereit, eine Aussage zu unterschreiben?«

»Nein, das habe ich Ihnen doch schon gesagt. Ich unterschreibe gar nichts.«

»Wieso nicht?«

»Ganz einfach: Vielleicht will ich meine Geschichte später ändern, und dann sähe es nicht so gut aus, wenn es eine unterschriebene Aussage gäbe, in der etwas anderes steht.«

»Es sieht in jedem Fall nicht so gut aus.«

»Och, ich weiß nicht. Falls es zu einer Gerichtsverhandlung kommt, steht Ihr Wort gegen meins, und ich kann ziemlich überzeugend sein.«

»Sie können gefährlich offenherzig sein.«

Das gefiel ihr. »Ich war schon immer offenherzig, genau wie meine Mutter.«

»Ich nehme an, Sie wissen, daß Ihre Mutter eine Zeitlang in der psychosozialen Beratungsstelle in Behandlung war.«

»Quatsch. Sie war nicht in Behandlung. Frank Clyde, ein Freund von ihr, arbeitet dort. Sie ist nur zum Spaß hingegangen.«

»Sie haben mehr mit Ihrer Mutter gemeinsam, als Ihnen klar ist«, meinte Greer.

»Sie haben sie ja gar nicht gekannt.«

»Frank hat eine Akte über sie, die ist einen Meter dick.«

»Akten leben und atmen nicht. Sie haben Rose nicht gekannt«, wiederholte sie. »Ihre wunderbare Vitalität – sie hat sich von nichts unterkriegen lassen, von gar nichts. Sie konnte kämpfen.«

»Und gegen Ende hat sie mit Weinflaschen gekämpft und immer öfter verloren.«

»Quatsch.« Lora warf einen Blick auf ihre Armbanduhr. »Wird langsam Zeit, daß Willett kommt. Ich habe keine Lust, die ganze Nacht zu warten.«

»Ich sehe mal nach, ob er schon da ist.«

»Sie sind sehr nett. Sie sind so nett, daß ich mich frage, warum.«

»Sich Fragen zu stellen ist nicht das schlechteste für ein Mädchen wie Sie«, meinte Greer.

23

In Greers Büro wartete Barrett. Er rauchte eine lange, schwarze Zigarre, die nach brennender Wolle roch.

Greer öffnete das Fenster. »Viel mitgekriegt?«

»Fast jedes Wort. Prima Akustik.«

»Und was meinen Sie?«

»Zu der Entführung? Sie hat recht. Es hat keine gegeben.«

»Sicher?«

»Ich war mir schon vorher sicher. Jetzt bin ich mir ganz sicher. Ich habe Woody und Carbonaro wieder nach Hause geschickt. Ich dachte, ich bleibe noch ein paar Tage hier, mal sehen, ob das Klima meine Nebenhöhlenentzündung wegbringt.«

»Wenn ich ständig so ein Kraut qualmen würde, hätte ich auch Nebenhöhlenentzündung.«

»Ich rauche das Zeug nicht ständig. Ein Freund von mir ist Vater geworden, zum achten Mal. Beim achten kauft man nicht mehr die gleiche Qualitätszigarre.«

Die beiden Männer setzten sich, Greer hinter seinen Schreibtisch, Barrett auf einen gegen die Wand gekippten Stuhl, die Zigarre behutsam in der Hand, als hätte er Angst, sie könnte explodieren.

»Mir ist klar«, sagte Barrett, »daß Sie alles, was wir herausgefunden haben, auch herausgefunden hätten, aber ich bin froh, daß Sie's nicht versucht haben. Wenn Ihre Jungs dort herumgemurkst hätten, wäre es für uns erheblich schwieriger geworden. So ist das Beweismaterial völlig klar. Erstens der Äther. Woody hat die Laken und den Kissenbezug mit einem Reagens behandelt, und es besteht kein Zweifel, daß der Äther planlos darauf versprengt wurde, wie die Frau behauptet. Zweitens das Stück blaue Seide, das sich in der Glastür verfangen hat. Es wurde mit einer Schere abgeschnitten, nicht abgerissen, und die Tür wurde von innen, nicht von außen aufgebrochen. Dann ist da die Sache mit der Sonnenterrasse. Sie ist seit Monaten nicht mehr benutzt worden; es ist nicht ein einziger Abdruck oder sonst eine Spur darauf, nur etwas Vogelkot. Dann die Leiter. Sie wurde gegen das Geländer der Sonnenterrasse gelehnt, genau wie sie behauptet, aber sie hat kein Gewicht getragen; das Gras darunter ist kaum eingedrückt. Im Grunde ist das Ganze nicht mehr als ein schlecht geplanter Jux.«

»Olive Goodfields Verschwinden ist aber kein Jux.«

»Das ist mir klar, aber ich denke, sie ist freiwillig gegangen. Ich habe ihren Abschiedsbrief untersucht, den, den Miss Dalloway Ihnen auf dem Flughafen gegeben hat. Die Handschrift ist zweifellos dieselbe wie auf den Rändern der beiden Straßenkarten, aber im Fall des Briefes gibt es Anzeichen dafür, daß sie unter emotionaler Anspannung stand: Unterschiede in den Wortabständen und im Druck der Feder und gewisse Verzerrungen der Buchstaben. Ich bin davon überzeugt, daß sie das Haus aus freien Stücken und mit – aus ihrer Sicht – gutem Grund verlassen hat.«

»Eine Kranke muß schon einen zwingenden Grund haben, wenn sie mitten in der Nacht aufsteht und weggeht – ohne Gepäck und, soviel ich weiß, auch ohne Geld.«

»Sie hatte Angst. Angst, ob rational oder irrational, ist ein durchaus zwingender Grund. Vielleicht ist etwas passiert, was ihren Beschluß herbeigeführt hat, vielleicht aber auch nicht.«

»Es ist etwas passiert«, sagte Greer. »Ihr Sohn Jack ist aus San Francisco gekommen, aber ich sehe keinen Zusammenhang zwischen diesem Ereignis und ihrem Verschwinden.«

»Sie nicht, aber vielleicht hat Mrs. Goodfield einen gesehen.« Barrett stand auf und drückte die Zigarre in einem Aschenbecher aus. »Ich arbeite häufig mit der Vermißtenstelle in L. A. zusammen. Die Leute verschwinden mitunter aus den merkwürdigsten Gründen. Ich erinnere mich da an einen jungen Mann, der zwei Jahre weg war, weil er eine Krawatte, die ihm seine Mutter zum Geburtstag geschenkt hatte, nicht tragen wollte, aber nicht den Mut aufbrachte, ihr das zu sagen. Als wir ihn schließlich in Spokane ausfindig gemacht haben, war seine Mutter tot. Die Sache ging glücklich aus. Er ist mittlerweile verheiratet, hat einen guten Job und zwei Kinder.«

»Was ist die Moral von der Geschichte, daß wir alle als Waisen auf die Welt kommen sollten?«

»Die Moral ist, verschenke zum Geburtstag keine Krawatten.« Barrett ging grinsend zur Tür. »Bis später. Sie wissen ja, wo ich wohne.«

»Ja.«

»Wär schön, wenn Sie den Fall knacken, Jim. Viel Glück.«

»Danke.«

Die Tür fiel zu.

Greer sah auf seine Uhr. Kurz vor sechs. Er würde schon wieder zu spät zum Essen kommen. Schmorfleisch, hatte

Mary versprochen, gewürzt mit viel Knoblauch und Röstzwiebeln. Er versuchte, sich das Schmorfleisch vorzustellen, wie es ihn auf dem Tisch erwartete. Aber der scheußliche Zigarrengeruch haftete noch an den Wänden, und seine Zunge und seine Mundhöhle schmeckten nur die scharfe Bitterkeit von zuviel Kaffee.

»Schmorfleisch«, sagte er laut, aber das Bild, der Geruch wollten sich einfach nicht einstellen. Er wußte sehr wohl, daß er noch Glück hatte, wenn er um zehn zwei Spiegeleier bekam.

»Tut mir leid, Schmorfleisch ist ausgegangen«, sagte Frank von der Tür her. »Wie wär's statt dessen mit einem erstklassigen Lendensteak und einer doppelten Portion Pommes frites?«

»Das ist kein Witz.« Greer seufzte. »Andere Leute sind rechtzeitig zum Essen zu Hause. Briefträger, Installateure, Gipser, Automechaniker, die setzen sich jetzt gerade alle hin und schlagen sich den Bauch voll. Haben Sie Goodfield mitgebracht?«

»Ja. Es war kein Problem, er wollte selber.«

»Was hat er gesagt?«

»Soweit ich es mitbekommen habe, hält er die Entführung schon für echt. Er ist beinahe hysterisch darauf bedacht, seine Mutter zu finden. Ich bin mir allerdings nicht sicher, ob das Sohnesliebe ist. Für micht sieht es eher wie Wut aus.«

»Auf wen ist er denn sauer?«

»Sehen Sie selbst.«

»Na schön, lassen Sie ihn rein.«

Frank machte die Tür auf. »Sie können jetzt hereinkommen, Mr. Goodfield.«

Mit roten Backen und roten Augen kam Willett, wie von

einem starken Wind geschoben, in das Büro gefegt. »Wo ist sie? Wo ist dieses verlogene, hinterlistige, falsche kleine Monster?«

»Sie können gleich mit ihr sprechen. Setzen Sie sich.«

»Diese Unverschämtheit. Diese Niedertracht. Und das nach allem, war wir uns von ihr haben gefallen lassen. Nie hat sie auch nur einen Handschlag getan. Ich bin wütend, jawohl, wütend, und ich bin keiner, der ohne Grund in Wut gerät.«

»Klar, natürlich. Aber –«

»Wenn ich daran denke, wie Ethel gekocht, geschrubbt und Geschirr gespült hat, während diese faule kleine Schlange bloß herumsaß und gegrinst hat. Gegrinst. Über *meine Frau*. Und die Zeitung – wie sie die Abendzeitung verstümmelt hat, ehe ich auch nur einen Blick darauf werfen konnte. Ganze Teile hat sie herausgeschnitten. Und die ganze Zeit, während ich mir das alles habe gefallen lassen, hat sie hinter meinem Rücken intrigiert.«

»Als ich heute morgen mit Ihnen gesprochen habe, waren Sie offenbar noch nicht so wütend auf sie.«

»Da wußte ich auch noch nicht, daß sie Dalloways Tochter ist. Man muß sich das vorstellen, wie die beiden intrigieren und miteinander Komplotte schmieden –«

»Welches Ziel hatte ihr Komplott, was meinen Sie?«

»Geld«, sagte Willett knapp. »Mein Geld. Sie haben meine Mutter verschleppt und –«

»Nein, das haben sie nicht.«

»Wie bitte? Was – haben Sie gesagt?«

»Sie haben Ihre Mutter nicht verschleppt. Ihre Mutter ist aus eigenem Entschluß gegangen.«

Willett sackte schwer gegen den Schreibtisch und hielt sich mit seinen Wurstfingern, die blaß und knochenlos wie

Würmer aussahen, an der Kante fest. »Mein Gott. Warum haben Sie mir das nicht gesagt?«

»Bis vor kurzem habe ich es selbst noch nicht gewußt. Sie hat einen an Sie gerichteten Brief hinterlassen. Murphy – Miss Dalloway hat ihn mitgenommen, als sie das Zimmer präpariert hat.«

»Zeigen Sie mir den Brief.«

»Der ist im Moment im Labor. Aber ich kann Ihnen ungefähr sagen, was drinsteht. Sie schreibt, daß sie weggeht, weil sie ihr Leben nicht mehr aushält; Sie sollten ihr vertrauen, sich keine Sorgen machen und vor allem nicht nach ihr suchen.«

Es trat längeres Schweigen ein. Frank zündete sich eine Zigarette an, Greer betrachtete eingehend ein Bild an der Wand, das er schon tausendmal gesehen hatte, und Willett drückte sich ein weißes Seidentaschentuch fest an den Mund, als wollte er einen Strom von Worten zurückhalten, der sonst wie Blut oder Galle hervorgesprudelt wäre.

Er sprach durch das Taschentuch hindurch mit erstickter, heiserer Stimme. »Dazu hatte sie kein Recht. Kein *Recht*. Eine *Ungerechtigkeit* ist das. Immer denkt sie nur an sich selbst. Ich habe sie immer gut behandelt, viel zu gut. Ich hätte niemals, niemals auf das hören sollen, was –«

»Setzen Sie sich, Mr. Goodfield.« Greer schob ihm einen Stuhl hin.

Aber Willett war zu aufgewühlt, um sich zu setzen. »Es ist unglaublich, daß sie mir nach allem, was ich für sie getan habe, so etwas antut. Sind Sie sicher, daß der Brief von ihr stammt?«

»Ja.«

»Ganz sicher?«

»Ja.«

»Ich – tja, dann bleibt mir nichts anderes übrig, als mich ihren Wünschen zu fügen. Ich kenne meine Pflicht. Wenn sie nicht will, daß ich nach ihr suche, dann lasse ich es eben.«

»Ich kenne ebenfalls meine Pflicht. Ich werde sie finden.«

»Nein. Bitte. Sie verstehen das nicht, Captain. Sie wird sich aufregen, wenn Sie ihren Wünschen zuwiderhandeln, sie wird wütend werden.«

»An dem Tag, an dem mich der Zorn einer alten Frau von meinem Kurs abbringt, gebe ich meine Marke zurück.«

»Ich habe nicht um mich Angst«, sagte Willett leise, »sondern um sie. Sie ist krank. Die kleinste Aufregung kann tödlich sein.«

»Bis jetzt hat sie sich als ziemlich robust erwiesen. Die Kiste Scotch hat sich schließlich nicht in Rauch aufgelöst. Und gewöhnliche Kranke machen sich auch nicht mitten in der Nacht auf die Socken und verschwinden. Nein, Mr. Goodfield«, fügte er mit ironischem Lächeln hinzu, »ich glaube nicht, daß Aufregung sie umbringt.«

»Es ist sinnlos, mit Ihnen zu streiten.«

»Völlig sinnlos. Jeder Polizist in der Stadt sucht nach Ihrer Mutter, und das schon seit heute morgen.«

»Ich verstehe. Tja, dann gibt es nichts mehr zu sagen.«

»Jedenfalls nicht zu diesem Punkt.« Greer beugte sich vor und sagte in die Sprechanlage: »Daley? Kommen Sie doch bitte mal rein.«

Gleich darauf erschien Daley, ein rosiger, blauäugiger junger Mann mit einer sanften Miene, die ihn für Frauen unwiderstehlich machte und seine eigene Frau zur Raserei trieb. »Ja, Sir?«

»Bringen Sie Mr. Goodfield zu Miss Dalloway. Sorgen Sie dafür, daß die beiden ungestört sind.«

»Ungestört? Sie meinen –«

»Ich meine ungestört.«

»Ich habe schon verstanden, Sir. Ich finde nur, das würde gegen die Bestim –«

»Daley, wenn Sie mal Captain sind, können Sie den Laden hier so leiten, wie Sie wollen. Bis dahin –«

»Bis dahin, jawohl, Sir.«

Willett folgte Daley durch die Seitentür und blickte dabei über die Schulter, als habe er es sich anders überlegt und wolle wieder nach Hause.

Frank trat ans Fenster und warf seine Zigarette auf den Rasenflecken davor. »Ich bin Daleys Meinung. Sie sind ungemein nachsichtig.«

»Ich bin großzügig. Ich will, daß die beiden sich mal so richtig aussprechen.«

»Haben Sie die Zelle verwanzt?«

»Nein. Wenn sie mit normaler Lautstärke reden, kann ich sie durch die Wand hören, aber ich habe so eine Ahnung, daß sie das nicht tun werden. Seien Sie still und hören Sie zu.«

Frank horchte. Zuerst kam das Scheppern der Zellentür, die sich öffnete und wieder schloß, dann Daleys Stimme: »Ich muß leider abschließen, Sir... Nein, Feuergefahr besteht nicht, es ist alles feuersicher... Ja, Sir, ich weiß, daß Sie Steuerzahler sind. Ich bin es auch.« Schweigen, gefolgt von Lora Dalloways Stimme, lebhaft und durchdringend: »Wann hören Sie endlich auf, diese Steuerzahler-Nummer abzuziehen? Heutzutage ist jeder Zeitungsjunge Steuerzahler.«

»Miststück«, sagte Willett. »Wo ist sie?«

»Das wüßten Sie wohl gerne.«

»Raus damit, oder ich schwöre, ich –«

»Schwören Sie lieber nichts. Mein Geduldsfaden ist dünn, genau wie die Wände hier. Dieser Cop ist nicht so dämlich, wie er aussieht. Man hat mich in diese Zelle gesteckt, weil sein Büro gleich nebenan liegt. Ich habe Sie kommen hören, also kann er uns jetzt auch hören. Verstanden?«

Willett verstand offenbar, denn er begann zwar zu reden, aber seine Worte waren undeutlich, bloß sinnlose Silben, wie die rückwärts abgespielte Aufnahme einer Rede.

»Sollen sie reden«, meinte Greer; er hörte sich entspannt und zufrieden an. »Sie müßten sich eine Menge zu sagen haben. Und dann bin ich an der Reihe.«

»Greer –«

»Wie geht's Miriam?«

»Prima«, sagte Frank. »Hören Sie –«

»Und den Jungs?«

»Prima.«

»Freut mich zu hören.«

»Greer, ich finde, Sie sollten die beiden nicht da drin allein lassen, ohne wenigstens den Versuch zu machen herauszufinden, worüber sie reden.«

»Ich weiß, worüber sie reden. Und ich will, daß sie miteinander allein sind. Je gemütlicher die Stimmung, desto besser.«

»Was ist der Trick dabei?«

»Die Natur«, sagte Greer. »Die menschliche Natur – das ist der Trick.«

»Passen Sie bloß auf, daß er nicht danebengeht.«

»Nehmen Sie zwei Leute, die sich hassen und einander mißtrauen, aber etwas voneinander wollen, und Sie kriegen eine Explosion. Oder einen Handel. Irgendwie«, fügte er nach kurzem Schweigen hinzu, »glaube ich, es wird ein Handel.«

24

Es wurde ein Handel.

Es war halb acht, und vor dem Fenster von Greers Büro hing der Meeresdunst, der der Dunkelheit vorausging. Greer drückte den Wandschalter, und die Leuchtstoffröhren gingen flackernd an und verliehen Willetts Haut einen grünlich phosphoreszierenden Schimmer.

»Setzen Sie sich«, sagte Greer. »Haben Sie Ihr Gespräch mit Miss Dalloway beendet?«

»Ja. Ja, das habe ich.« Willett setzte sich, nachdem er zuvor eingehend den Stuhl betrachtet hatte, als glaubte er, Frank oder Greer könnten ihn unter ihm wegziehen. »Ein sehr zufriedenstellendes Gespräch, um die Wahrheit zu sagen. Gewisse zweifelhafte Punkte konnten geklärt werden.«

»So?«

»Ich habe Miss Dalloway etwas vorschnell verurteilt, fürchte ich. Nach eingehender Überlegung bin ich zu der Überzeugung gekommen, daß sie lediglich aus mädchenhafter Unbesonnenheit in diese Affäre hineingeraten ist.«

»Sich mit aller Macht dreitausend Dollar unter den Nagel reißen zu wollen ist ein bißchen mehr als Unbesonnenheit, und Miss Dalloway ist ein bißchen mehr als ein kleines Mädchen.«

»Ich habe nicht vor, mich zu streiten«, sagte Willett mit entschiedenem Kopfschütteln. »Miss Dalloway hat mir alles erklärt und sich erboten, vollständige Wiedergutmachung zu leisten. Unter diesen Umständen weigere ich mich, gerichtlich gegen sie vorzugehen oder eine Anzeige gegen sie zu unterschreiben.«

»Aha.«

»Außerdem weigere ich mich, vor Gericht als Zeuge gegen sie auszusagen.«

»Und Mrs. Goodfield?«

»Meine Frau wird sich ebenfalls weigern, wenn ich ihr die Situation erkläre.«

»Wie ist denn die Situation?«

»Miss Dalloway hat aus Unbesonnenheit gehandelt und ist bereit, das Geld zurückzuzahlen.«

»Sie hat das Geld gar nicht.« Greer lächelte. »Ich habe es.«

»Das ist doch bloß eine Formalität. Es ist nicht Ihr Geld. Es ist meins.«

»Vielleicht müssen Sie vor Gericht gehen, um das zu beweisen, Mr. Goodfield.«

»Das ist ja lächerlich, Sie wissen, daß es mein Geld ist.«

»Woher soll ich das wissen? Ich habe es von Dalloway.«

»Es ist meins«, wiederholte Willett wie ein Kind. »Es ist mein Geld.«

»Wären Sie bereit, einem Richter oder einem Geschworenenkollegium zu erklären, warum Sie so sicher sind, daß es Ihr Geld ist?«

»Ich – nein. Es handelt sich um eine Privatangelegenheit zwischen Miss Dalloway und mir.«

Greer ließ das dahingestellt sein. »Sie sind also davon überzeugt, daß man Miss Dalloway auf freien Fuß setzen und eventuelle Beschuldigungen gegen sie fallenlassen sollte?«

»Was für Beschuldigungen werden denn gegen sie erhoben?«

»Bis jetzt noch gar keine. Ich habe sie lediglich verhört.«

»Sie haben sie verhört?«

»Ja.«

»Dann kann sie also gehen?« fragte Willett. »Sie lassen sie frei?«

»Klar. Sie kann gehen.«

»Tja, also ich muß sagen, das ist sehr anständig von Ihnen, Captain, sehr liebenswürdig.«

»Ich bin nun mal liebenswürdig bis zum Gehtnichtmehr«, sagte Greer.

»Meine Güte, ich bin geradezu überwältigt. Ein so rasches Entgegenkommen hätte ich nicht erwartet.«

»Ich bin auch rasch und entgegenkommend bis zum Gehtnichtmehr.«

»Ha, ha«, machte Willett gequält. »Das muß ich Ethel erzählen. Ich – Sie scherzen doch nicht, was Miss Dalloways Freilassung angeht?«

»O nein, ich scherze keineswegs. Ich möchte natürlich, daß sie in der Stadt bleibt.«

»Aber gewiß doch, das wird sie auch. In meinem Haus.«

»Schön. Ich sage Daley eben rasch, daß er ihre Sachen aus dem Safe holt.« Er ging aus dem Zimmer und machte die Tür hinter sich zu.

Willett warf Frank einen ziemlich schüchternen Blick zu. »Für einen Polizisten ist er ein ziemlich anständiger Kerl.«

»Ja.«

»Daß er eine so vernünftige Haltung einnimmt, hat mich doch sehr überrascht.«

Mich auch, dachte Frank.

»Sie glauben doch nicht, daß er was im Schilde führt?«

»Aber nicht doch, woher denn.«

Willett schwieg eine Zeitlang. Dann sagte er mit resignierter Stimme: »Bestimmt kommt alles wieder irgendwie in Ordnung.«

»Was denn alles?«

»Alles eben. Das Leben ist sehr schwierig, von allen Seiten stürmen Probleme auf einen ein. Nehmen Sie mal einen Mann, einen ganz gewöhnlichen Mann wie mich, an dem überhaupt nichts Besonderes ist – was soll der machen, wenn er plötzlich in der Klemme steckt?«

»Versuchen, wieder herauszukommen.«

»Genau. Er muß handeln. Er muß aggressiv werden. Im Rahmen der Gesetze, selbstverständlich.«

»Selbstverständlich.«

»Auch wenn manche Gesetze ungerecht sind.«

»Welche denn, zum Beispiel?«

Willett machte ein verbissenes Gesicht. »Schon gut.«

Am Fernmeldeschrank im Vorzimmer sprach Greer mit Daley. »Wo steht sein Auto?«

»Eine Straße weiter in der Garden Street, in nördlicher Fahrtrichtung; 47er Lincoln, schwarze Limousine, Kennzeichen 62 x 895.«

»Zwei Beschatter müßten reichen. Goodfield ist nicht sehr helle, und die Frau ist total überheblich. Ich nehme meinen eigenen Wagen, und Shaeffer kann meinetwegen seine aufgemotzte Mühle benutzen. Alles klar?«

»Ja.«

»Okay, geben Sie mir ihren Kram, ich bringe ihn ihr. Ach so, ja, und sagen Sie Clyde, er kann mitkommen.«

»Wieso denn?«

»Ich möchte einen Psychiater dabeihaben. Wenn ich dann durchdrehe, erfährt er's als erster.«

»Ich hätte nicht fragen sollen.«

»Dann lassen Sie's das nächste Mal«, sagte Greer. Er hatte einen besseren Grund dafür, daß er Frank dabeihaben wollte, aber den verschwieg er Daley und sogar Frank selbst.

Lora Dalloway wartete schon darauf, freigelassen zu werden; ihre Hände umfaßten die Gitterstäbe der Zelle, ihr Gesicht lugte erwartungsvoll wie das eines Äffchens daraus hervor. Irgendwann in der vergangenen Stunde hatte sie beschlossen, die Rolle zu wechseln und statt der hartgesottenen Blasierten das nette, gefühlsselige Mädchen vom Lande zu spielen.

Greer schloß die Tür auf und öffnete sie weit. »Schön, Sie können gehen.«

»Heißt das, ich bin frei?«

»Wie ein Vogel.«

»Das ist ja wunderbar. Mein Gott, ich weiß gar nicht, wie ich Ihnen da –«

»Machen Sie's halblang«, sagte Greer. »Da sind Ihre Sachen, Brieftasche, Schlüsselring, Armbanduhr und drei Dollar und siebenundachtzig Cents in bar. Unterschreiben Sie bitte die Quittung hier.«

»Mit welchem Namen soll ich unterschreiben?«

»Wie wär's mit Eleanor Roosevelt, damit's ein bißchen interessanter wird?«

»Sie wissen verdammt gut, was ich meine. Ich führe seit einiger Zeit den Namen Ada Murphy, da habe ich gedacht –«

»Unterschreiben Sie mit Ihrem richtigen Namen.«

»Deswegen brauchen Sie nicht gleich so muffig zu werden.« Sie unterschrieb die Quittung mit Lora Eloise Frances Dalloway und reichte sie ihm zurück. »Und nun?«

»Sie können durch die Tür da in mein Büro gehen, wo der getreue Willett Sie erwartet.«

»Das klingt mir alles zu einfach. Wo ist der Haken?«

»Es gibt keinen. Ich möchte bloß wissen, wo Sie sind, damit ich Sie gegebenenfalls erreichen kann.«

»Ich gehe nach Hause – das heißt zu den Goodfields.«

»Und Sie nehmen Ihre Arbeit wieder auf?«

»Richtig.«

»Sehr großherzig von Goodfield, eine Frau wiedereinzustellen, die ihm gerade drei Riesen abgeknöpft hat.«

»Er weiß, daß ich es nicht so gemeint habe. Es war Unbesonnenheit.«

»Mädchenhafte Unbesonnenheit, um genau zu sein.«

»Ganz recht.«

»In Zukunft achten Sie wohl besser auf die Unbesonnenheit und die Mädchenhaftigkeit, Miss Dalloway. In Ihrem Alter ist beides nicht sehr passend.«

»Ihre faulen Witze sind mir egal.« Sie ging in sein Büro und schlug so heftig die Tür hinter sich zu, daß die Wände wackelten.

Greer ging durch den Seiteneingang nach draußen. Sein Auto stand etwa zwanzig Meter hinter dem schwarzen Lincoln; der Motor lief, auf dem Beifahrersitz saß mit leicht besorgter Miene Frank.

»Hören Sie, Jim, es ist kurz vor acht.«

»Weiß ich.« Greer schob sich hinters Lenkrad. »Und?«

»Miriam erwartet mich schon seit einer Stunde zu Hause.«

»Miriam ist ein nettes Mädchen. Wie geht's ihr übrigens?«

»Das haben Sie mich vorhin schon gefragt.«

»So? Tja, da kann man mal sehen, daß meine Gedanken ständig bei ihr weilen. Ein sehr nettes Mädchen, Miriam, bewundernswert.«

»Hören Sie auf damit, ja?« sagte Frank. »Wo fahren wir hin?«

»Das weiß ich nicht.«

»Aber Sie müssen doch irgendeine Ahnung haben.«

»Was machen Sie sich solche Sorgen? Seit einer Woche mischen Sie sich in diesen Fall ein, lungern überall herum und fallen mir auf den Wecker. Und jetzt, wo Sie sich endlich mal nützlich machen können, ziehen Sie den Schwanz ein, weil Sie Angst haben, Sie kriegen von Ihrer Frau eins aufs Dach.«

»Inwiefern kann ich mich denn nützlich machen?«

»Das werden Sie schon sehen«, sagte Greer. »Da kommen die beiden.«

Lora und Willett kamen die Vordertreppe des Gebäudes herunter, Lora mit energischem Schritt und ein kleines Stück vor Willett, wie die ältere Schwester, der die Langsamkeit ihres kleinen Bruders auf die Nerven geht. Am Bordstein blieb sie stehen, um auf ihn zu warten, und einen Moment lang zeichneten sich im Scheinwerferlicht eines näherkommenden Wagens die Silhouetten der beiden ab. Das Auto fuhr vorbei, und sie überquerten die Straße und stiegen in den schwarzen Lincoln.

Es war von Anfang an deutlich, daß sie nicht damit rechneten, verfolgt zu werden. Der Lincoln fuhr geradewegs zu seinem Ziel, einem heruntergekommenen, zweistöckigen Gebäude in der Third Street mit einem grünen Neonschild über dem Eingang, auf dem kurz und knapp ›Lebensmittel‹ stand. Drinnen, am Ladentisch, saß schlafend ein Mexikaner, die halbvolle Bierflasche noch in der Hand.

Willett parkte an einer gelb markierten Stelle des Bordsteins, und Lora Dalloway stieg aus, bog rasch um die Ecke und ging eine offene Treppe hinauf, die zu einem schmalen Rundumbalkon im ersten Stock führte.

»Das Haus ist aus dem alten Pico-Adobe hervorgegangen«, meinte Greer. »Das Obergeschoß ist später draufgesetzt und in Studios aufgeteilt worden, die an Künstler vermietet werden.«

»Was für Künstler?«

»Alle möglichen, meistens schlechte.«

Lora blieb vor einer der Bogentüren auf dem Balkon stehen und hämmerte mit beiden Fäusten dagegen. Die Tür ging nach innen auf, und in der erleuchteten Öffnung zeichnete sich die Gestalt einer Frau ab, einer riesigen Frau mit kurzgeschnittenem grauem Haar. Sie trug eine grünkarierte Hose und einen weißen Rollkragenpullover; hinter das linke Ohr hatte sie sich eine Zigarette geklemmt.

Lora ging hinein, und die Tür schloß sich, aber nicht für lang. Nach weniger als einer Minute kam Lora wieder heraus, eilte den Balkon entlang und die Treppe hinunter. Ehe sie in den Lincoln einstieg, schaute sie aufmerksam nach rechts und links, als sei es ihr zum erstenmal in den Sinn gekommen, daß sie möglicherweise verfolgt wurde. Ihr Blick glitt, ohne innezuhalten, über Greers Wagen hinweg.

»Ob sie uns bemerkt hat?« fragte Frank.

»Wenn ja, hat sie es geschickt kaschiert.« Der Lincoln fuhr an, Greer folgte. »Haben Sie die Frau in der grünkarierten Hose erkannt?«

»Ich habe sie schon mal gesehen.«

»Sie heißt Billy McKeon. Zwischen ihren Sauftouren macht sie Puppen und malt Kulissen für die diversen kleinen Theatergruppen.«

»Was könnte sie mit Mrs. Goodfield zu tun haben?«

»Ich hoffe, Lora Dalloway wird uns das sagen.«

Vor der nächsten Ampel bremste Willett den Lincoln ab,

gab deutlich Handzeichen und bog nach rechts in die Anacapa Street ein.

Greer lehnte sich entspannt und lächelnd zurück.

»Herrgott noch mal«, blaffte Lora, »geht das denn nicht schneller?«

»Ich fahre nicht gerne schnell. Außerdem ist es verboten.«

»*Verboten!* Sie machen mich fertig, Sie machen mich echt fertig.«

»Ich hätte gute Lust dazu.« Willett gab die Äußerung völlig emotionslos von sich. »Ich wäre froh, wenn Sie tot wären.«

»Werden Sie bloß nicht fies, sonst werde ich auch fies, und dann finden Sie sie nie.«

»Damit rechne ich sowieso nicht.«

»Wir finden sie schon.«

»Inzwischen könnte sie achthundert Kilometer weit weg sein.«

»Ist sie aber nicht«, sagte Lora knapp. »Billy McKeon hat sie heute morgen gesehen.«

Im trüben Licht des Armaturenbretts war Willetts Gesicht von leuchtender Blässe. »Hat sie – war sie in Ordnung?«

»Gesund und munter.«

»Sie wissen doch, was ich meine.«

»Natürlich war sie in Ordnung. Sie hat was zu essen und ein Päckchen Zigaretten geschnorrt. Sie wollte dortbleiben, aber Billy hat sie nicht gelassen. Sie ist abergläubisch.«

»Kann man dieser McKeon trauen?«

»In welcher Hinsicht?«

»Daß sie nicht die Polizei ruft.«

»Billy würde nicht mal die Polizei rufen, wenn ihr jemand ein Messer an die Kehle hält. Biegen Sie an der nächsten Ecke links ab.«

Wieder gab Willett vor dem Abbiegen deutlich Handzeichen. »Hat sie denn dieser McKeon nichts davon gesagt, wo sie hingeht oder wann sie wieder zurück ist?«

»Nein.«

»Hatte sie Geld bei sich?«

»Wo sollte sie denn welches herhaben?«

»Von Ihnen.«

»Ich habe ihr kein Geld gegeben.«

»Gott sei Dank, wenigstens etwas. Das bedeutet, daß sie nicht weit weg sein kann.«

»Ich glaube nicht, daß sie weit weg wollte, das habe ich Ihnen doch schon gesagt. Sie wollte uns bloß Angst machen. Und das«, fügte Lora mit einem trüben kleinen Lächeln hinzu, »ist ihr auch gelungen.«

»Direkt Angst habe ich eigentlich nicht.«

»Und ob Sie Angst haben. Machen Sie mir doch nichts vor. Sie sehen im gestreiften Anzug auch nicht besser aus als ich.«

»Das ist alles Ihre Schuld, nicht meine.«

»*Meine* Schuld! Hören Sie, Mister, machen Sie mich bloß nicht wütend. Eins wollen wir doch mal festhalten: *Ich* bin bloß in ein sehr raffiniertes kleines Spielchen reingeraten, das Sie ganz allein angeleiert haben.«

»Das war nicht ich, das war sie. *Sie* war das!«

»Jetzt werden Sie bloß nicht hysterisch. Und passen Sie um Himmels willen auf die Straße auf, oder wollen Sie uns beide umbringen?«

»Das ist mir egal. Vielleicht ist es sowieso der einzige Ausweg.«

»Für mich ist es jedenfalls nicht der einzige Ausweg!« schrie Lora. »Ich habe eine Zukunft.«

»Ach ja?«

»Was soll das heißen, ach ja?«

»Groß an Ihre Zukunft geglaubt haben Sie ja nicht, als Sie den Äther gekauft haben.«

»Ich hatte einen Anfall von Depressivität, das ist alles. Ich habe keine Möglichkeit mehr gesehen.«

»Und jetzt sehen Sie eine?«

»Ja, mit Ihrer Hilfe. Ich brauche Ihre Hilfe, und Sie brauchen meine. Wir sind so eine Art Unterstützungsverein auf Gegenseitigkeit.«

Willett wandte für eine Sekunde den Blick von der Straße ab und starrte sie an. »Um wieviel wollen Sie mich diesmal erleichtern?«

»Ich will das Geld, das Sie meiner Mutter versprochen haben, und dazu noch einen kleinen Bonus für mich.«

»Ich habe Ihrer Mutter keine Pauschale versprochen. Das konnte ich mir damals nicht leisten, und das kann ich auch heute noch nicht. Die dreitausend Dollar waren mein allerletztes Geld. Ich bin am Ende der Fahnenstange.«

»Bestimmt läßt sich Ihre Fahnenstange noch ein bißchen verlängern.«

»Was meinen Sie damit?«

»Damit meine ich Ihren Anteil an der Puppenfabrik«, sagte sie bedächtig.

»Der darf nicht angerührt werden. Eher gehe ich ins Gefängnis, eher bringe ich mich um, als daß ich mich über die Wünsche meiner Mutter hinwegsetze.«

»Warum?«

»Weil sie mir heilig sind.«

»So ein Quatsch!«

Willett biß die Zähne zusammen. »Das ist kein Quatsch. Sie haben keinen Sinn für menschliche Gefühle.«

»Lassen wir die Gefühle mal beiseite und reden wir wieder von Fabriken. Ethel sagt, Sie haben überhaupt kein Interesse an der Puppenfabrik, und außerdem macht sie Verlust, und alles bricht zusammen.«

»Ethel hat keine Ahnung vom Geschäft. Die Fabrik macht keinen Verlust, und sie bricht auch nicht zusammen. Sie braucht einfach neues Kapital und eine feste Hand.«

»Etwa Ihre?«

»Ich werde es jedenfalls versuchen. Im vergangenen Jahr hatte ich kaum die Möglichkeit, mich um das Geschäft zu kümmern, weil ich mit Mutter herumgereist bin.«

»Vielleicht war das ihre Absicht.«

»Wie bitte?«

»Nichts. Schon gut.«

Sie fuhren nun durch den ältesten Teil der Stadt, wo sich Wohnzimmer in kleine Lebensmittelgeschäfte oder Antiquitätenläden verwandelt hatten und Tankstellen sich mit heruntergekommenen Villen abwechselten, die man zu Pensionen umfunktioniert oder in Zweizimmerwohnungen aufgeteilt hatte.

Es herrschte dichter, zäher Verkehr, noch verlangsamt von den über die Straße schlendernden Fußgängern, von Kindern auf Fahrrädern und von Hunden jeder Größe, Form, Rasse und Rassenmischung. Diese Hunde waren anders als die Hunde in anderen Stadtteilen – sie hatten schon alles gesehen, und weil sie schon alles gesehen hatten, waren sie weder besonders neugierig noch besonders freundlich. Sie bewegten sich geschickt durch den Verkehr, wußten, vor welche Autos sie treten konnten und welchen sie ausweichen mußten, und machten von ihrem Wegerecht vernünftiger und rücksichtsvoller Gebrauch als die Fußgänger. Lora drehte sich um und schaute durchs Heckfenster. »Greer ist immer noch da, sechs Autos hinter uns.«

»Was machen wir jetzt?«

»Ich kenne mich in diesem Viertel aus. Eine Straße weiter gibt es eine Texaco-Tankstelle. Fahren Sie ganz langsam hinein, ich flitze raus und verstecke mich auf der Toilette. Dann können Sie Greer noch eine Weile herumführen, während ich zu dem Haus hinübergehe. Von der Tankstelle ist es nicht weit.«

»Ich kann ihn nicht die ganze Nacht herumführen.«

»Geben Sie mir eine halbe Stunde.«

»Sie wissen doch gar nicht, ob sie überhaupt dort ist.«

»Wo soll sie denn sonst hin, wenn sie pleite ist? Sie ist bestimmt dort«, sagte Lora grimmig. »Das will ich ihr jedenfalls geraten haben.«

»Ich kann nicht die ganze Nacht herumfahren«, sagte er noch einmal.

»Das müssen Sie auch nicht. Fahren Sie einfach heim. So habe ich die Möglichkeit, mit ihr zu reden. Wenn alles klappt, nehmen wir ein Taxi und treffen Sie dann zu Hause.«

»Ich hoffe –«

»Da ist die Tankstelle. Biegen Sie ab.«

Er bog ganz langsam ab und kam in einem Abstand von weniger als zwei Metern an der Damentoilette vorbei. Lora sprang aus dem fahrenden Wagen.

Sie war schnell, aber nicht schnell genug.

Sowohl Frank als auch Greer erspähten sie in den drei Sekunden, die sie brauchte, um bis zur Tür zu kommen. Aber anstatt anzuhalten und darauf zu warten, daß sie wieder herauskam, gab Greer Gas.

»Wollen Sie ihr denn nicht folgen?« fragte Frank.

»Das brauche ich nicht. Ich weiß, wo sie hinwill. Deswegen finde ich, wir sollten zuerst da sein und sie überraschen.«

Ein Stück weiter bog Greer in einen langen, schmalen Fahrweg ein, fuhr bis an dessen Ende und machte die Scheinwerfer aus.

Fünf Minuten später kam Lora Dalloway an dem Fahrweg vorbei und ging den von Geranien gesäumten Bürgersteig zum Nachbarhaus hinauf.

25

Das Haus war alt, aber in besserem Zustand als die meisten seiner Nachbarn. Die Holztreppe war instandgesetzt und der Anstrich der vier dorischen Säulen, die die Veranda trugen, erneuert worden. Eine Zwanzig-Watt-Birne erleuchtete das gerahmte Holzschild an einer der Säulen: Zimmer mit Vollpension, nur Damen.

Lora drückte den Klingelknopf und trat dann ein Stück zurück, so daß sie durchs Fenster besser ins Vorderzimmer sehen konnte. Unter einem Kronleuchter mit blauen Prismen spielten drei Frauen mittleren Alters an einem großen, altmodischen runden Tisch Bridge. Eine von ihnen, eine pummelige Brünette in einem verblichenen blauen Hauskleid, redete gerade und aß dabei Kartoffelchips aus einer Cellophantüte.

Lora läutete noch einmal; beim zweiten Läuten öffnete eine dünne, blasse Frau um die vierzig.

Ihre Stimme war ein leises, zischendes Flüstern, wie bei einer Bibliothekarin. »Ja?«

»Ich bin zufällig hier vorbeigekommen, und da habe ich Ihr Schild gesehen.«

»*Mein* Schild? Du lieber Himmel, das ist nicht *mein* Schild, ich wohne bloß hier.« Die Frau lachte verächtlich und gab damit zu verstehen, daß sie zwar möglicherweise in einer Pension leben mußte, sich aber nie dazu herablassen würde, eine zu betreiben. »Allerdings ist sowieso nichts frei, soviel ich weiß.«

»Ach so.«

»Eine Zeitlang war ein Zimmer frei, aber das hat erst heute morgen jemand gemietet, eine ältere Frau. Ich selbst habe sie noch nicht gesehen. Bis jetzt kommt sie nicht zu den Mahlzeiten herunter, und sie hat's auch nicht vor, soviel ich erfahren habe. Allerdings habe ich gehört, sie ist ein bißchen – Sie wissen schon, im Kopf.« Sie tippte sich leicht mit dem Zeigefinger an die Schläfe. »Armes Ding.«

»Das kommt in den besten Familien vor«, murmelte Lora.

»So ist es. Ich finde nur, eine anständige Pension ist nicht gerade der richtige Ort für solche Leute. Ich habe zu Blanche gesagt – das ist Mrs. Cushman, die Wirtin –, Herrgott noch mal, Blanche, sag ich, hast du denn nicht schon genug zu tun, auch ohne daß du Tabletts die Treppe rauf- und runterschleppst? Die arme Blanche, sie kann einfach nicht anders, als den Leuten zu helfen. Manchmal denke ich, das ist eher eine Schwäche als eine Stärke.«

»Wahrscheinlich haben Sie recht.«

»Tja, ich muß wieder zum Spiel zurück, ich bin in dieser Partie Strohmann. Tut mir leid, daß nichts frei ist, es wäre schön, ein paar jüngere Leute dazuhaben. Vielleicht versuchen Sie's irgendwann noch mal?«

»Das Haus macht einen gutgeführten Eindruck.«

»Das ist es auch. Ich wohne seit dem Frühjahr hier – wir haben einen Riesenspaß zusammen.«

»Ich würde Mrs. Cushman gern meinen Namen sagen.«

»Gute Idee. Momentchen, ich rufe sie eben. Äh, Blanche! Blanche? Kommst du bitte mal? Da will dich jemand sprechen.«

Die pummelige Brünette im blauen Kleid kam in die Halle, die Tüte mit den Kartoffelchips noch in der Hand, als traue sie der Zurückhaltung oder dem Appetit ihrer Freundinnen im Vorderzimmer nicht. Als sie Lora sah, stellte sie die Tüte auf der Flurgarderobe ab und wischte sich an der Rückseite ihres Kleides unauffällig die Hände.

Die Dünne sah sie fragend an. »Haben wir –?«

»Wir haben verloren«, sagte Mrs. Cushman.

»Ach du meine Güte.«

»Es war nicht meine Schuld, Madeleine. Du hattest nichts auf der Hand.«

»Wenn du bloß nicht so abenteuerlich bieten würdest.«

Unter bekümmertem Kopfschütteln über die Unsinnigkeit abenteuerlichen Bietens kehrte Madeleine zum Spiel zurück.

Auch Mrs. Cushman schüttelte den Kopf. »Ich kann Fanatiker nicht ausstehen.«

»Ich auch nicht.«

»Schließlich ist es bloß ein Spiel.«

»Spielen Sie nicht um Geld?«

»Nein.«

»Ich schon«, sagte Lora. »Ich spiele um Geld.«

Mrs. Cushman machte ein leicht beunruhigtes Gesicht. »Das ist ja wirklich sehr interessant. Ich – verkaufen Sie irgend etwas?«

»Nein.«

»Wenn Sie ein Zimmer möchten, tut es mir leid – wir sind komplett ausgebucht.«

»Und zwar seit heute morgen.«

»Richtig.«

»Wer ist denn heute morgen hier eingezogen?«

»Ich wüßte nicht, was Sie das angeht.«

»Es geht mich etwas an, glauben Sie mir«, sagte Lora. »Welches Zimmer hat sie – das vorne links? Roses Zimmer?«

Mrs. Cushman atmete schwer und geräuschvoll durch den Mund. »Es ist nicht mehr Roses Zimmer. Rose ist tot. Ihre Sachen sind schon vor Tagen weggebracht worden. Es ist mein gutes Recht, das Zimmer wieder zu vermieten.«

»Wer hat es gemietet?«

»Ich muß schon sagen, Ihr Benehmen gefällt mir nicht, junge Frau. Am besten, Sie gehen jetzt.«

»Ich gehe, wenn ich Ihre neue Mieterin gesehen habe.«

»Sie können Sie nicht sehen. Sie schläft. Sie hat sich nicht wohl gefühlt.«

»Sie wird sich gleich noch unwohler fühlen, wenn die Polizei kommt.«

»Die Polizei?«

»Die Polizei sucht nach ihr, genau wie ich. Ich bin zuerst dagewesen.«

»Ja«, sagte Mrs. Cushman mit schwerer Stimme. »Ja, das sind Sie wohl. Sie sind Roses Tochter, nicht wahr?«

»Ja.«

»Das hätte ich mir gleich denken können. Augen und Mund sind ganz ähnlich. Allerdings sind Sie nicht so hübsch wie Rose in ihrer Jugend.«

»Das Aussehen hat meiner Mutter noch nie besonders gutgetan.«

»Ja.« Mit einem Seufzer drehte Mrs. Cushman sich um und ging, schwer auf das Geländer gestützt, die Treppe hinauf. »Ja, das stimmt.«

Die Tür des vorderen Zimmers auf der linken Seite war geschlossen. Dahinter summte jemand leise und falsch.

Lora sah Mrs. Cushman grimmig an. »Sie hört sich aber ziemlich glücklich an, wie?«

»Sie ist auch glücklich. Es ist wirklich eine Sünde und Schande, das kaputtzumachen.«

»Sie würde es selber kaputtmachen, wenn's niemand anders täte.«

»Möchten Sie, daß ich dabeibleibe?«

»Ich werde selber mit ihr fertig.«

»Mir ist richtig nach Heulen zumute«, sagte Mrs. Cushman, »richtig nach Heulen. Bei mir hat sie Hilfe gesucht, das arme Ding. Ich habe nicht gewußt, daß die Polizei hinter ihr her ist. Woher auch?«

»So gehen Sie doch endlich nach unten.«

»Na schön, aber Sie haben wirklich eine grobe Art, sich auszudrücken. Genau wie Ihre Mutter.«

»Ich habe es satt, mit meiner Mutter verglichen zu werden.«

»Ja.« Mrs. Cushman strebte der Treppe zu. »Ja, das verstehe ich.«

Das Summen hinter der geschlossenen Tür war verstummt. Eine heisere und leicht verschwommene Frauenstimme rief: »Wer ist da? Sind Sie das, Blanche?«

»Ja«, sagte Lora.

»Kommen Sie rein.«

»Bin schon da.« Sie trat ein und schloß rasch die Tür hinter sich, als befürchte sie, die Ältere würde protestieren oder gar schreien.

Die tat keins von beidem. »Du hast mich also gefunden. Bist ein kluges Köpfchen!«

»Du bist blau.«

»Der Kelch der Freude, Murphy, altes Mädchen, der Kelch der –«

»Du kannst aufhören, mich Murphy zu nennen. Alle wissen Bescheid.« Sie griff nach einem schwarzen Wollmantel, der auf einem Stuhl lag. »Zieh das an.«

»Wieso?«

»Jeder Cop in der Stadt sucht nach dir. Wir müssen von hier verschwinden.«

Die alte Frau kicherte und klatschte wie ein begeistertes Kind in die Hände. »Die kommen nie darauf, *hier* zu suchen.«

»Ich bin auch darauf gekommen.«

»Weil du so ein kluges Köpfchen bist. Das hab ich schon mal gesagt, oder? Du bist ein kluges Köpfchen.«

»Zieh deinen Mantel an.«

»Schon gut, schon gut, hör auf zu meckern.« Sie rappelte sich vom Schaukelstuhl hoch und benutzte dabei die Arme wie eine Seiltänzerin, um das Gleichgewicht zu halten. »Wer ist hier blau? Ich jedenfalls nicht.«

»Beeil dich. Willett wartet zu Hause auf uns.«

»Ist er – wütend?«

»Was glaubst du denn?«

»Na gut, soll er halt wütend sein. Ich kann auch wütend werden.« Sie schaffte es, sich den Mantel allein anzuziehen. Lora bot nicht an, ihr zu helfen. »Murphy, hör mal. Ich hab eine Idee.«

»Behalt sie lieber für dich.«

»Hör doch mal. Wir gehen einfach nicht zu dem Haus zurück. Wir verschwinden.«

»Wohin denn?«

»Och, irgendwohin. Nach Mexiko City.«

»Und wie sollen wir dorthin kommen? Per Anhalter?«

»Ich will nicht in dieses Haus zurück. Es ist deprimierend. Ich kann es nicht ertragen, wie die beiden mich ständig belauern.« Aber noch während sie protestierte, knöpfte sie sich den Mantel zu und machte sich fertig. »Wie lange muß ich denn noch dortbleiben?«

»Noch zwei Monate, vielleicht auch eine Woche länger, damit niemand Verdacht schöpft.«

»Und dann?«

»Dann sprichst du mit einem Anwalt. Willett bringt ihn mit nach Hause, und du machst ein Testament.«

»Ich habe nichts zu hinterlassen.«

»Es kommt auch nicht auf das Erbe an, sondern darauf, daß – Herrgott im Himmel, das haben wir doch alles schon ein dutzendmal durchgekaut. Dafür haben wir jetzt keine Zeit. Wo ist deine Handtasche?«

»Auf dem Bett.«

»Hast du sonst noch etwas dabeigehabt? Einen Hut?«

»Nein.«

»Dann los.« Lora nahm sie beim Arm. »Geht's dir nicht gut?«

»Wenn ich doch bloß tot wäre.«

»Du kannst erst in zwei Monaten sterben.«

»Wenn ich doch bloß –«

»Hör auf, dich wie ein Baby zu benehmen. Warte.« Lora blieb mitten im Zimmer stehen und lauschte. Vom Flur her kam das Geräusch von schweren Schritten, Männerschritten, durchsetzt mit dem scharfen Klacken von Stöckelschuhen auf dem Linoleumfußboden.

Dann Mrs. Cushmans von Tränen aufgequollene Stimme: »Das ist das Zimmer. Sie sind da drin, alle beide. Woher sollt ich denn wissen, daß etwas nicht stimmt? Frank, sagen Sie's ihm, sagen Sie ihm, daß ich nur meine Pflicht getan habe, so wahr mir Gott helfe.«

»Es ist die Polizei«, sagte Lora hastig. »Paß auf. Du weißt nicht, warum du weggelaufen bist. Du erinnerst dich an gar nichts mehr, bis zu dem Moment, wo du mich plötzlich erkannt hast. Ich habe dich überredet, wieder nach Hause zu gehen. Hast du das kapiert?«

»Ich erinnere mich an gar nichts. An rein gar nichts.«

»Genau.«

Lora ging durchs Zimmer zur Tür, machte sie auf und gab ihrem Gesicht dabei einen, wie sie hoffte, unschuldig-überraschten Ausdruck. »Nanu, Captain Greer! Wenn das kein Zufall ist! Ich wollte Sie gerade anrufen und Ihnen sagen, daß ich sie gefunden habe.«

»Sehr aufmerksam von Ihnen«, sagte Greer. »Kommen Sie rein, Frank.«

Frank kam herein, mit blassem, verlegenem Gesicht.

»Sie waren schon öfter in diesem Zimmer, nicht wahr, Frank?«

»Ja.«

»Wann war das letzte Mal?«

»Das letzte Mal nach Roses Beerdigung.«

»Und davor?«

»Davor vergangenen Sonntag vor einer Woche.«

»Aus welchem Anlaß?«

»Mrs. Cushman hat mich angerufen, ich möchte vorbeikommen, mit Rose reden und versuchen, sie wieder hinzubiegen.«

»Haben Sie es geschafft?«

»Nein«, sagte Frank ernst, »das hab ich wohl nicht.«

Greer sah die beiden Frauen weder an, noch gab er sonst irgendwie zu erkennen, daß ihm bewußt war, daß sie ihn immer noch beobachteten. »Rose war für Sie mehr als eine Patientin, nicht wahr?«

»Ich habe sie als Freundin betrachtet.«

»Sie haben sie gut gekannt? Richtig gut?«

»Das dachte ich immer. Aber angesichts der Wendung, die die Dinge genommen haben, habe ich mich wohl geirrt.«

»Welche Wendung haben die Dinge denn genommen, Frank?«

»Sagen Sie mal, was soll das eigentlich?« fragte Lora. »Wenn Sie beide ein Privatgespräch führen wollen, dann machen Sie das gefälligst woanders. Ich muß Mrs. Goodfield nach Hause bringen. Sie fühlt sich nicht wohl.« Sie faßte die Ältere bei der Schulter. »Das stimmt doch?«

»Ja. Ich fühle mich nicht wohl. Ich kann mich an nichts erinnern.«

Greer wandte nicht einmal den Kopf. Den Blick immer noch auf Frank gerichtet, wiederholte er die Frage: »Welche Wendung haben die Dinge denn genommen, Frank?«

»Das wissen Sie doch. Was fragen Sie mich noch?«

»Es macht mehr Spaß, es von jemand anders zu hören.«

»Also gut. Die Dinge haben eine, nun ja, sehr eigenartige Wendung genommen.«

»Kommen wir auf Rose zurück. Sie haben noch einmal von ihr gehört, nachdem Sie am Sonntag von ihr weggegangen sind?«

»Ja. Sie hat mich am nächsten Tag so gegen drei Uhr nachmittags angerufen.«

»Bei der gerichtlichen Voruntersuchung gab es auf seiten des Sheriffs erhebliche Zweifel, was die Uhrzeit angeht.«

»Auf meiner Seite nicht. Es war mitten am Nachmittag. Bei der gerichtlichen Voruntersuchung konnte ich es nicht beschwören, weil alles dagegensprach, aber jetzt kann ich es.«

»Und außerdem haben Sie noch einmal Nachricht von Rose bekommen?«

»Ja. Am nächsten Morgen, am Dienstag, ist eine Postkarte gekommen. Es war kein Text darauf, nur die grobe Bleistiftzeichnung einer Rose.«

»Um welche Zeit war die Karte abgestempelt worden?«

»Um sechs. Das haben Sie doch selbst gesehen.«

»Laut Beweisaufnahme war Rose, als sie mit Ihnen telefoniert hat, schon drei Stunden, und als sie die Postkarte aufgegeben hat, schon einen halben Tag tot. Sie haben Dr. Severns Aussage doch gehört?«

»Ja.«

»Haben Sie diese Aussage geglaubt?«

»Ja.«

»Glauben Sie sie immer noch?«

»Nein.«

»Severn hat außerdem ausgesagt, daß Rose an unheilbarer Herzerweiterung gelitten hat und nur deshalb nicht schon früher gestorben ist, weil sie durch Einhaltung einer rigorosen Diät stark abgenommen hat. Paßt das zu dem, was Sie über Rose wissen?«

»Nein. Sie hat nie diät gelebt. Sie hat damit geprahlt, daß sie alles essen könnte, ohne auch nur ein Pfund zuzunehmen. Bei der gerichtlichen Voruntersuchung ist mir das nicht eingefallen, aber ich habe heute morgen meine Akte über sie nachgelesen und bin dann gleich zu Dr. Severn gegangen. Er hat an seiner Aussage festgehalten. Die Tote war irgendwann innerhalb der letzten drei Jahre extrem übergewichtig.«

»Sie halten Severn doch nicht für einen Lügner, oder?«

»Nein.«

»Glauben Sie, daß er einen Fehler gemacht hat?«

»Nein.«

»Es ist aber ein Fehler gemacht worden. Wer hat ihn dann gemacht?«

»Ich fürchte, das war Rose.« Zum erstenmal sah Frank direkt zu den beiden Frauen hinüber. »Ich glaube nicht, daß sie sich über den Ernst der Lage im klaren war. Ihre emotionalen Reaktionen waren häufig sehr kindisch. Ich denke, sie hat das Ganze für ein Spiel oder ein Theaterstück gehalten, in dem sie die Hauptrolle hatte.«

»Und wer hat das Stück geschrieben?« fragte Greer.

»Das weiß ich nicht.«

»Wissen Sie es vielleicht, Miss Dalloway?«

»Natürlich weiß ich es.« Lora ging zum Fenster hinüber und sah teilnahmslos auf die Straße hinunter, als interessiere oder betreffe es sie nicht, was die Leute in dieser oder sonst irgendeiner Straße machten. »Mrs. Goodfield hat es geschrieben. Jede Zeile, jede Bühnenanweisung hat sie geschrieben.«

»Weshalb?«

»Geld. Manche Leute tun für Geld alles, sogar wenn sie schon tot sind.«

»Mrs. Goodfield ist tot?«

»Allerdings. Ich habe gesehen, wie sie sie zu dritt zur Hintertür hinausgetragen haben, Willett, Ethel und Rose. Sie haben versucht, sie in dem Lincoln zu verstauen. Sie wollten sie wegfahren, damit sie woanders gefunden wird. Aber zu dem Zeitpunkt war sie schon zu steif; sie haben sie nicht durch die Wagentür gekriegt. Gott, war das komisch! Damals war' s nicht so komisch, aber wenn ich jetzt daran denke, finde ich es lustig. Da stehen die drei – Willett flennt, Ethel ist hysterisch, und Rose hat einen sitzen – da stehen sie und versuchen, diese magere, tote kleine Frau in den Wagen zu stopfen. Finden Sie das nicht amüsant, Captain?«

Anstatt zu antworten, blickte Greer auf die andere Frau. Sie hatte den schwarzen Wollmantel eng um sich gezogen, als wäre er ein Zelt, in dem sie sich verkriechen könnte.

»Haben Sie es denn amüsant gefunden?«

»Nein.« Ihre Stimme war ein Flüstern. »Wie kann sie so reden? Es war schrecklich. Sie war so *steif*. Ich habe nicht gewußt, daß Tote so *steif* werden.«

Lora fing zu lachen an. Sie drehte sich nicht um, sie sah weiter auf die Leute in den Straßen hinunter und lachte leise vor sich hin. Greer befahl ihr aufzuhören, und sie hörte sofort auf. Es war, als habe ihr Lachen ohnehin keine Bedeutung für sie, als sei es lediglich eine Möglichkeit, die Zeit herumzubringen, ein Geräusch, um eine Leere zu füllen.

»Sie haben die Tote nicht in den Wagen gekriegt?« fragte Greer.

»Nein«, sagte Rose. »Und da ist Willett vollends zusammengebrochen, und wir mußten ihn ins Haus zurückschicken. Ethel hat beschlossen, daß wir den Plan nicht durchführen können, daß wir sie im Garten lassen müssen. Also haben wir sie in den Stuhl am Lilienteich gesetzt. Das heißt, wir haben es versucht. Es ging nicht, sie war so – so hart. Wie Glas.«

»Sie ist mittags gestorben?«

»Ja, mittags. In ihrem Bett. Aber wir haben bis zum Einbruch der Dunkelheit warten müssen, um – alles zu arrangieren.«

»Sie haben von einem Plan gesprochen. Wessen Plan?«

»Mrs. Goodfields. Es war alles ihre Idee. Die anderen trifft keine Schuld.«

»Gehören Sie auch zu den ›anderen‹, Rose?«

»Ich hab mir nichts dabei gedacht. Ich wollte es gar nicht machen; zuerst wollte ich ihr nicht mal zuhören. Der Plan war so verrückt, und ich habe überhaupt nicht verstanden, wozu das Ganze gut sein sollte. Als ich Lora das nächste

Mal getroffen habe, hab ich ihr davon erzählt. Sie hat sowieso gerade nach einem Job gesucht, also hat sie beschlossen, sich bei den Goodfields einzuschleusen und mehr über sie rauszufinden, und worum es eigentlich genau ging.«

»Und ist ihr das gelungen?«

»Ja, sie hat mich auf dem laufenden gehalten. Als Willett mich das nächste Mal angerufen und gefragt hat, ob ich mich entschieden habe, habe ich ja gesagt, ich würde es machen. Ich habe nichts dabei gefunden, jedenfalls nicht gleich.«

»Und später?«

»Später bin ich allmählich nervös geworden; die ganze Zeit war ich in diesem Zimmer eingesperrt, und Ethel und Willett haben jeden meiner Schritte belauert und vor meiner Tür gelauscht. Die waren auch nervös, wahrscheinlich noch mehr als ich. Als Mrs. Goodfield tot war, gab's keinen mehr, der uns, wie soll ich sagen, bei der Stange gehalten hat. Es war wie eine Verschwörung ohne Oberverschwörer, und ohne daß richtig klar war, was dahintersteckte – mir war's jedenfalls nicht klar. Und dann kam es plötzlich knüppeldick. Dalloway hat angefangen, ums Haus herumzustreichen, und Jack Goodfield war im Anmarsch. Mir war klar, daß ich verschwinden mußte, und zwar schleunigst. Ich war gut genug, um Fremden wie Ihnen was vorzumachen, aber ich wußte, jemanden zu täuschen, der angeblich mein Sohn war, das konnte ich nicht. Und Dalloway, bei dem hatte ich Angst, daß er mich auch nach all den Jahren wiedererkennen würde. Ethel hat mir zwar in einem fort erzählt, Jack würde sich ganz leicht reinlegen lassen, er hätte seine Mutter schon länger nicht gesehen und die Krankheit hätte sie schon vorher stark verändert, aber ich habe ihr nicht geglaubt. Ich hatte Angst. Lora war nicht zurückgekommen, und ich war ganz allein. Ich habe gewartet, bis Willett und Ethel schlafen gegangen sind, dann habe ich mir meinen Mantel angezogen und mich rausgeschlichen. Ich habe Willett einen Zettel geschrieben.«

»Wieso?«

»Ich wollte nicht, daß er gleich nach mir sucht. Ich brauchte Zeit zum Nachdenken, um alles auseinanderzuklamüsern.«

»Und? Haben Sie alles auseinanderklamüsert?«

»Wahrscheinlich nicht. Jedenfalls wollte ich nichts Unrechtes tun. Eigentlich finde ich immer noch, daß es nicht direkt unrecht war, was ich gemacht habe. Ich habe niemandem was getan, niemand hintergangen. Ich hab bloß ein bißchen geschwindelt, mich für eine Frau ausgegeben, die ich nicht war, weil die Frau zu früh gestorben ist.«

»Zu früh wofür?«

»Für den Stichtag. Sie hatte einen Stichtag. Das soll kein Witz sein, es war wirklich so. Mrs. Goodfield hat mir die Einzelheiten erklärt, aber ich habe nicht richtig aufgepaßt. Ich bin keine große Geschäftsfrau«, fügte sie mit einem versöhnlichen kleinen Lächeln hinzu.

Greer war nicht versöhnt. »Sind Sie für Ihre Mitwirkung bei diesem Betrug bezahlt worden?«

»Das Wort Betrug mag ich nicht. Das klingt so –«

»Sind Sie bezahlt worden?«

»Nein. Nein, ich bin nicht bezahlt worden.«

»Und das soll ich Ihnen glauben?«

»Aber ja, natürlich. Es stimmt. Sie haben mich nicht bezahlt. Sie wollten, wenn alles vorbei ist. Nicht auf einen Sitz, das wollte ich nicht, und das konnten sie sich sowieso nicht leisten – sondern jeden Monat ein bißchen was.«

Rose machte große, sehnsüchtige Augen. »Das wäre doch eine schöne Altersversorgung gewesen, oder?«

»Ja, großartig.«

»Sie meinen nicht, es besteht die Chance, daß ich es noch bekomme?«

»Nein, ich meine nicht.«

»Und wenn schon, es wird sich schon was ergeben.« Sie sah zu Frank hinüber. »Frankie?«

»Was wollen Sie?«

»Sind Sie böse auf mich?«

»Nein.«

»Sie haben noch kein Wort zu mir gesagt. Sie müssen böse sein.«

»Nein.«

»Oder enttäuscht?«

»Ein bißchen enttäuscht vielleicht.«

»Ach Frankie, was soll's, ich wollte doch nichts Böses tun. Das könnte jedem passieren.«

»Aber Ihnen ganz besonders.«

Die Bemerkung entzückte Rose. »Das kann man weiß Gott sagen, Frankie. Ich ziehe Katastrophen geradezu an.«

Lora drehte sich um und wandte sich mit kalter Stimme an ihre Mutter. »Es gäbe keine Katastrophe, es gäbe nicht mal Ärger, wenn du diesen Kerl nicht noch angerufen hättest, nachdem du angeblich schon längst tot warst. Das war vielleicht ein Geistesblitz. Du –«

»Woher sollte ich denn wissen, daß sie tot war? Ethel hat's mir nicht gesagt. Sie hat bloß gesagt, ich sollte zu ihnen kommen. Daß es so furchtbar eilig ist, war mir nicht klar. Also habe ich mir Zeit gelassen, ich habe Frank angerufen, ich habe die Postkarten gekauft und ihm eine geschickt – solche Kleinigkeiten eben.«

»Solche *Kleinigkeiten.* Herrgott noch mal, was bist du doch für ein Schwachkopf. Ein richtiger Schwachkopf.«

»Na, du hast es gerade nötig, mich – «

»Meine Damen«, sagte Greer liebenswürdig, »es wird Zeit, daß wir aufbrechen.«

Wieder zog Rose den schwarzen Mantel enger um sich, und ihre Hände knüllten nervös den Stoff. »Wohin gehen wir denn?«

»Wir machen den Goodfields einen Besuch.«

»Ich will nicht. Ich hab genug von ihnen.«

»Möglicherweise haben die auch genug von Ihnen«, meinte Greer. »Aber einmal werden Sie sich schon noch ertragen müssen.«

26

Im Salon war es warm und feucht, und die schweren Mahagonimöbel und Goldsatinpolster schienen die Menschen darin mit ihrem Übermaß zu erdrücken. Es war von allem zuviel in dem Zimmer, zuviel Sonne und zu viele Möbel, zuviel Vergoldung und Kristall, zu viele Spiegel und zu viele Leute.

An dem riesigen Panoramafenster, das die Berge einrahmte, summte eine Schmeißfliege; sie warf sich gegen das Glas, hielt inne und griff dann mit erneuter Wut und Verzweiflung an.

Ethel sah der Fliege gebannt zu, und sie konnte sich so gut in sie hineinversetzen, daß sie am liebsten den Schürhaken gepackt und das Fenster eingeschlagen hätte, damit die Fliege hinauskam. Wenn sie entkommt, dachte sie, wenn sie entwischt, wohin fliegt sie dann? Was macht sie dann? Wenn ich entkäme, wohin würde ich gehen? Was würde ich machen?

Plötzlich sauste die Schmeißfliege durchs Zimmer und geradewegs zur offenen Tür hinaus, als hätte sie die ganze Zeit gewußt, wo es hinausging, und das Getue am Fenster wäre nur Spiel gewesen. Ethel empfand ihr Verschwinden als einen gewissen Verlust.

Sie wollte der Fliege zum Haus hinaus folgen, neben ihr herfliegen, unbeschwert, sorglos, ohne Vergangenheit, ohne Zukunft, ohne Willett.

Langsam kam ihr zum Bewußtsein, daß der Polizist, Greer, sprach, das heißt nicht eigentlich sprach, sondern laut aus dem Brief vorlas, den er steif in beiden Händen hielt. Alle sahen ihn an und hörten aufmerksam zu – sogar Willett, obwohl Willett den Brief mittlerweile auswendig kannte. Er hatte ihn wieder und wieder gelesen, als wollte er ihn wie einen Katechismus im Gedächtnis behalten.

»– den Fall, daß mein Sohn Willett Peter Goodfield in irgendeiner Weise mit meinem Tod in Verbindung gebracht wird, möchte ich zur Verdeutlichung des Sachverhalts die folgende Erklärung abgeben. Da meine juristischen Kenntnisse begrenzt sind, weiß ich nicht, inwieweit die schriftliche Erklärung einer Sterbenden als glaubwürdig gilt. Ich kann nur hoffen, daß man ihr uneingeschränkt Glauben schenkt. Ich schwöre, daß die folgenden Ausführungen der Wahrheit entsprechen und daß ich bei klarem, vielleicht zu klarem Verstand bin. Wüßte ich nicht so gut über meine Kinder Bescheid und wäre mir ihre Unfähigkeit, für sich selbst zu sorgen, nicht so bitter bewußt, könnte ich wie eine ganz gewöhnliche Frau in Frieden sterben. So bleibt mir das verwehrt. Die beigefügten Seiten werden alles erklären. Ich habe alles so aufgeschrieben, wie es sich abgespielt hat, und schwöre, daß es die volle Wahrheit ist.

Olive Regina Goodfield

Wir haben den vierten Mai. Heute ist meine Suche zu Ende gegangen. Monatelang habe ich im ganzen Land gesucht, und heute, als ich schon jede Hoffnung aufgeben wollte, habe ich sie gefunden: sie stand an einer Straßenecke und wartete darauf, daß die Ampel grün wurde. Sie heißt Rose French. Die äußerliche Ähnlichkeit mit mir ist beileibe nicht vollkommen, und sie ist jünger als ich, aber sie hat den gleichen Teint und den gleichen Gesichtsschnitt, und wir sind gleich groß. Ich bin am Ende einer langen Reise angelangt.

7. Mai. Sie ist stur. Auch das haben wir gemeinsam. Aber ihre Sturheit ist nicht so groß wie meine, weil nicht die gleiche Dringlichkeit dahintersteht. Heute abend habe ich noch einmal mit ihr gesprochen. Sie ist mit dem Bus gekommen; Willett hat sie nicht geholt. Ich will nicht, daß jemand sie mit Willett oder hier auf dem Grundstück sieht, auch nicht das neue Mädchen, Ada Murphy, das Ethel gestern eingestellt hat. Das Mädchen einzustellen war ganz allein Ethels Idee. Sie wollte mich damit überraschen. Das ist ihr auch gelungen. Unter den gegebenen Umständen hätte sie nichts Dümmeres tun können. Mir bleibt nichts anderes übrig, als jeden Kontakt mit Murphy zu verweigern. So wird sie nichts bemerken, wenn der Austausch vollzogen wird. Und dazu kommt es ganz sicher. Rose French wird allmählich sehr neugierig, und der Geruch von Geld kitzelt ihr in der Nase.

9. Mai. Gestern sind die Vorbereitungen abgeschlossen worden, und heute nachmittag habe ich das erste Mal mit Rose geprobt. Sie ist eine ausgezeichnete Schauspielerin, und ich habe den Nachmittag ungeheuer genossen. Mir sind nicht viele Freuden geblieben, und eine Fremde in sich selbst zu verwandeln ist amüsant. Ich erkenne jetzt, wie ich auf andere wirken muß, auf Willett und Jack und die arme Ethel, die mich haßt und sich ihres Hasses und ihrer Eifersucht so sehr schämt, weil sie glaubt, das sei anormal. Es ist keineswegs anormal. Wäre unsere Lage umgekehrt, würde ich sie gewiß mit gleicher Heftigkeit hassen. So aber mag ich Ethel und ihre grundsätzliche Ehrlichkeit, und ich weiß ihre ungeschickten kleinen Aufmerksamkeiten zu schätzen. Ich habe meine Entscheidung, sie mit Willett zu verheiraten, oft bedauert. Sie hat etwas Besseres verdient.

Willett und Ethel sahen einander quer durchs Zimmer an und führten einen stummen Dialog:

»Stimmt das, Ethel? Hast du etwas Besseres verdient?«

»Nein. Nein, natürlich nicht.«

»Doch, das hast du.«

»Nicht wirklich. Alles wird gut, Liebes, alles wird gut.«

Greer hatte umgeblättert und las weiter, leise und langsam und ohne Ausdruck, als wollte er gar nicht gehört werden und formte die Worte wie ein ungeübter Leser lediglich mit dem Mund.

12. Mai. Heute abend hatten wir eine Voraufführung, Willett, Rose, Ethel und ich, obwohl ich nicht zählte. Ich machte bloß das Publikum. Ich lag im Bett und sah zu. Willett und Ethel spielten sich selbst, aber Rose spielte mich. Ich habe es ziemlich genossen, und ich habe den Verdacht, daß es Ethel genauso ging. Aber Rose war nervös, und Willett brach völlig zusammen, weinte und fragte mich in einem fort, warum, warum wir diesen schrecklichen Plan ausführen müßten. Ich habe es ihm zum fünfzigsten Mal auseinandergesetzt. Ich habe es allen dreien erklärt. Willett allerdings brauchte keine Erklärung. Er wollte beruhigt werden; er wollte von mir hören, nein, nein, Willett, ich werde nicht sterben. Aber das konnte ich nicht sagen. Ich wollte, ich könnte es.

13. Mai. Nach der seelischen Anspannung vergangenen Abend bin ich sehr erschöpft, und ich frage mich allmählich, ob mein Plan funktionieren wird. Mit der *Idee* trage ich mich schon seit Monaten; aber ihre praktische Durchführung ist etwas anderes. Es gibt Schwierigkeiten, die ich nicht vorausgeahnt habe. Willett beispielsweise – ich habe ihn auf die Heilige Schrift schwören lassen, daß er meinen Plan ausführt, ganz gleich, wie viele Zweifel er an dessen Legalität hat. Verstandes- und gefühlsmäßig sträubt sich alles in ihm, aber er hat es geschworen. Sollte es je dazu kommen, daß diese Seiten von einem Vertreter des Gesetzes gelesen werden, so schwöre ich, daß dieser Plan ganz allein von mir stammt. Willett und Ethel handeln unter Zwang. Jeder Tadel oder Vorwurf trifft ganz allein mich.

Das andere Problem ist Rose. Ich habe den Verdacht, daß sie trinkt, und ich weiß, daß ihr Gedächtnis lückenhaft ist. Wenn sie ich werden soll, muß sie lernen, und zwar genauestens lernen, was ich in letzter Zeit gemacht habe, wo ich gewesen bin und was meine kleinen Hobbies und Schwächen sind. Durch meine Abhängigkeit vom Radio in den letzten Jahren bin ich zum Baseball-Fan geworden. Rose findet diesen Sport ungeheuer langweilig. Sie kann sich einfach nicht merken, welche Mannschaften in welcher Liga spielen. Auch Daten und Orte kann sie nicht behalten. Ich habe Willett ein paar Straßenkarten besorgen lassen; Rose hat sich auf den Rändern einiges notiert und macht ein kleines Spielchen daraus. Ich glaube, so wird sie sich alles besser merken können. Unsere persönliche Beziehung ist nicht gerade freundschaftlich. Sie respektiert mich, und ich bin auf sie angewiesen. Sie ist *ich*, und sie wird es länger sein, als ich es sein werde. Die Situation ist auf makabre Weise amüsant. Ich kann nicht laut lachen – ich habe Schwierigkeiten mit dem Atmen –, aber ich kann innerlich lächeln. Innerlich weinen kann ich auch. Das Leben pendelt neuerdings zwischen Farce und Tragödie hin und her, und wir alle klammern uns wie zappelnde Puppen an das Pendel. Wenn ich Willett anschaue und seine Qual sehe, ersticke ich fast an Tränen. Und dann kommt auf einmal Ethel mit einer ihrer herrlich geistlosen Bemerkungen, und schon schwingt das Pendel wieder zurück. Irgendwann demnächst werde ich es loslassen, aber das Pendel selbst wird weiterschwingen, und mit ihm Ethel, Willett und Rose, bei der die Pendelschwünge heftiger sind als bei sonst jemandem.

16. Mai. Heute nachmittag bin ich – möglicherweise zum letzten Mal – mit Ethel und Willett die Einzelheiten meines Plans durchgegangen. Er ist im Grunde ganz einfach. Mancher wird ihn vielleicht lediglich als Versuch betrachten, den Staat zu betrügen. Andere werden ihn so sehen wie ich, nämlich als Versuch, meine Kinder vor in meinen Augen ungerechten Ansprüchen zu schützen.

Von Haus aus interessiere ich mich nicht für geschäftliche und finanzielle Dinge. Die Beschäftigung damit ist mir durch zwei Ereignisse aufgezwungen worden: Erstens habe ich den gesamten Aktienbestand meines Mannes geerbt, und zweitens habe ich vor etwa drei Jahren von meinem Arzt erfahren, daß ich eine schwere Herzschwäche habe, die jederzeit zu meinem Tod führen kann. Ich habe niemandem davon erzählt. Statt dessen habe ich mich umgehend zum Anwalt meines Mannes begeben. Ich habe meinen gesamten Besitz in drei gleiche Teile aufteilen und auf meine Kinder übertragen lassen – eine vorbehaltlose Schenkung ohne jeden Haken.

Aber es gab Haken, unsichtbare Haken, die ich erst später entdeckte. Ich will versuchen, sie in einfachen Worten zu erklären. Laut Gesetz durfte ich jedem meiner Kinder oder sonstwem bis zu dreißigtausend Dollar in Geld oder Sachwerten schenken, ohne daß Schenkungssteuer anfällt. Alles, was darüber hinausgeht, ist schenkungssteuerpflichtig. Diese Steuer ist nicht hoch, und die Kinder konnten sie bezahlen, ohne etwas von ihren Anteilen an der Fabrik opfern zu müssen. Die Fabrik ist ihr Lebensunterhalt. Keiner von ihnen kann selbst für sich sorgen, nicht einmal Shirley. Sie ist zwar recht gescheit, aber sie muß sich um ihre vier Kinder kümmern.

Eine Zeitlang war ich recht zufrieden mit mir, denn ich glaubte, mit der Aufteilung meines Vermögens mehrere Ziele erreicht zu haben, die ich für wünschenswert hielt: es würde nach meinem Tod keine Kabbeleien um Geld geben, und vor allem würde die Fabrik in Familienbesitz bleiben und ihnen weiterhin ein angenehmes, wenn auch nicht luxuriöses Leben ermöglichen. Ich fand mich mit dem Gedanken an meinen Tod ab, denn ich dachte, für die Zukunft meiner Kinder wäre gesorgt. Ich würde ihnen nichts hinterlassen; sie würden somit keinen Penny Erbschaftssteuer bezahlen müssen, eine Steuer, die ich für exorbitant und in bestimmten Fällen für absolut ungerecht halte.

Vor etwa einem Jahr kam ich dahinter, daß mein Gefühl der Sicherheit, was die Zukunft anging, auf

Ignoranz beruhte. Wie so oft bei wichtigen Dingen passierte es ganz undramatisch – undramatisch und ohne jede Vorwarnung. Shirley und ich waren zu Hause, und Shirley las eines dieser obskuren antiquarischen Bücher, die sie sammelt.

Plötzlich blickte sie auf und fragte mich, wie es mir gehe.

Ich sagte ihr, daß es mir in Anbetracht der Umstände recht gut gehe.

»Du hältst dich doch an deine Diät, oder?«

»Ich bin die ganze Zeit halb verhungert«, sagte ich scharf. »Ich habe siebzig Pfund abgenommen.«

»Warst du in letzter Zeit mal beim Arzt?«

»Letzten Monat.«

»Und was hat er gesagt?«

»Er hat gesagt, es geht mir besser, als er erwartet hätte.«

»Heißt das, dein Zustand hat sich gebessert?«

Ich sagte ihr die Wahrheit. »Nein, mein Zustand hat sich nicht gebessert. Ich baue nur nicht so schnell ab, wie er geglaubt hat.«

»Meinst du, du lebst noch ein Jahr?«

Das war eine eigenartige Frage, aber sie überraschte mich nicht. Shirley ist ein eigenartiges Mädchen, emotionslos, sofern es nicht um ihre Kinder geht. »Würde es dir etwas ausmachen, wenn ich's nicht täte?«

»Ob es mir etwas ausmachen würde? Darum geht es nicht.«

»Worum geht es dann?«

»Um Steuern.«

»Steuern. Wovon redest du eigentlich? Was liest du denn da für ein Buch?«

Da sagte sie es mir. Ich möchte das Problem hier nicht in ihren Worten wiedergeben, sondern es aus meiner Sicht erklären, so, wie es mich betrifft. Wenn ich noch zwei Monate lebe, d. h. bis Mitte Juli, ist es genau drei Jahre her, daß ich mein Vermögen unter meinen Kindern aufgeteilt habe. Drei Jahre – das ist die willkürliche gesetzliche Frist. Wenn ich so lange lebe, ist alles gut. Wenn nicht, wird davon ausgegangen, daß ich mein Vermögen in Erwartung meines Todes weggegeben habe. In diesem Fall wird es nicht als Schenkung, sondern als Erbschaft besteuert. Das gilt nicht bei Unfall- oder unvorhergesehenem Tod. Für mich aber gilt es. Ich habe in Erwartung meines Todes Verfügungen über mein Vermögen getroffen. Mein Arzt weiß es; es ist aktenkundig. Ein merkwürdiges Gesetz, nicht wahr? Wenn ich drei Jahre, und keinen Tag länger, leben würde, so würde das darauf hindeuten, daß ich meinen Tod nicht erwartet habe. Ja, es ist ein sehr merkwürdiges Gesetz.

»Das ist furchtbar«, sagte Shirley. »Verstehst du das nicht?«

»Doch.«

»Ich kann es mir nicht leisten, Erbschaftssteuer zu zahlen, ohne einige meiner Anteile zu verkaufen. Du weißt, was das heißt.«

Ich wußte es. Nach und nach würden sie alle verkaufen. Nach und nach würden andere Leute die Fabrik übernehmen. Und ob ich es wußte.

Shirley betrachtete mich mit der halb grimmigen, halb belustigten Miene, die sie häufig aufsetzt. »Du wirst eben noch ein Jahr durchhalten müssen, nicht wahr?«

»Ja, das werde ich wohl müssen.«

»Glaubst du, du schaffst es?«

»Natürlich.«

Nein, Shirley, ich habe nicht geglaubt, daß ich es schaffe. Aber es gab Mittel und Wege. Krumme Wege vielleicht. Deswegen konnte ich dich – oder Jack – auch nicht bitten, dich daran zu beteiligen. Es mußte Willett sein – er liebt mich mehr.

Die Schmeißfliege war in jähem Flug ans Fenster zurückgekehrt, ihre Energie war ungebrochen. Ethel sah ihr zu, aber sie hatte nicht länger das Gefühl, die Fliege sei ein Teil von ihr. Das unaufhörliche Summen kam ihr lächerlich, die Betriebsamkeit sinnlos und der unbeschwerte Zauber ihrer Existenz wie eine Illusion vor.

Willett hat seine Mutter mehr geliebt, dachte sie. Ja, das stimmt. Er hat sie zu sehr geliebt. Solange sie am Leben war, hatte ich keine Chance. Jetzt ist sie dahin, und wenn das alles vorbei ist, ist vielleicht auch die Fabrik dahin, und Willett und ich können ein neues Leben anfangen.

Greer blätterte um.

18. Mai. Ich bin heute abend sehr erschöpft, aber irgendwie auch hoffnungsvoller. Es ist alles geregelt. Rose ist bereit, sich kurzfristig einzufinden, falls mir etwas zustoßen sollte. Ethel hat Murphy, das Mädchen, von meinem Zimmer ferngehalten, damit sie den Austausch nicht bemerkt, wenn er stattfindet. Falls er überhaupt stattfindet. Ich fühle mich so voller Hoffnung, daß ich beinahe überzeugt bin, daß es nicht nötig sein wird. Falls aber doch, so hat Willett seine Instruktionen. Mitte Juli muß nachgewiesen werden, daß ich noch lebe, vielleicht durch irgendeinen Rechtsakt wie etwa ein Testament.

Mit der Verschiedenheit der Unterschriften dürfte es keine Probleme geben. Die Krankheit hat meine Unterschrift bereits so stark verändert, daß ich kaum glauben kann, daß es sich um meine handelt. Schon jetzt, wenn ich beim Schreiben dieses stockende Gekrakel sehe, packt mich ein Grausen.

Soviel dazu. Am fünfzehnten Juli werde ich noch leben, vielleicht wirklich, vielleicht nur scheinbar. Willett und Ethel werden dann nach San Francisco zurückkehren und ihr altes Leben wiederaufnehmen.

Aber was wird aus Rose?

Sie ist das Problem. Daß sie nicht ewig ich sein kann, liegt auf der Hand. Sie kann nicht bei meinen Freunden, in meiner Familie und meinem Haus meine Stelle einnehmen. Selbst wenn das entfernt möglich wäre, könnte ich den Gedanken nicht ertragen. Nein. Rose muß sterben. Sie muß als ich sterben. Wenn ich als sie sterbe, muß sie als ich sterben.

Ich habe sie in letzter Zeit ein-, zweimal dabei ertappt, wie sie mich merkwürdig ansah. Ich glaube, sie weiß, was ich denke. Wenn sie nüchtern ist, steht Angst in ihren Augen, aber für so eine Frau habe ich kein Mitleid übrig. Rose hat viel Leben, viele Betten gesehen; woher diese kindische Gier nach mehr?

Zuerst hat mich ihre Mimikry amüsiert. Das ist vorbei. Ihre Schauspielerei ist immer grausamer, tückischer und übertriebener geworden, als wollte sie zu mir sagen: *Siehst du dieses reizbare, selbstherrliche alte Weib? Das bist du.*

Ja, ich bin mittlerweile so weit, daß mir vor ihr graut. Aber ich weiß nicht recht, vor wem mir graut, vor der Rose, die Rose ist, oder vor der Rose, die ich ist.

Rose. Schon der Name ist mir zuwider. Mir geht ständig das alte Lied durch den Kopf: *Die letzte Sommerrose, sie blüht in Einsamkeit, all ihre schönen Gefährten, sie starben vor der Zeit.*

Rose kann das Alleinsein nicht ertragen. Sie sollte sich ihren schönen Gefährten anschließen.

19. Mai. Mord. Das Wort ist mir mitten in der Nacht eingefallen. Ich bin aufgewacht, und es lag mir auf den Lippen. Dann bin ich wieder eingeschlafen, und als ich danach aufwachte, hörte ich Kirchenglocken läuten. Der Gegensatz amüsierte mich. Mord und Kirchenglocken.

Es ist Sonntag. Murphy hat ihren freien Tag, deshalb ist Rose heute nachmittag gekommen. Sie hatte getrunken, wollte ihre Angst in Alkohol auflösen. Aber die hat sich nicht auflösen lassen. Sie ist mittlerweile zu hart und dicht; ein Diamant von Angst, nichts kann ihn auflösen, nichts kann ihn ankratzen.

Sie setzte sich ans Fenster, stumm und verdrießlich.

»Reden Sie mit mir«, sagte ich.

Sie schüttelte den Kopf.

»Warum reden Sie nicht mit mir?«

»Ich habe schon geredet.«

»So? Mit wem?«

»Mit einem Freund von mir. Sie kennen ihn nicht. Er heißt Frank.«

»Und Sie haben frank und frei mit ihm geredet?« Ich mußte über das Wortspiel lächeln und erwartete, daß Rose ebenfalls lächeln würde.

»Ich rede überhaupt nicht mehr frei. Ich rede schon wie Sie, ich tue so, als wäre ich offen, aber ich sage nicht die Wahrheit.«

»Finden Sie das unangenehm?«

»Ich hasse es.«

»Mich hassen Sie auch, Rose, stimmt's?«

Sie gab keine Antwort.

Ich versuchte es noch einmal, ganz sanft und freundlich: »Vielleicht hassen Sie auch sich selbst, Rose. Wir sind ja beinahe Zwillinge.«

Die Knie wie trost- und wärmesuchend umfaßt, saß sie ganz zusammengekauert auf dem Stuhl und sah mich an.

»Praktisch Zwillinge«, wiederholte ich. »Kommen Sie her. Stellen Sie sich neben mein Bett, schauen Sie in den Spiegel. Was sehen Sie?«

Sie stellte sich neben mein Bett und schaute in den Spiegel an der Tür.

»Was sehen Sie, Rose?«

»Ich sehe zwei gräßliche alte Weiber«, sagte sie still, griff nach ihrem Mantel und ging.

Die Tür fiel hinter ihr zu, und der Spiegel fuhr wieder auf mich los wie ein Tier aus dem Hinterhalt.

Ich konnte den Blick nicht abwenden. Das gräßliche alte Weib faszinierte mich. Das war doch nicht ich. Ich hatte meinen Mantel genommen und war zur Tür hinausgegangen. Ich konnte meine Schritte auf der Treppe hören.

»Ethel«, sagte ich. »Ethel, Ethel, Ethel!«

Als ich wieder zu mir kam, standen Ethel und Willett an meinem Bett. Ich fühlte mich ganz sauber, ganz rein. Mein Körper war so leicht wie der eines Vogels, mein Verstand außerordentlich klar. Es gab nichts, was ich in diesem Moment nicht hätte bewältigen können, keine mathematische Formel, die zu kompliziert, kein Problem, das zu schwierig gewesen wäre.

Ich sagte: »Willett, ich muß unter vier Augen mit dir reden.«

»Du darfst jetzt nicht reden. Ich habe den Arzt angerufen.«

»Mach das rückgängig.«

»Nein. Nein, das kann ich nicht, das tu ich nicht.«

»Mach es rückgängig«, sagte ich. Ein Arzt. Ich brauchte keinen Arzt. Mein Verstand war so klar und hell. Es gab nichts, was ich nicht bewältigen konnte.

»Der Arzt wird dir helfen«, sagte Willett.

Ich sagte einen Schimpfnamen, sagte bloß leise einen kleinen Schimpfnamen, und er ging nach unten und machte den Anruf rückgängig.

Als er wiederkam, setzte er sich zu mir auf die Bettkante, und sein Atem klang schwer und gequält.

»Willett, liebst du mich?«

»Ja, Mutter.«

»Würdest du alles für mich tun?«

»Ja.«

»Wenn es soweit ist«, sagte ich, »wenn es soweit ist, muß Rose verschwinden.«

»Das weiß ich. Es ist alles vorbereitet. Sie hat versprochen –«

»Versprechungen sind nur Worte, nur Luft, die in die Lunge hineingeht und aus ihr herauskommt, Klangformen im Kehlkopf. Versprechungen sind nichts, Willett, verstehst du?«

»Mehr habe ich nicht.«

»Du brauchst aber mehr. Du brauchst Sicherheit.«

»Es gibt auf dieser Welt nicht viele Sicherheiten.«

»Es gibt zwei«, sagte ich. »Den Tod und die Steuern.«

»Du solltest dich ausruhen, Mutter.«

»Den Tod und die Steuern«, wiederholte ich. »Sie ist keine anständige Frau, Willett, so ist es ja nun nicht. Niemand wird sie vermissen. Es wird niemanden kümmern.«

»Ich weiß nicht, wovon du redest.«

»Im Grunde ist sie ein gräßliches altes Weib. Hast du das nicht bemerkt? Graut es dir nicht davor, wie sie aussieht, wie sie redet? Findest du sie nicht gräßlich?«

»Nein. *Nein.*«

»Diese Augen, tückische, harte kleine Augen. Es wäre besser, sie wären für immer geschlossen.«

»Mutter –«

»Schließ sie ihr.«

»Du redest wirr, Mutter.«

»Geh bei Rose auf Nummer Sicher. Schließ ihr diese schrecklichen kleinen Augen.«

Willett sah mich voller Kummer an. Dann stand er auf, beugte sich über mich, legte mir die Hand auf die Stirn und berührte meine Augenlider. »Schlaf jetzt, Mama, du bist müde.«

Ich bin müde. Aber ich darf nicht schlafen. Ich muß planen. Willett denkt, daß ich den Verstand verliere. Er begreift es nicht, er hat nicht in den Spiegel geschaut, hat nicht gesehen, was ich gesehen habe. Morgen werde ich ihm zeigen, was mich anspringt, wenn die Tür zugeht. Morgen wird er das gräßliche alte Weib sehen…

Aber da war es zu spät.

Den Füller in der Hand und das Läuten von Kirchenglocken in den Ohren schlief sie ein, und am Morgen wachte sie nicht auf.

Im Salon war es immer noch heiß, immer noch feucht. Es war von allem zuviel darin, zuviel Sonne, zu viele Möbel, zuviel Vergoldung, zu viele Spiegel.

Ethel sah Willett durch dieses Übermaß hindurch an und sprach stumm mit ihm: *Nimm es dir nicht so zu Herzen, alter Junge. Es wird alles gut. Du hast immer noch mich.*

27

Das Zimmer vorne links im ersten Stock von Mrs. Cushmans Pension nahm langsam wieder sein gewohntes Aussehen an. Roses Kleider waren auf dem Bett verstreut, auf der Fensterbank reiften eine Tomate und ein halbes Dutzend Orangen, und Rose selbst war damit beschäftigt, ihre Bilder wieder aufzuhängen. Sie trug ein rotkariertes Kleid, das Ethel ihr geschenkt hatte. Das Kleid war zwei oder drei Nummern zu groß und verlieh ihr Ähnlichkeit mit einer Vogelscheuche, eine Tatsache, die Rose weidlich ausnutzte.

»Sehen Sie mich an«, sagte sie. »Sehen Sie mich bloß an. Ich habe wahnsinnig abgenommen.«

Mrs. Cushman sah sie an und sagte gefühlvoll: »Sie armes Ding.«

»Ich wäre um ein Haar verhungert.«

»Wir werden Sie wieder richtig aufpäppeln, Rose. Keine Angst, Sie haben noch ein paar gute Jahre vor sich. Wenn man sich vorstellt, daß ich vor knapp einer Woche auf Ihrer Beerdigung war.«

»War es schön?«

»Und wie. Der Pfarrer hat ein paar richtig nette Sachen über Sie gesagt. Netter, als Sie's verdienen, wenn Sie mir die Taktlosigkeit verzeihen.« Mrs. Cushman machte nachdenklich schmale Augen. »Überhaupt kommt's mir so vor, als kämen Sie immer ein bißchen besser weg, als Sie's verdienen.«

Rose war nicht gekränkt, denn das konnte sie sich nicht leisten; aber sie verstaute die Bemerkung zwecks späterer Erledigung und Revanche in einem Winkel ihres Gedächtnisses. »Ja«, gab sie zu, »es ist alles sehr gut ausgegangen.«

Mrs. Cushman stand einen Moment still, hin- und hergerissen zwischen dem Wunsch, daß der Gerechtigkeit Genüge geschah, und dem Wunsch, Freundin und Vertraute einer Frau zu bleiben, die um ein Haar ermordet worden wäre und bereits einmal bestattet worden war.

Die Gerechtigkeit obsiegte. »Ich finde es nicht richtig, daß niemand verhaftet worden ist.«

»Sie sind kleinlich«, sagte Rose vernichtend, »äußerst kleinlich.«

»Kleinlich hin oder her, jemand hätte verhaftet werden müssen.«

»Für ein Gerichtsverfahren haben die Beweise nicht ausgereicht. Außerdem haben wir alle schon genug gelitten.«

»Na, ich weiß nicht recht.«

»Wenn ich da nur an mich selber denke, eingesperrt in diesem Zimmer, hungrig, ans Bett gekettet, praktisch –«

»Ha!«

»Also wenn Sie deswegen kiebig werden wollen, Blanche, habe ich gute Lust, meinen Kram zusammenzupacken und von hier zu verschwinden.«

»Sie können doch gar nirgends hin.«

»So, meinen Sie? Dann darf ich Ihnen sagen, daß Dalloway mich mit Handkuß zurücknähme, daß Lora sich mit mir eine Wohnung teilen will, daß Ethel mir einen Job in San Francisco angeboten hat und daß Frank und Miriam entzückt wären, wenn ich –«

»Das letzte Bild da hängt nicht gerade, das aus *Golden Girls*.«

Rose rückte das Bild gerade und wischte mit dem Ärmel von Ethels kariertem Kleid ein Stäubchen davon ab. *»Golden Girls«,* sagte sie seufzend. »Ach, das war eine Produktion. Erinnern Sie sich noch daran, Blanche?«

»Ja.«

»Das waren noch Zeiten. Ich war damals mit Hamman verheiratet. Gott, der hat sich vielleicht als Stinktier entpuppt, der größte Gauner, den ich je gesehen habe.«

»Und Sie haben einige gesehen«, sagte Mrs. Cushman pointiert. »Und nicht bloß gesehen.« Aus der Küche unten läutete die Glocke zum Abendessen. »Ans Bett gekettet. Ha!«

»Moralisch gesehen war ich es.«

»Jedenfalls ist keine Gerechtigkeit geschehen.«

Aber die Gerechtigkeit war unermeßlich, schwer zu fassen, nebulös. Man konnte nicht mit ihr reden, nicht mit ihr Canasta spielen, sie nicht zu einer Tasse Tee einladen. Außerdem bestand die vage Möglichkeit, daß tatsächlich alle genug gelitten hatten.

Die beiden Frauen gingen Arm in Arm die Treppe hinunter zum Abendessen; die Gerechtigkeit folgte in gebührendem Abstand.

Auf der Couch in seinem Wohnzimmer hielt Captain Greer sein Verdauungsschläfchen. Sein Bauch war voll, seine Träume waren süß: er hatte sie alle verhaftet – Rose, Willett, Jack, Ethel, Dalloway, Lora, ja, und sogar Miriam und Frank –, und ihre traurigen, flehenden Gesichter sahen ihn durch die Gitterstäbe hindurch an.

Greer lächelte im Schlaf.

Bitte beachten Sie auch
die folgenden Seiten

Margaret Millar im Diogenes Verlag

»Margaret Millar beweist in ihren Krimis ein psychologisches Gespür für die Abgründe menschlichen Denkens und Handelns hinter den bürgerlichen Fassaden. Ohne Schnörkel, ohne jemals langatmig zu werden, erzählt sie spannende und beklemmende Geschichten, die den Leser nicht loslassen.«
Radio Bremen

»Margaret Millars Blick ist so scharf wie der von Patricia Highsmith; noch entschiedener enthält sie sich jeden Effektes, jeder Extravaganz.«
Die Zeit, Hamburg

Die Feindin
Roman. Aus dem Amerikanischen von Elizabeth Gilbert

Liebe Mutter, es geht mir gut...
Roman. Deutsch von Elizabeth Gilbert

Ein Fremder liegt in meinem Grab
Roman. Deutsch von Elizabeth Gilbert

Die Süßholzraspler
Roman. Deutsch von Georg Kahn-Ackermann und Susanne Feigl

Von hier an wird's gefährlich
Roman. Deutsch von Fritz Güttinger

Fragt morgen nach mir
Roman. Deutsch von Anne Uhde

Der Mord von Miranda
Roman. Deutsch von Hans Hermann

Das eiserne Tor
Roman. Deutsch von Karin Reese und Michel Bodmer

Nymphen gehören ins Meer!
Roman. Deutsch von Otto Bayer

Fast wie ein Engel
Roman. Deutsch von Luise Däbritz

Die lauschenden Wände
Roman. Deutsch von Karin Polz

Banshee die Todesfee
Roman. Deutsch von Renate Orth-Guttmann

Kannibalen-Herz
Roman. Deutsch von Jobst-Christian Rojahn

Gesetze sind wie Spinnennetze
Roman. Deutsch von Jobst-Christian Rojahn

Blinde Augen sehen mehr
Roman. Deutsch von Renate Orth-Guttmann

Wie du mir
Roman. Deutsch von Renate Orth-Guttmann

Celia Fremlin im Diogenes Verlag

»Celia Fremlin ist neben Margaret Millar und Patricia Highsmith als wichtigste Vertreterin des modernen Psychothrillers hierzulande noch zu entdecken.«
Frankfurter Rundschau

Klimax
oder Außerordentliches Beispiel von Mutterliebe. Roman. Aus dem Englischen von Dietrich Stössel

Onkel Paul
Roman. Deutsch von Isabella Nadolny

Parasiten-Person
Roman. Deutsch von Monika Elwenspoek

Zwielicht
Roman. Deutsch von Ursula Kösters-Roth

Wer hat Angst vorm schwarzen Mann?
Roman. Deutsch von Otto Bayer

Die Stunden vor Morgengrauen
Roman. Deutsch von Isabella Nadolny

Rendezvous mit Gestern
Roman. Deutsch von Karin Polz

Die Spinnen-Orchidee
Roman. Deutsch von Isabella Nadolny

Ein schöner Tag zum Sterben
Erzählungen. Deutsch von Ursula Kösters-Roth

Gibt's ein Baby, das nicht schreit?
Roman. Deutsch von Isabella Nadolny

Die Eifersüchtige
Roman. Deutsch von Barbara Rojahn-Deyk

Unruhestifter
Roman. Deutsch von Monika Elwenspoek

Patricia Highsmith im Diogenes Verlag

Der talentierte Mr. Ripley
Roman

Ripley Under Ground
Roman

Ripley's Game
oder Ein amerikanischer Freund
Roman

Der Junge, der Ripley folgte
Roman

Ripley Under Water
Roman

Venedig kann sehr kalt sein
Roman

Das Zittern des Fälschers
Roman

Lösegeld für einen Hund
Roman

Der Stümper
Roman

Zwei Fremde im Zug
Roman

Der Geschichtenerzähler
Roman

Der süße Wahn
Roman

Die zwei Gesichter des Januars
Roman

Kleine Geschichten für Weiberfeinde

Kleine Mordgeschichten für Tierfreunde

Der Schrei der Eule
Roman

Ein Spiel für die Lebenden
Roman

Die gläserne Zelle
Roman

Ediths Tagebuch
Roman

Der Schneckenforscher
Elf Geschichten

Leise, leise im Wind
Zwölf Geschichten

Tiefe Wasser
Roman

Keiner von uns
Elf Geschichten

Leute, die an die Tür klopfen
Roman

Nixen auf dem Golfplatz
Erzählungen

Suspense
oder Wie man einen Thriller schreibt

Elsie's Lebenslust
Roman

Geschichten von natürlichen und unnatürlichen Katastrophen

Meistererzählungen
Ausgewählt von Patricia Highsmith

Carol
Roman einer ungewöhnlichen Liebe
Deutsch von Kyra Stromberg

Als Ergänzungsband liegt vor:

Über Patricia Highsmith
Zeugnisse von Graham Greene bis Peter Handke

Barbara Vine im Diogenes Verlag

Die im Dunkeln sieht man doch

Roman. Aus dem Englischen von Renate Orth-Guttmann

Der Fall der Vera Hillyard, die kurz nach dem Krieg wegen Mordes zum Tod durch den Strang verurteilt und hingerichtet wurde, wird wieder aufgerollt. Briefe, Interviews, Erinnerungen, alte Photographien fügen sich zu einem Psychogramm, einer Familiensaga des Wahnsinns. Schicht um Schicht entblättert Barbara Vine die Scheinidylle eines englischen Dorfes, löst zähe Knoten familiärer Verflechtungen und entblößt schließlich ein Moralkorsett, dessen psychischer Druck nur noch mit Mord gesprengt werden konnte.

»Barbara Vine ist die beste Thriller-Autorin, die das an Krimi-Schriftstellern nicht eben arme England aufzuweisen hat. Ihr Buch ist ein Psycho-Thriller der Super-Klasse. Eine Reportage aus einer Zeit da die ›besseren Herren‹ bei Heirat noch eine Jungfrau erwarten durften – und die Frauen aus dem bürgerlichen Aufsteiger-Milieu eine Menge Tricks anwandten, um diesem Weltbild anscheinend zu entsprechen.« *Frankfurter Rundschau*

Es scheint die Sonne noch so schön

Roman. Deutsch von Renate Orth-Guttmann

Ein langer, heißer Sommer im Jahr 1976. Eine Gruppe junger Leute sammelt sich um Adam, der ein altes Haus in Suffolk geerbt hat. Sorglos leben sie in den Tag hinein, lieben, stehlen, existieren. Zehn Jahre später werden auf dem bizzaren Tierfriedhof des Ortes zwei Skelette gefunden – das einer jungen Frau und das eines Säuglings...

»Der Leser glaubt auf jeder zweiten Seite, den Schlüssel zur Lösung des scheinbar kriminellen Mysteriums in Händen zu halten, doch – der Schlüssel paßt nicht, sperrt nicht, klemmt... Keine Frage, dieser Roman ist ein geglückter Thriller, ein famos geglückter, wofür diese Autorin auch bürgt.« *Wiener Zeitung*

Das Haus der Stufen

Roman. Deutsch von Renate Orth-Guttmann

Eine der großen Lügnerinnen der Welt, nennt Elisabeth die junge Bell. Und trotzdem, oder vielleicht deswegen: noch nie zuvor war Elisabeth von einer Frau dermaßen fasziniert. Selbst als Bells kriminelle Vergangenheit offenkundig wird, kann sich Elisabeth nicht aus ihrer Liebe zu Bell lösen. Immer wieder findet sie Erklärungen und Entschuldigungen für das unglaubliche Verhalten dieser mysteriösen Frau.

»Barbara Vine alias Ruth Rendell ist in der englischsprachigen Welt längst zum Synonym für anspruchvollste Kriminalliteratur geworden.«
Österreichischer Rundfunk, Wien

Liebesbeweise

Roman. Deutsch von Renate Orth-Guttmann

»*Liebesbeweise* ist Barbara Vines bisher eindringlichster Exkurs in die dunklen Geheimnisse der Obsessionen des Herzens. Dieser Roman betrachtet und prüft mancherlei Arten von Liebe: die romantische Liebe, die elterliche Liebe, die abgöttische Liebe, die besitzergreifende Liebe, die selbstlose Liebe, die erotische Liebe, die platonische Liebe und die kranke Liebe.«
The New York Times Book Review

»Wer die englische Autorin kennt, weiß, daß es in *Liebesbeweise* wieder um ein veritables Verbrechen geht, daß dieser Kriminalroman aber in Wirklichkeit wieder ein Reisebericht über eine zerklüftete Landschaft emotionaler Verstrickungen ist. Die Landschaften wechseln bei Barbara Vine, gleich bleibt die suggestive Verführungskraft, mit der sie ihre Leser in immer neue Abgründe zieht. Man wird süchtig... Eine besondere Stärke sind die überraschenden Wendungen, die ihre Handlungen nehmen, die quälenden Verzögerungen und rasanten Beschleunigungen, die sie einbaut.« *profil, Wien*

»*Liebesbeweise* ist ein erfrischend verstörendes Epos.« *Hamburger Morgenpost*

»Diese Frau ist einfach ein Phänomen. Und *Liebesbeweise* ist ein Spitzen-Thriller.«
Frankfurter Rundschau

König Salomons Teppich

Roman. Deutsch von Renate Orth-Guttmann

Welcher fliegende Teppich trägt uns – wie ehedem Salomon – heute überallhin? Die Londoner U-Bahn! Von ihr aber gibt es Geschichten zu erzählen, die alles andere als märchenhaft sind. Hart und verwegen geht es zu in den Tunneln der Tube, wo die Gesetze der Unterwelt gelten. Eine Geschichte der U-Bahn schreibt der exzentrische Jarvis. Und gleichzeitig steht er einem Haus vor, in dem die unterschiedlichsten Außenseiter Unterschlupf finden, wenn sie nicht gerade in der U-Bahn unterwegs sind.

»Wie Patricia Highsmith macht Barbara Vine leichtgläubige Opfer zum Werkzeug von zielstrebigen Intriganten – mit dem fatalen Ausgang einer klassischen Tragödie.« *The Independent, London*

»Zum geheimnisvollen, bedrohlichen Labyrinth werden die Stationen, Tunnels, Lift- und Luftschächte der Londoner U-Bahn in *König Salomons Teppich*. Barbara Vine, die Superfrau der Crime- und Thrillerwelt, ist in absoluter Hochform. Ergebnis: hochkarätige , bei aller mordsmäßigen Spannung vergnügliche Literatur.« *Cosmopolitan, München*

Ingrid Noll im Diogenes Verlag

Der Hahn ist tot

Roman

Mit zweiundfünfzig Jahren trifft sie die Liebe wie ein Hexenschuß. Diese letzte Chance muß wahrgenommen werden, Hindernisse müssen beiseite geräumt werden. Sie entwickelt eine bittere Tatkraft: Rosemarie Hirte, Versicherungsangestellte, geht buchstäblich über Leichen, um den Mann ihrer Träume zu erbeuten.

»Die Geschichte mit dem überraschenden Schluß ist eine Mordsgaudi. Ein Krimi-Spaß speziell für Frauen. Ingrid Noll hat das mit einem verschwörerischen Augenblinzeln hingekriegt. Wenn die Autorin so munter weitermordet, wird es ein Vergnügen sein, auch ihr nächstes Buch zu lesen.«
Martina I. Kischke/Frankfurter Rundschau

»Ein beachtlicher Krimi-Erstling: absolut realistisch erzählt und doch voll von schwarzem Humor. Der Grat zwischen Karikatur und Tragik ist haarscharf gehalten, die Sache stimmt und die Charaktere auch. Gutes Debüt!« *Ellen Pomikalko/Brigitte, Hamburg*

»Wenn Frauen zu sehr lieben... ein Psychokrimi voll trockenem Humor. Spielte er nicht in Mannheim, könnte man ihn für ein Werk von Patricia Highsmith halten.« *Für Sie, Hamburg*

Die Häupter meiner Lieben

Roman

Maja und Cora, Freundinnen seit sie sechzehn sind, lassen sich von den Männern so schnell nicht an Draufgängertum überbieten. Kavalierinnendelikte und böse Mädchenstreiche sind ebenso von der Partie wie Mord und Totschlag. Wehe denen, die ihrem Glück in der Toskana im Wege stehen! *Die Häupter meiner Lieben* ist ein rasanter Roman, in dem die Heldinnen ihre Familienprobleme auf eigenwillige Weise lösen.

»Eine munter geschriebene Geschichte voll schwarzen Humors, richtig süffig zu lesen. Ingrid Noll kann erzählen und versteht es zu unterhalten, was man von deutschen Autoren bekanntlich nicht oft sagen kann.«
Frankfurter Allgemeine Zeitung

»Ein herzerquicklich unmoralischer Lesestoff für schwarze Stunden.« *Der Standard, Wien*

»Spätestens seit im Kino *Thelma & Louise* Machos verschreckt haben, floriert überall der biestige Charme gewissenloser Frauenzimmer. Ihre Waffen: flinke Finger, Tränen, Zyankali.« *stern, Hamburg*

»So schamlos amoralisch, charmant und witzig wurden Männer bisher nicht unter den Boden gebracht.«
SonntagsZeitung, Zürich

Fanny Morweiser im Diogenes Verlag

Lalu lalula, arme kleine Ophelia

Eine unheimliche Liebesgeschichte

»Außerhalb jeder Realität, ausgestattet mit dem Personal der deutschen Romantik und der Psychologie einer Daphne du Maurier.«
Norddeutscher Rundfunk, Hamburg

La vie en rose

Ein romantischer Roman

»Wenn Franz Kafka und Thomas Bernhard Zeitgenossen geworden wären und sich außerdem entschlossen hätten, gemeinsam eine grotesk-komische Geschichte zu schreiben, dann hätte der Roman *La vie en rose* herauskommen können.« *Die Presse, Wien*

Indianer-Leo

und andere Geschichten aus dem wilden Westdeutschland

»Die subtilen Verbrechen der Fanny Morweiser spielen sich in aller Stille, in schönen Landschaften, in alten Häusern, gelegentlich bei lieben älteren Damen ab – und dies soviel gefährlicher als bei Agatha Christie!« *Hannoversche Allgemeine*

Ein Sommer in Davids Haus

Roman

»Eine Geschichte aus Licht und Schatten, aus Poesie und Bangen geflochten. Fanny Morweiser macht Skurriles so glaubhaft, als gehöre es zum Alltag, und geht mit dem Alltag um wie mit einem wunderlichen Traum. Wie schon in ihren ersten Büchern hält sie auch hier mehr, als sie verspricht. Einzuordnen ist sie nicht, denn es gibt nicht viele ihrer Art. Sie unterhält nicht nur – sie tut das, was man in England ›arrest‹ nennt: sie fesselt.«
Welt am Sonntag, Hamburg

Die Kürbisdame

Kleinstadt-Trilogie

Drei Herren aus der besseren Gesellschaft steigen einer zwielichtigen Dame nach und begeben sich dadurch in große Gefahr. Menschen in einem Altersheim widersetzen sich den Anweisungen des Heimleiters, um endlich ihre eigenen Wege gehen zu können. Ein nervöser Zahnarzt gerät plötzlich in einen Anarchistenstreich und findet dadurch sein inneres Gleichgewicht wieder.

»Diese schaurig-schönen Erzählungen schockierten mich bei der Lektüre und erinnerten mich unwillkürlich an Roald Dahl, der ebenso wie Fanny Morweiser mit seiner makabren Phantasie den Leser den Atem anhalten läßt. Beide Autoren übersteigern ihre Stoffe ins Groteske und erzeugen dadurch Komik.«
Süddeutscher Rundfunk

O Rosa

Ein melancholischer Roman

»Wer kann einen seriösen, soliden Unterricht im Zaubern, besser gesagt im Verzaubern, geben? Wer bringt uns bei, daß die durchaus nicht immer zauberhaften Alltäglichkeiten einem weniger ausmachen, daß man ihnen zum Trotz das Leben, wenn schon nicht ›en rose‹, so doch als eine im ganzen gute Sache zu empfinden vermag? Wer *O Rosa* gelesen hat, kennt die gute Medizin, die ihm wenigstens zeitweilig helfen kann.« *Neue Zürcher Zeitung*

Ein Winter ohne Schnee

Roman

Ein sanftes, kleines, irres Dorf voll mildem Wahnsinn, mit einem Fährmann, einem kranken Jungen, der in dem Dorf zur Rekonvaleszenz weilt, dem Bund der roten Krähe, der den von Mönchen in grauer Vorzeit vergrabenen Schatz heben will, bevor ein anderer ihnen zuvorkommt, dem unheimlichen kleinenJungen mit der Mutter, die Anna heißt und eine Hexe ist...

»Von diesem Roman kommt man nicht los. Er hat Bilder, die schrecklich sein könnten. Wenn sie nicht aus einem bestimmten Blickwinkel eingefangen wären. Manches läßt sich nur ahnen. Das ist gut so.«
Neue Osnabrücker Zeitung

Voodoo-Emmi

Erzählungen

»Wie entledigt sich ein verkanntes Genie seiner kleinlichen Frau? Der Maler gibt Voodoo-Emmi ein Foto seiner Angetrauten, die Emmi wird's schon richten. Das ist eine der elf neuen, geheimnisvollen Geschichten von Fanny Morweiser, und wieder spielen kuriose, nicht alltägliche Menschen die Hauptrolle. Unmerklich überschreitet die Autorin die Grenzen zum Phantastischen, etwas Gespenstisches weht durch die Stories hin. Die Pointen kommen eher auf leisen Sohlen daher, sind darum jedoch nicht weniger zündend. Das Ganze: ein höchst originelles, hintersinniges Lesevergnügen.« *Landeszeitung, Lüneburg*

Das Medium

Roman

Auf der Rückreise aus dem Urlaub geraten Nora, ihr Freund und ihre halbwüchsige Tochter Marilu in eine Kleinstadt, deren verschlafene Idylle die drei magisch anzieht. Aber die Idylle trügt: In der Kleinstadt gibt es zwei Kaufhäuser, die sich wie ein Ei dem anderen gleichen und deren Besitzer sich erbittert bekämpfen.

»Das *Medium* sei denjenigen empfohlen, die sich gern niveau- und phantasievoll unterhalten lassen und sich auch ab und an gern mal ein wenig gruseln.«
Mechthild zum Egen/Süddeutscher Rundfunk, Stuttgart

Magdalen Nabb im Diogenes Verlag

»Magdalen Nabb ist die geborene Erzählerin, ihre Geschichten sind von überwältigender Echtheit.«
Sunday Times, London

»Die gebürtige Engländerin und Wahlflorentinerin Magdalen Nabb muß als die ganz große Entdeckung im Genre des anspruchsvollen Kriminalromans bezeichnet werden. Eine Autorin von herausragender internationaler Klasse.«
Herbert M. Debes / mid Nachrichten, Frankfurt

»Nie eine falsche Note. Bravissimo!«
Georges Simenon

Tod im Frühling
Roman. Aus dem Englischen von Matthias Müller. Mit einem Vorwort von Georges Simenon

Tod im Herbst
Roman. Deutsch von Matthias Fienbork

Tod eines Engländers
Roman. Deutsch von Matthias Fienbork

Tod eines Holländers
Roman. Deutsch von Matthias Fienbork

Tod in Florenz
Roman. Deutsch von Monika Elwenspoek

Magdalen Nabb & Paolo Vagheggi:
Terror
Roman. Deutsch von Bernd Samland